OSKAR AICHINGER

ICH STEIG IN DEN ZUG UND SETZ MICH ANS FENSTER

Gedruckt mit freundlicher Unterstützung von Stadt Wien Kultur.

Product footprint
CO_2 Neutral
PBN-CFMCP-015258
www.preferredbynature.org

FSC
www.fsc.org
MIX
Papier aus verantwortungsvollen Quellen
FSC® C014138

Grafische Gestaltung: Dorothea Löcker, Wien
Umschlagabbildung: © Michele Ursi/iStockphoto
Druck und Verarbeitung:
FINIDR, s.r.o., Český Těšín
ISBN 978-3-7117-2127-3

Informationen über das aktuelle Programm
des Picus Verlags und Veranstaltungen unter
www.picus.at

OSKAR AICHINGER

ICH STEIG IN DEN ZUG UND SETZ MICH ANS FENSTER

VOM SCHAUEN, DENKEN UND WIEN-VERLASSEN

PICUS VERLAG WIEN

DIE BAHN, DER ZUG

NERVEN SPAREN – BAHN FAHREN, so stand es in roten Lettern auf einem Viadukt irgendwo im Grünen, ich habe vergessen, wo genau. Nichts sonst, kein Bild, kein Hintergrund, nur die nackten Buchstaben, wie bei HOLLYWOOD in Hollywood. Und das war auch völlig genug, musste sich doch der Autoverkehr mithilfe einer Ampel einspurig in einem Miniaturtunnel unter den Gleisen hindurchzwängen, sodass es immer wieder zu kleineren Staus kam. In diesen Minuten erzwungener Untätigkeit konnten die Worte ihre Wirkung im Inneren der Autos entfalten. Wenn, was allerdings selten vorkam, bei Rotlicht auch noch ein Zug hoch oben an ihnen vorbeibrauste, stieg ihr Werbewert in lichte Höhen, sollte man meinen. Ob er wohl irgendetwas bewirkt hat?

Eingefleischte Autofahrer verhalten sich zu ebensolchen Bahnfahrern wie Hund zu Katz. Während die einen es schon als Demütigung empfinden, notgedrungen den Zug nehmen zu müssen, wenn ihnen ihr fahrbarer Untersatz einmal den Dienst versagt, wird den anderen schon übel, wenn sie nur den Geruch eines Kraftfahrzeuginneren wahrnehmen. Dazwischen die Pragmatiker, die das nehmen, was ihnen für ihre Zwecke gerade opportun erscheint.

Bahnfahrer loben die Vorzüge ihrer Wahl, nämlich unterwegs genauso weiterleben zu können wie an einem festen Ort. Essen, trinken, lesen, arbeiten, schlafen, schauen, reden, flirten, streiten, schmollen und so weiter, das alles sei in einem Zug kein Problem, ja manche berichten sogar von erotischen Abenteuern auf Schienen. Aber ist das wirklich alles, was die

Bahn ausmacht, alles, warum viele von uns so gerne mit dem Zug fahren?

Könnte es nicht sein, dass Leben, die ins Schleudern gekommen sind, aus der Bahn geworfen, wie es heißt, hier, zumindest für die Zeit einer Reise, wieder zurückfinden in eine Art von Spur? Dass Menschen, die, aus welchen Gründen immer, zu einem Stillstand gekommen sind, wieder Fahrt aufnehmen können, einen Zug nach vorne bekommen? Und zwar buchstäblich wie auf Schienen, auf einem Weg, der genau vorgezeichnet ist, wie vorherbestimmt, auf einem Weg, den man nicht zu hinterfragen braucht, um den man sich nicht kümmern muss? Und für den man sich in die Obhut eines Wissenden begibt, der die Zeichen, die Signale am Wegesrand richtig zu deuten weiß, der ein unbedingtes, ja grenzenloses Vertrauen verdient? Ist es das, was uns schon nach kurzer Zeit schwankenden Dahinrollens ein Behagen, ein Aufgehobensein beschert, wie wir es im Alltag so schwer finden können?

Keiner von den nüchternen Ingenieuren, die die ersten Eisenbahnen gebaut haben, wird je einen Gedanken an solche beinahe schon theologische Dinge verschwendet haben. Ohne Zweifel hat aber die Idee einer im Wortsinn reibungslosen Fortbewegung eine ganz eigene Ästhetik hervorgebracht, eine Schönheit der Maschinen, der Lokomotiven, der Waggons, der Brücken, Viadukte, Tunnels, Bahnhöfe, die uns gerne einen Zug besteigen lässt.

Und eine Kultur des Reisens, die ihresgleichen sucht. Mit ihr kann es höchstens das Wandern, vielleicht noch das Radfahren aufnehmen. Aber da kommt man halt nicht weit. Mit Gepäck und einer durchschnittlichen körperlichen Verfassung, meine ich.

ATTNANG-PUCHHEIM, ATTNANG-PUCHHEIM

Mag sein, dass mich die Erinnerung täuscht, aber für mich war es völlig selbstverständlich, dass der Name meines Heimatorts gleich doppelt aus den Lautsprechern am Bahnhof kam, sobald ein Zug eingefahren und zum Stillstand gekommen war, während andere Stationen sich mit einer einfachen Nennung begnügen mussten. Linz Hauptbahnhof, Marchtrenk, Wels Hauptbahnhof, Lambach, Schwanenstadt, Attnang-Puchheim, Attnang-Puchheim, oder, aus dem Westen kommend, Salzburg Hauptbahnhof, Seekirchen-Mattsee, Steindorf bei Straßwalchen, Frankenmarkt, Vöcklamarkt, Vöcklabruck, Attnang-Puchheim, Attnang-Puchheim, vorausgesetzt man reiste mit einem der damals üblichen Eilzüge, die zwar nicht überall anhielten wie die sogenannten »Pemperlzüge«, aber doch eine Reihe von kleineren Bahnhöfen bedienten. Und es handelte sich so gut wie immer um einen Eilzug, in dem wir saßen, für einen Schnellzug, auch D-Zug genannt, musste man einen Zuschlag berappen, und für eine sechsköpfige Familie war das einfach zu teuer, behauptete zumindest mein Vater. Ich dachte insgeheim, er wäre einfach zu knausrig, um uns ein Stück große weite Welt zu gönnen.

So sah ich nie einen Schnellzug von innen, was meine Fantasie über die dortigen Vorgänge und Zustände immens beflügelte.

In Attnang-Puchheim hielten so gut wie alle Schnellzüge, was seine Einwohner mit Stolz erfüllte, auch mich. Wenn die geheimnisvollen Schnellzüge es für nötig hielten, hier anzuhalten, musste Attnang-Puchheim wohl eine überragende Bedeutung haben, und die wurde uns tatsächlich schon in der Volksschule nachhaltig eingeimpft: Wir, ja wir persönlich, so dachte ich, wir sind ein Bahnknotenpunkt. Nur drei Züge schienen davon keine Kenntnis zu nehmen und erschienen mir damit unheimlich und hochnäsig zugleich: der Transalpin, der Arlberg-Express und der Wiener Walzer, Letzterer brauste gar mitten in der Nacht mit mindestens hundert Stundenkilometern durch mein schlaftrunkenes Attnang-Puchheim, wie ich es einmal einem Gespräch unter Erwachsenen abgelauscht hatte.

Die doppelte Nennung bei Zugankünften kann ich mir heute nur durch die überproportionale Dimension unseres Bahnhofs im Vergleich zur Größe des eigentlichen Ortes erklären, sowohl was seine flächenmäßige Ausdehnung als auch was seine überregionale Bedeutung betrifft. Wien ist der Wasserkopf von Österreich, der Bahnhof der Wasserkopf von Attnang-Puchheim. Den Bahnstationen größerer Städte kann in den Lautsprecherdurchsagen ganz natürlich ein »Hauptbahnhof« hinzugefügt werden, um auf eine der Bedeutung entsprechende respektable Länge zu kommen, Linz Hauptbahnhof, Wels Hauptbahnhof, Salzburg Hauptbahnhof. Attnang-Puchheim hätte sich dadurch nur lächerlich gemacht, es gibt hier nur einen einzigen Bahnhof. Die Lösung hieß also ganz offenbar: Attnang-Puchheim, Attnang-Puchheim.

Dabei ist doch Attnang-Puchheim selbst schon ein Doppelname, und die meisten Menschen, die gedankenlos in ihren Zügen sitzen, denken noch heute, es handle sich dabei um zwei, womöglich weit auseinander liegende Gemeinden, so wie es etwa bei den Bahnhöfen Schwarzach-St. Veit oder Golling-Abtenau der Fall ist. Tatsächlich ist Attnang-Puchheim eine einzige Stadtgemeinde mit zwei Ortsteilen, eben Attnang und Puchheim, mit zwei Pfarren, drei Kirchen in Altattnang,

Neuattnang und Puchheim, zwei Kirchenchören, zwei Feuerwehren, zwei Blasmusikkapellen, einem Kammerorchester, nämlich dem aus Attnang, zwei weltlichen Chören, einem roten und einem schwarzen, dem Phönixchor, vormals Arbeitersängerbund, und dem Sängerbund 1908, drei Sportvereinen, rot, schwarz und blau, ASKÖ, Union und ÖTB, zwei Fußballvereinen mit jeweils eigenem Platz.

Die Bahnhofsrestauration, kurz Resti genannt, war nicht nur Labstelle für Reisende wie etwa Kaiser Franz Joseph, der hier regelmäßig, wie mir meine Großmutter erzählte, auf der Durchreise nach Ischl ein Paar Würstel zu sich nahm, sondern diente eben diesen Vereinen, aber auch privaten Runden immer wieder als Treffpunkt nach Proben, Wettbewerben, für wichtige Versammlungen, Jahrestage und Gründungsfeste. Wenn man so will, war die Resti nach bürgerlicher Sprechweise das erste Haus am Platz, was im mehrheitlich proletarischen Attnang-Puchheim nicht viel heißen mochte, die erste Klasse der Resti, wohlgemerkt, die zweite Klasse war eher ein Zufluchtsort für Menschen, die sich gerne auf Bahnhöfen herumtreiben, fahrende Gesellen, die nie ins Fahren gekommen sind, es sei denn in ihrer Fantasie nach ein paar Bieren beim Anblick von Schnell- und Expresszügen.

Solche, je nach Standort, Tschecherl, Schwemme, Hittn, Bumsn und so fort genannten niederschwelligen Gaststätten fanden sich auf so gut wie jedem österreichischen Bahnhof, heute sind sie weitgehend verschwunden, ausgerottet durch neue Architektur, verdrängt durch Konkurrenz aus der Fast-Food-Hölle. Die verlorenen Seelen der Dörfer und Landgemeinden finden jetzt Trost aus der Bierflasche auf Tankstellen, ein trauriges Sinnbild für die Verlagerung der Fortbewegung von der Schiene auf die Straße.

Ich war immer gerne am Bahnhof, mit Tankstellen wäre ich

wohl kaum warm geworden. Allein der ordinäre Geruch von Diesel und Benzin hält keinem Vergleich mit dem fein-herben Duft metallischen Schienenabriebs stand, von den Rauchschwaden der Dampflokomotiven in allen Geruchs- und Farbschattierungen von Wasserdampfweiß bis Kohlschwarz ganz zu schweigen. Was waren schon Autotypen wie Opel Kapitän, VW Käfer, DKW oder Mercedes 190D gegen die 77er mit ihrem mächtigen Kohletender, die schnelle, elegante 52er mit den seitlich vorne am Kessel angebrachten Windschutzblechen, das urzeitlich anmutende Krokodil, die herrlich röhrende E-Lok der Baureihe 1073, deren Klang einen strahlenden Sommertag verhieß, zog sie doch den sogenannten »Kammerer Hansl« von Attnang-Puchheim nach Kammer-Schörfling am Attersee.

Der Bahnhof war aber nicht nur ein faszinierender Maschinenpark, sondern zeigte mir das ganze Spektrum menschlicher, zentralösterreichischer Existenz jenseits des kleinen, bürgerlichen und behüteten Ausschnitts, den ich ansonsten bewohnte. Da waren einmal die Eisenbahner selbst: der weiß behandschuhte Stationsvorstand an ihrer Spitze, von dem ich immer gerne gewusst hätte, was er eigentlich zu tun hat, außer würdevoll mit ernster Miene in eine unergründliche Weite zu blicken, dann die Rotkappen als Fahrdienstleiter, die den Zügen ihren Respekt zollten, indem sie vor ihnen salutierten und ihnen mit der Signalkelle, im Volksmund Befehlsstab genannt, zuwinkten, dann natürlich die Helden, die Piloten, die Lokführer, die ich so beneidete, die leutseligen Schaffner und Zugführer nicht zu vergessen, und natürlich die Männer vom Verschub im ölverschmierten Blaumann samt gelbem Helm und roter Fahne, mit der sie, seitlich auf dem Trittbrett eines Waggons im steifen Fahrtwind stehend, die Lokomotiven dirigierten.

Und da waren natürlich die Hauptdarsteller, die Reisenden, die eigentlichen Sinnstifter eines jeden Bahnhofs, Menschen aller Altersgruppen und Gesellschaftsschichten, zu den Zügen hastend, auf den Bahnsteigen unruhig hin und her gehend, rauchend, lesend, schwatzend oder düster vor sich hin schweigend. Da waren Gesichter, die ich sonst nie zu sehen bekam, weder in der Kirche noch in der Schule oder im Freundeskreis meiner Eltern, verlebte, traurige Gesichter, hagere, stolze, aufgeblähte, einfältige, lustige. Manchmal mischte ich mich in dem von Nikotinschwaden durchzogenen Wartesaal unter sie, tat so, als würde ich selber auf die Abfahrt eines Zuges warten, nur, um sie besser studieren zu können. Es gefiel mir auch, den Reisenden zu spielen, indem ich in einen Zug stieg, von dem ich laut Fahrplan wusste, dass er noch eine Weile zu warten hatte, um dann kurz vor der Abfahrt wieder auszusteigen. Besonders schön war das, wenn es draußen regnete und die Menschen auf dem Bahnsteig draußen mit hochgezogenen Mantelkrägen unter ihren Regenschirmen standen. Manchmal fuhr ich auch mehrmals zwischen Attnang-Puchheim und Vöcklabruck hin und her, um mich der Illusion des Reisens hinzugeben, ich war Fahrschüler und hatte für diese Strecke einen Freifahrtausweis.

Die Proleten interessierten mich am meisten, als ich in die schwierigen Jahre kam, sie waren die, von denen zu Hause schlecht geredet wurde, da waren auch die Schmuddelkinder, die in der Schule frech waren und oft nicht einmal einen Pflichtschulabschluss schafften, auch sie schlugen am Bahnhof die Zeit tot. Die Mädchen rauchten schon mit vierzehn, die Buben tranken Bier und führten einen derben Spruch, der in meinen Kreisen ganze Schulklassen zum Erröten gebracht hätte. Hier durfte man alles, niemand war da, der sie zurechtgewiesen hätte, sie taten das, was wir nicht einmal im Beichtstuhl zu sagen wagten, im Nachhinein betrachtet eine ziemlich gesunde Hemmschwelle, einen Priester diesbezüglich nicht ins Vertrauen zu ziehen.

Mich wunderte nur, dass ich offenbar der einzige höhere

Schüler war, den so etwas interessierte, was mich im Glauben an meine Einzigartigkeit bestärkte, die mich genauso oft quälte, wie sie mich in den Himmel erhoffter Genialität hob. So war es kein Zufall, dass es mich auf dem Heimweg vom Bahnhof mitten in einem schweren Platzregen wie eine Vision überkam: »Ich bin ein Künstler!« Ich mochte damals um die zwölf, dreizehn Jahre alt gewesen sein und schwor mir, diesen Augenblick nie zu vergessen, und sollte meine Künstlerschaft auch mein ganzes Leben lang geheim bleiben müssen.

Dass der Bahnhof in Attnang-Puchheim überhaupt zu einem vergleichsweise so illustren Ort in einer eher unbedeutenden Gemeinde werden konnte, die bis heute unter einem Minderwertigkeitskomplex gegenüber Vöcklabruck und Gmunden leidet, liegt an einer Entscheidung der Kronprinz-Rudolf-Bahngesellschaft noch tief in der österreichisch-ungarischen Monarchie. Demnach eignete sich der Ort, der damals noch Puchheim hieß, aufgrund seiner Topografie besser für einen Bahnknotenpunkt als Schwanenstadt und Vöcklabruck. 1877 wurde die Salzkammergutbahn eröffnet, die auch aufgrund der Ischler Sommerfrische des Kaisers Priorität gegenüber anderen Bahnprojekten hatte. Somit wurde Puchheim, das bereits seit 1860 an der Kaiserin-Elisabeth-Bahn, heute Westbahn, lag, zu einem »Tor zum Salzkammergut«, ein Begriff, den auch andere Ortschaften für sich beanspruchen, aber keine mit einer so stichhaltigen Begründung wie meine Heimatgemeinde, das richte ich hiermit diesen Großmäulern explizit aus. Um den Titel »Tor zum Innviertel« hat sich übrigens nie jemand gerissen, obwohl er die gleiche Berechtigung hätte, führt doch von Attnang-Puchheim eine Bahnlinie in nördlicher Richtung nach Ried im Innkreis und weiter nach Schärding, aber das Innviertel gilt noch heute als rückständig und unattraktiv.

Der Bahnhof war und ist für die Gemeinde ein Segen, lange Zeit war die Bahn der bei Weitem wichtigste Arbeitgeber der Gemeinde, die gute Infrastruktur ist zudem nach wie vor ein wichtiger Faktor für Betriebsansiedlungen aller Art. Der Bahnhof war aber auch Attnang-Puchheims Fluch und beinahe vollständiger Untergang, denn nur er und die mit ihm verbundenen schienengestützten Nachschubwege der Wehrmacht in die vermeintliche Alpenfestung Salzkammergut waren der Grund für den Angriff der amerikanischen Luftwaffe nur zwei Wochen vor der deutschen Kapitulation.

Der 21. April 1945 ist unser Waterloo, Stalingrad, Königgrätz, Dresden, Coventry, stundenlang flog eine Staffel der US Luftwaffe nach der anderen vom apulischen Foggia heran und entledigte sich ihrer Bombenlast über Attnang-Puchheim, die Zielgenauigkeit damals war gering, siebenhundertacht Menschen starben, etwa achtzig Prozent der Häuser lagen in Schutt und Asche. Meine Mutter erzählte mir von Menschen, die durch die Last der herabgestürzten Trümmer platt gedrückt wie eine Oblate waren, mein Großvater flüchtete in die umliegenden Wälder und galt schon als vermisst, tauchte aber am Abend unversehrt wieder auf, Großmutter, Mutter und Geschwister überlebten im Keller. Mein Großvater, verdienter und erfahrener Bahnmeister, erzählte mit einigem Stolz, dass er es war, der dafür sorgte, dass nach Kriegsende zumindest ein Gleis der Westbahn wieder durchgehend befahrbar war.

Wir wohnten in Altattnang und waren von Neuattnang, dem eigentlichen Zentrum, durch einen massiven eisernen Vorhang aus Dutzenden Schienensträngen und Oberleitungen getrennt, Übergänge mit Bahnschranken gab es nur zwei, einen im Osten Richtung Schwanenstadt, wo sich der Gleisstrom auf einen Fluss von nur vier Schienenpaaren verjüngte, und einen im Westen, dort, wo Puchheim anfängt. Unser Bahnübergang, den wir tagtäglich auf dem Weg zur Schule passieren mussten, war der im

Osten, dort standen wir bei jedem Wetter oft fünfzehn, zwanzig Minuten vor geschlossenem Schranken, hier wurde auch der Verschub abgewickelt, und es konnte dauern, bis jeder Waggon aus der langen Kette des Verschiebezugs seine Bestimmung, sein Gleis, gefunden hatte. Eine Ewigkeit ging das hin und her, und waren wir spät dran, mussten wir bangen, unseren Zug nach Vöcklabruck zu erwischen, der ging um 7 Uhr 13, eine Uhrzeit, die sich auf immer in mein Gedächtnis eingegraben hat.

Dieser Zug war eine Attraktion, führte er doch Schweizer Schlierenwagen mit der Aufschrift SBB-CFF mit sich, sein Endbahnhof war Basel, eine Stadt, von der ich keine Vorstellung hatte, außer dass sie unendlich weit weg, in einem anderen Land sein musste. Die Plätze in den vier Schweizer Waggons waren begehrt, wir hatten nur fünf Minuten Zeit, um das Fremde in fremden Polstersitzen zu erfahren. Später, in der Oberstufe, ließen wir diesen Zug manchmal fahren, nahmen den nächsten, allerdings weniger glamourösen sogenannten Schienenbus, genossen aber den Coolnessfaktor der zu spät kommenden bösen Buben.

Mein Elternhaus lag mehr oder minder schräg gegenüber vom Bahnhofsgebäude, auf der anderen, nördlichen Seite des eisernen Vorhangs, das Überqueren war natürlich strengstens verboten, das wurde uns nicht nur von zu Hause immer wieder eingeschärft. Aber wie jedes Verbot lud auch dieses zu seiner Übertretung ein, nicht um schneller daheim zu sein und das Warten am Bahnschranken zu vermeiden, sondern um die Gefahr zu spüren, die Gefahr, erwischt zu werden, aber auch die tödliche Gefahr der Züge. Die Personenzüge waren leicht zu berechnen, für sie waren die ersten sieben Gleise reserviert, unberechenbar waren die Güterzüge, von denen man nie wissen konnte, über welche Weichen sie sich aus der Ferne auf welche Gleise hereinschlängeln würden, einmal hatte ich mich tatsächlich verschätzt und sprang im letzten Moment vor der herannahenden Lokomotive zur Seite.

In den Sommernächten mit Südwind, nach Tagen, an denen sich Hongar und Höllengebirge messerscharf und anscheinend unglaublich nahe vor dem Küchenfenster meiner Großmutter abzeichneten, drangen die Geräusche des Bahnhofs in ähnlicher Klarheit durch das offene Fenster an mein Bett, das rhythmische Dadam Dadam der über die Schienenstöße und Weichen ratternden Züge, die Pfeifsignale der Lokomotiven und rätselhafte Lautsprecherdurchsagen: anazwanzg, neizen, virazwanzg, siibzen, und so fort. Als Kind nimmt man das hin, wie alles andere auch, ohne es zu hinterfragen, es war einfach da, es war normal, dass jemand Zahlen von etwa vierzehn bis vierundzwanzig in einen Lautsprecher hineinsprach. Irgendwann begann ich mich natürlich zu fragen warum, die Antwort war simpel, der Verschubmeister gab den Weichenstellern die Gleise durch, auf denen die Waggons des Verschiebezugs der Reihe nach landen sollten: einundzwanzig, neunzehn, vierundzwanzig, siebzehn, so wurden Güterzüge zusammengestellt, ein Puzzle mit vielen Tonnen an Lasten aller Art.

Für mich, der ich in Föhnnächten oft schlecht einschlafen konnte, waren diese monotonen Lautsprechergesänge wie ein Mantra, eine Art Schäfchenzählen, das mich Morpheus näherbrachte. Heute wohne ich in Wien-Margareten, etwa eineinhalb Kilometer nördlich der Südbahn, und bei Südströmung lässt sich bei offenem Fenster manchmal der Klang der Züge vernehmen, das Horn einer Lokomotive oder das Abrollgeräusch eines Zuges. Nur eines höre ich nicht: »Attnang-Puchheim, Attnang-Puchheim«. Dafür muss ich nach Attnang-Puchheim fahren, allerdings in das meiner Kindheit, heute tönt es anders aus den Lautsprechern meines Bahnhofs: Attnang-Puchheim. Kühl, nüchtern, ohne Wiederholung.

ZER ZOG JOAN

ATTNANG-PUCHHEIM–STAINACH-IRDNING

Mein Knotenpunkt, ja, mein Bahnknotenpunkt verknüpft also vier Fäden, die aus den vier Himmelsrichtungen zusammenlaufen, verknüpft die Schienenfäden aus West, Nord, Ost und Süd zu einem mächtigen eisernen Knäuel inmitten des Ortes.

Es ging um die Kreuzzüge, damals bei meiner Prüfung aus mittelalterlicher Geschichte an der Universität Salzburg. Nachdem ich die Fakten brav heruntergerattert hatte, stellte mir der Professor, ein kauziger, hochbelesener Mann mit eher gestrigen politischen Ansichten, eine ungewöhnliche, völlig unerwartete Frage: »Und was, junger Mann, denken Sie, ist die Parallele zu den Kreuzzügen in der Gegenwart?« Ich saß da, sprachlos, völlig belämmert, wie man so sagt. »Na, wo kommen Sie denn her?«, dann der Professor. »Aus Attnang-Puchheim.« – »Sehen Sie, da kommen wir der Sache schon näher.« Also der spinnt, dachte ich, mein Attnang-Puchheim sollte etwas mit den Kreuzzügen zu tun haben? »Und was machen die Leute so in Attnang-Puchheim?«, dann wieder er. »Umsteigen, was sonst?«, antwortete ich schon etwas genervt, ein bekanntes Klischee bedienend, das noch jedem eingefallen ist, dem ich erzählt habe, woher ich komme. »Und wo fahren sie denn hin, wenn sie umgestiegen sind, die Leute?« – »Na wohin schon? Ins schöne Salzkammergut.« – »Sehen Sie, da haben wir's.«

Er war also der Meinung, Fernweh und Abenteuerlust seien einst gewichtige Gründe gewesen, um sich den Kreuzfahrern anzuschließen, genauso wie sie es heute für Reisende, Touristen seien, sich auf den Weg zu machen. Er musste allerdings einräumen, dass das Risiko, im Salzkammergut einem feindlich gesinnten Sarazenen zum Opfer zu fallen, verschwindend gering ist. Und dass die großteils österreichischen Sommerfrischler wohl eher eine Art Nahweh denn ein Fernweh plagt, sieht man einmal von den Scharen von Asiaten ab, die in jüngerer Zeit aus einem einzigen Grund, nämlich dem Besuch von Hallstatt, anreisen.

Der ursprüngliche Zweck der Salzkammergutbahn war aber nicht die Beförderung von Touristen oder illustren Passagieren wie dem Kaiser und seiner Entourage, sondern vielmehr der Transport von Brennstoff für die Befeuerung der Sudpfannen zur Salzgewinnung. Das sogenannte weiße Gold der Berge selbst wurde seit jeher auf die Seen und die sie verbindende Traun verschifft, erst später stieg man auf die Bahn um. Und weil absehbar war, dass Holz für die Befeuerung irgendwann knapp werden würde, verlängerte man die Schienen von Attnang-Puchheim in Richtung Norden bis in den Hausruck, wo es ergiebige Braunkohlevorkommen gab. Die Salzkammergutbahn, damals noch Kronprinz-Rudolf-Bahn, endet und beginnt also keineswegs an meinem Knotenpunkt, sondern läuft eigentlich nur durch ihn hindurch. Ihre heutigen Züge kümmern sich wenig darum und enden alle in Attnang-Puchheim, der Braunkohleabbau am Hausruck ist schon längst stillgelegt.

Die Lautsprecherdurchsagen auf österreichischen Bahnhöfen zur Zeit meiner Kindheit waren eher dazu angetan, die in ihnen steckende Information zu verschleiern, als sie kundzutun. Das mochte bei der Bekanntgabe von Verspätungen einer gewissen innerbetrieblichen Scham darüber geschuldet gewesen sein, dass man es schon wieder nicht geschafft hatte, pünktlich zu sein. In anderen Fällen konnte einen schon das Gefühl beschleichen, dass der Dienst am Kunden bei der Bahn nicht die oberste Priorität hatte. Oder standen die Ansager, also die Fahrdienstleiter, unter dem Einfluss landesüblicher Sedativa?

»Achtung Bahnsteig eins. Schnellzug Zer Zog Joan von Wien Westbahnhof nach Stainach-Irdning über Bad Ischl, Bad Aussee fährt ein«, war eine dieser Durchsagen. Es war schon seltsam genug, dass Bahnsteig eins achtgeben sollte, aber völlig rätselhaft war das Zer Zog Joan. Doch man gewöhnte sich daran, es war völlig normal, dass ein Zug dieses Namens zweimal am Tag den Bahnhof passierte. Es war allerdings ein besonderer Zug, die einzige Direktverbindung von Wien ins Salzkammergut und wieder zurück, und zudem der einzige Zug, der nicht an allen Haltestellen hielt, sondern nur in den, wie soll man sagen, Metropolen Gmunden, Traunkirchen, Ebensee, Bad Ischl, Bad Goisern, Hallstatt, Bad Aussee, Bad Mitterndorf, Tauplitz.

Irgendwann war klar, dass mit Zer Zog Joan »Erzherzog Johann« gemeint war, und der Zug damit ein Stück weit entzaubert war. Der Habsburger dahinter war als Namensgeber allerdings gut gewählt, spielte er doch für die Entwicklung insbesondere des steirischen Salzkammerguts und letztlich auch für die touristische Folklore eine wichtige Rolle. Die Namen der Züge waren damals wohlüberlegt und hatten mitunter eine geradezu poetische Kraft. Der »Wiener Walzer« kam aus Deutschland und ließ seine Passagiere schon bei der Anreise von den kommenden Seligkeiten träumen. Der modernistisch klingende »Transalpin« durchquerte die Alpen von Wien nach Zürich, der magische »Orient-Express« verband zwei Welten, Paris und Bukarest. Später konnte man Züge als Werbeträger kaufen, sie hießen dann »Bundesländerversicherung«, »Österreichischer Gewerkschaftsbund« oder »Österreichischer Fußball-Bund«. Es genügt, sich die Ansagen auf den Bahnhöfen damals nur vorzustellen, die heutigen nüchternen Nummern wirken dagegen wie ein Gnadenakt.

Heute nehme ich einen R, keinen REX, egal, welcher Nummer. Es geht mir nicht darum, möglichst schnell voranzukommen, ganz im Gegenteil, langsam soll es gehen, so langsam wie heutzutage nur irgend möglich. Früher hießen diese Züge, die, wie der Volksmund sagt, an jeder Mülibidschn anhielten, Personenzüge, heute müssen sie mit einem R vorliebnehmen. Steht für Regionalzug, der schnellere Bruder REX für Regionalexpress. Das hat man sich von den Deutschen abgeschaut.

Er steht schon bereit, mein Zug. Und obwohl bis zur Abfahrt noch Zeit bleibt, steige ich ein. Schließlich gilt es eine wichtige Entscheidung zu treffen: links oder rechts, in Fahrtrichtung gesehen natürlich. Fährt man hinein ins Salzkammergut, wie man so sagt, kann es nur eine Wahl geben: links. Ich habe nie verstanden, dass sich Leute rechts hinsetzen, wenn links noch Platz ist. Gut, Touristen, Japaner, Chinesen, die können nicht wissen, was kommt. Aber von denen ist niemand da, Corona. Die, die schon da sind, sehen ganz einheimisch aus. Und doch sitzen einige von ihnen rechts, und das im halb leeren Zug. Mit gesenkten Köpfen, versteht sich, in stiller Anbetung des ewigen Lichtes ihrer Displays.

Ich nehme Platz. Links, Augen in Fahrtrichtung. Mir wird zwar nicht übel wie manchen Leuten, wenn sie andersherum sitzen. Aber ich sehe lieber das, was kommt, als das, was war.

Die Bezüge der Sitzbank sind rot, ich sitze in einem sogenannten Talent, einem Triebwagenzug, der auch auf Wiener S-Bahn-Linien zum Einsatz kommt. Irgendwie schade, dass es sich innen drinnen genauso anfühlt, als würde man von Meidling nach Floridsdorf fahren. Früher waren die Bezüge in diesen Personenzügen aus grünem Skai, jägergrün, wenn ich mich nicht täusche. Heute ist die Bahn vorwiegend rot, innen wie außen. Signalfarbe, klar, Sicherheit ist alles. Fahren auch viel schneller, die Züge heutzutage. Aber das beruhigende, langweilige Grün vergangener Tage ließ die Züge fast verschwinden in der Landschaft und passte ganz wunderbar zum gemächlichen Tempo des Fortkommens.

Irgendwo im Dunkel meiner Erinnerung finden sich noch Waggons dritter Klasse, mit gelben Holzbänken, an die auf der Gangseite eiserne Haltegriffe montiert waren wie auf Hochseeschiffen. Der Wellengang auf Schiene konnte einen schon gefährlich aus dem Gleichgewicht bringen, vor allem, wenn man im letzten Wagen des Zuges in voller Fahrt auf der Suche nach einem freien Platz war. Und bei Bahnhofsaus- und -einfahrten, also beim holpernden Hindernislauf über die Weichen, konnte man Menschen näherkommen, oft mehr, als einem lieb war.

In einem Flugzeug würden bei so einem Gerüttel wohl viele Menschen ihre Gesichtsfarbe verlieren, in einem Zug ist es so normal, dass es kaum jemandem auffällt. Fliegen mag die Verwirklichung eines Traumes der Menschheit sein, auf der Erde fühlen sich die meisten von uns doch ungleich wohler. Noch bis vor Kurzem war es völlig selbstverständlich, dass in Verkehrsmaschinen sogleich nach Beendigung des meist unruhigen Steigflugs Essen und Getränke gereicht wurden, zur Beruhigung der Nerven, wie es mir immer schien. Und in grauer Vorzeit ist schon davor das Lämpchen mit dem Piktogramm »Rauchen verboten« erloschen, worauf sofort die Lichter der Feuerzeuge angingen und die Raucher mit einem tiefen Lungenzug in der Polsterung ihrer Rückenlehne versanken.

So, jetzt geht es los, zu ebener Erd. Auf gehärtetem Stahl, ein paar Zentimeter darüber, um genau zu sein. Ein paar Hundert Meter noch geradeaus, dann ab von der Westbahn, nach links, Richtung Süden. Gleich geht es hinüber, über die Ager, den Abfluss des Attersees, auf einer mächtigen Fachwerkbrücke, deren Streben das Sonnenlicht im Wageninneren zum Blinken bringen. Zusammen mit dem auf Eisenbahnbrücken typischen hohlen, pfeifenden Abrollgeräusch rief es in meiner Kinderseele stets ein kurzes Schaudern hervor, sodass ich immer froh war, wenn wir wieder Land unter den Rädern hatten. Das Wasser der Ager war damals noch tiefschwarz, komplett tot und übel riechend. Ein über Jahrzehnte andauernder Umweltskandal, verursacht durch die Industrieanlagen in Lenzing, den sich die Bevölkerung ohne Widerrede gefallen ließ. Schließlich verbreitete der ganze Landstriche verpestende Gestank die frohe Botschaft von Arbeit, Wachstum und Wohlstand.

Die Aurach, die wir dann überqueren, ist hingegen ein kleines, freundliches Gebirgsflüsschen, dessen Wasser mir das Schwimmen beigebracht hat, allerdings auf eine höchst ungewöhnliche Art und Weise. An heißen Sommertagen fuhren wir, also die ganze Familie, mit unseren Fahrrädern an einen der Tümpel, die sich an den zahlreichen Wasserfällen gebildet hatten. Dort fand der Schwimmunterricht statt.

Ich weiß nicht, woher er das hatte, aber mein Vater war der Überzeugung, dass der, der schwimmen will, zuerst tauchen können muss. Also hatten wir uns flach aufs Wasser zu legen, Kopf unter Wasser. In dieser doch eher misslichen Lage wurden die Schwimmbewegungen gelernt: Arme vor und dann seitlich zurück, Beine anziehen, wie ein Frosch, dann ausstrecken. Alles immer wieder durch Atemnot und prustendes Auftauchen unterbrochen. Mit der Zeit schafften wir es, uns ganz gut in der Strömung zu halten und nicht ins Seichte abgetrieben zu werden, also wie eine, sagen wir, Forelle im Wasser zu stehen. Aber sobald wir den Kopf hoben, um Luft zu holen, sackten die Beine nach unten, und der Schwimmvorgang war beendet. Jedenfalls dauerte es in meiner Erinnerung eine Ewigkeit, bis ich mein seltsames Tauchschwimmen mit dem Atmen verbinden konnte, also das zu schaffen, was das Schwimmen eigentlich ausmacht.

Nächste Station Aurachkirchen, erste Gelegenheit, um einen sogenannten Gegenzug passieren zu lassen, was bei einer Verspätung desselben zu einer längeren Wartezeit führen kann. Das ist, wenn man es eilig hat, zumindest unerfreulich, noch dazu, wenn es, wie hier in Aurachkirchen, nichts zu sehen gibt. So hat das Wort Gegenzug für mich seit jeher keinen guten Klang, auch wenn es in ganz anderem, nicht eisenbahnerischem Kontext auftaucht, wie etwa in »Im Gegenzug versprach er …«.

Natürlich weiß ich, dass es hier doch etwas zu sehen gäbe, allerdings schlecht vom stehenden Zug aus. Die romanische Dorfkirche mit Resten von römischem Mauerwerk ist ein ziemliches Unikat in Oberösterreich.

Ein Unikat ist auch die einzige Wallfahrt meines Lebens, die genau hier ihren Ausgang nahm. Verantwortlich dafür war meine Großmutter, die eine begeisterte Wallfahrerin war, und die mir einmal die Ehre zuteilwerden ließ, sie zu begleiten. Ziel war das Gnadenbild in der Pfarrkirche von Ohlsdorf, und der Weg dorthin war mühsam, zumindest in meiner Erinnerung. Ständig ging es bergauf, es war heiß und mich plagte der Durst. Aber das Kreuz, das vorangetragen wurde und am blauen Himmel hin und her schwankte, begleitet vom Singsang des freudenreichen Rosenkranzes, sehe ich noch heute vor mir.

Nach Ohlsdorf wird auch heute noch gepilgert, allerdings vermutlich mehr zu Thomas Bernhard als zur Gnadenmutter. Sein Bauernhof in Obernathal, von ihm selbst als »Denk- und Schreibkerker« bezeichnet, ist zu einem stillen Gedenkort geworden, für einen, der als Berufsbezeichnung »Landwirt« in seinem Reisepass stehen hatte.

Für mich geht es jetzt weiter ins Omaland. Unweit von Pinsdorf, der nächsten Bahnstation, ist meine Großmutter als sogenanntes lediges Kind bei Zieheltern auf einem Bauernhof aufgewachsen, hoch oben auf dem Gmundnerberg. Später hat sie als Kellnerin im Ort gearbeitet, beim »Reiter z' Pisdoaf«, wie sie oft und gerne erzählt hat. Dort dürfte es mitunter ziemlich fidel zugegangen sein, in den Jahren vor dem Ersten Weltkrieg. Den Gasthof gibt es noch immer, unter gleichem Namen, seit dem frühen 19. Jahrhundert. Ich muss wieder einmal vorbeischauen.

Das nur ein paar Kilometer entfernte Gmunden war für meine Mutter ein wichtiger Ort, dort durfte sie, Tochter eines Eisenbahners und einer Hausfrau aus dem Mühlviertel, das Gymnasium besuchen, was wiederum ihren Kindern, unter anderem mir, den Weg auf die Universität ebnete. So war der Gmundner Bahnhof, den sie als Fahrschülerin tagtäglich frequentierte, für sie ein Symbol für den Aufstieg, für Bildung, die ihr sehr viel bedeutete. Und so war sie entsetzt, als vor einiger Zeit ihr Bahnhof plötzlich verschwunden war, das Stationsgebäude abgerissen und, wie sie meinte, durch ein seelenloses gläsernes Etwas ersetzt.

Heutzutage verharren so manche Leute in einer Art von trotziger Nichtbildung, verachten dabei die einst hochgeschätzten Gebildeten und posten ihren sogenannten Hausverstand, auf den sie sich viel einbilden, in alle Welt hinaus. Sie kennen kein Bahnhofsgebäude, das sie daran erinnert, wie glücklich sie sich für ihre Bildung schätzen können. Sie brauchen andere Symbole, Fahnen zum Beispiel.

Am Bahnhof in Gmunden steht schon der Gegenzug, und nicht nur der, auch die Straßenbahn wartet auf Fahrgäste, die in die Stadt weiterfahren möchten. Sie verkörpert ganz gut den doch einigermaßen urbanen Charakter, der hier herrscht. Nicht jede Ortschaft, die einmal, meistens im Mittelalter, aufgrund ihrer damaligen Bedeutung zur Stadt wurde, ist auch heute das, was man landläufig als urban bezeichnet.

Gmunden ist die Hauptstadt des gleichnamigen Bezirks, der

identisch mit einem Großteil des oberösterreichischen Salzkammerguts ist. Gleichzeitig liegt es aber an seinem äußersten Rand und gehört, in gewissem Sinn, eigentlich gar nicht richtig dazu. Das »camergut des saltzs« begann ursprünglich erst am anderen Ufer des Traunsees in Ebensee und durfte nur mit einem Passierschein betreten werden. Es war, wie der Name schon sagt, direkt der Hofkammer und damit der Herrscherfamilie unterstellt, die sich damit den Zugriff auf den Salzbergbau sicherte. Da es bis in die Mitte des 19. Jahrhunderts außer der Schifffahrt über den Traunsee keine Verkehrsverbindung nach Gmunden gab, blieb das später sogenannte Innere Salzkammergut gewissermaßen unter sich, was noch heute im Dialekt und in der Volkskultur zu spüren ist. Aus Gründen der touristischen Vermarktung wurde das Salzkammergut im Lauf der Zeit immer größer und umfasst jetzt sogar Gebiete im Bundesland Salzburg, das ursprünglich gar nicht zum Haus Österreich gehörte.

Gmunden ist städtisch, vornehm und ein wenig hochnäsig. Behaupten zumindest die meisten Nichtgmundner, vor allem die Ebenseer. Kein Wunder, residierten doch hier die sogenannten Kammerherren im Kammerhof, dem Salzamt des Salzkammerguts. Später wurde es auch noch zur Kurstadt ernannt und zog damit Prominenz aus Wirtschaft und Kultur an. Die brauchte natürlich einen standesgemäßen Zeitvertreib, etwa in Form eines Kaffeehauses und eines Theaters. Und so entstand mit den Jahren das, was man als Flair bezeichnet. Soweit man den Gmundnern wohlgesonnen ist, versteht sich.

Man kann ja gut verstehen, warum die Menschen hierherkommen. Jetzt geht es den Traunsee in seiner vollen Länge entlang, und das gemächliche Tempo des Zuges lässt genug Zeit, um die Landschaft in immer neuen Bildern zu genießen, ja aufzusaugen und abzuspeichern als Vorrat für nicht ganz so glückliche Momente. Die Obstbäume stehen in voller Blüte auf sattgrünen Wiesen, der Winter hat sich auf die Berge im Hintergrund zurückgezogen. Man kann den Schnee förmlich riechen, wenn man länger hinschaut auf die Gipfel von Traunstein und Erlakogel, im Volksmund Schlafende Griechin genannt. Im Blaugrau des Sees tanzen erste Segelboote und Windsurfer auf den Schaumkronen, aber im Vergleich zum Sommer ist das Wasser noch weitgehend leer.

Meine Oma, die den Traunsee vom Gmundnerberg aus immer vor Augen hatte, mochte ihn nicht. Sie hatte Angst vor dem Wasser, nicht nur, weil sie, wie die meisten ihrer Generation, nicht schwimmen konnte. Im Sommer 1910, da war sie achtzehn Jahre alt, ertranken fünfzehn Menschen bei der Rückfahrt von einer Hochzeitsfeier drüben beim Hoisnwirt unter dem Traunstein. Sie waren Holzknechte und Mägde aus Traunkirchen, junge Leute so wie sie selbst, vielleicht hat sie sogar jemanden von ihnen gekannt. Sie wurden Opfer des auch heute noch von Seglern gefürchteten Viechtauer Windes, der in Gewittern den See umdreht, wie man so sagt.

Altmünster, Traunkirchen, es wird immer enger für den Zug, und irgendwann hilft alles nichts mehr, die Berge wollen auch auf dieser, der Westseite des Sees nicht zurückweichen. Wir müssen hinein in den ersten Tunnel, eher ein Tunnerl, aber eine gute Einführung in das, was kommt. Nach zwei weiteren Durchschlüpfern ist das eigentliche Traunkirchen erreicht, im Bahnsprech: Traunkirchen Ort.

Malerisch, oder wie es auf Englisch heißt, scenic: Hier trifft das richtige Wort den passenden Ort. Eine Halbinsel, eigentlich ein Felsen am See mit der Johanneskapelle als weithin sichtbarer Krone. Ein altes Kloster mit der barocken Pfarrkirche, üppig ausgestattet unter anderem mit der berühmten Fischerkanzel, dahinter der Friedhof mit seinen prächtigen schmiedeeisernen Kreuzen, eine kleine Bucht mit Schiffsanlegestelle und ein paar hölzernen Zillen, ein Hotel, ein nobles Restaurant, und stets im Hintergrund der steinerne Wächter, der Berg, der Traunstein. Man mag gar nicht glauben, dass es derselbe Berg ist wie der, der bei Gmunden so breitschultrig dasteht. Hier gibt er sich mehr als klassische Pyramide, fast ein wenig Understatement für einen so dominanten Kerl wie ihn.

Nach Traunkirchen wird es wieder finster, zuerst zweimal kurz, wie schon gehabt, und dann, im Sonnsteintunnel, richtig lang. Und früher, in meiner Kindheit, hieß das: stockfinster, auch im Inneren des Zuges. Es gab natürlich schon damals eine Deckenbeleuchtung, aber manchmal wurde sie untertags einfach nicht eingeschaltet, sei es aus Versehen oder aus Gründen der damals noch grassierenden Nachkriegssparsamkeit. Es war fürchterlich, nirgends war es so dermaßen zappenduster wie hier, dazu das heulende Geräusch des Zuges, das plötzliche Schweigen der Menschen rundherum. Eine Fahrt in die Hölle, wenn auch mit absehbarem Ende. Aber je länger sie dauerte, desto mehr zweifelte ich daran. Was, wenn der Zug diesmal einfach im Berg verschwindet, in einem bis dahin unentdeckten Stollen, der gerade dabei war, uns alle mit Haut und Haar zu verschlingen?

Noch heute spüre ich einen Hauch der damaligen Erleichterung, wenn auf meiner Seite der See wieder auftaucht. Er scheint ein anderer geworden zu sein, dunkler, rauer, ernster. Und dazu hat er hier, bei Ebensee, auch allen Grund. Hier sind die kleinen Leute zu Hause, Forstleute, Handwerker, Salinenarbeiter. Das mondäne Gmunden ist weit, weit weg, viel weiter als die tatsächlichen fünfzehn Kilometer.

Erschreckend nah sind dafür noch immer die Ereignisse, die auf der Gegend hier lasten aus der Zeit, als Ebensee eine

Nebenstelle des Konzentrationslagers Mauthausen war. Tausende Menschen verloren ihr Leben, zu Tode geschunden bei der Arbeit in den Stollen der Rüstungsindustrie, verhungert oder ermordet vom sadistischen Lagerkommandanten. Das Krematorium war gegen Kriegsende so überfordert, dass die Leichen in Massengräbern verscharrt werden mussten.

Das alles geschah nicht einmal dreißig Kilometer entfernt von meinem Heimatort, gut elf Jahre vor meiner Geburt. Ich habe während der ganzen achtzehn Jahre meines dortigen Lebens nicht ein Wort über diese Ereignisse gehört, nicht in der Familie, nicht im Freundeskreis, nicht in der Schule.

Was 1963 passiert ist, habe ich schon selbst mitbekommen, irgendwie aus dem Radio beim Mithören der Nachrichten, verstanden habe ich es nicht. An der Straße von Traunkirchen nach Ebensee wurde ein steinerner Löwe in die Luft gesprengt, was für einen Schulbuben wie mich schon ein wirkmächtiges Bild war, noch dazu, wo ich diesen Löwen schon mit eigenen Augen gesehen hatte. Es war vielleicht zum allerersten Mal, dass in meinem Leben etwas auftauchte, von dem eine Art von diffuser Beunruhigung ausging, etwas, das nicht zu meiner Welt aus Haus, Garten, Eltern, Oma, Geschwistern und Lehrerin gehörte, die beileibe auch nicht völlig angstfrei war.

Es hatte mit Südtirol zu tun, so viel ist in meiner Erinnerung. Alles andere habe ich später erfahren oder nachgelesen. Dass es ein Vergeltungsschlag italienischer Neofaschisten für die Anschläge der sogenannten Bumser, also deutschsprachiger Rechtsextremer in Südtirol war, dass auch in der Seilbahn auf den Feuerkogel Bomben versteckt waren, bei deren Entschärfung ein Gendarm getötet und zwei weitere schwer verletzt wurden, einer davon übrigens der Vater des Albertina-Direktors Schröder, dass die Straße, an der das Denkmal stand, von italienischen Arbeitern im 19. Jahrhundert gebaut wurde, dass der Löwe ihnen ein ehrendes Andenken bewahren sollte, er aber umgekehrt für die Italiener ein Symbol für das Haus Habsburg und den verhassten Doppeladler war. Und so läpperte sich in verqueren Gehirnen die Begründung für einen Terroranschlag zusammen, Rechtsextreme gegen Rechtsextreme, wohlgemerkt. Und das hat tatsächlich etwas Beruhigendes: Eine faschistische, nationalistische Internationale wird es, kann es auf Dauer wohl nie geben. Oder täusche ich mich da?

Auch Ebensee hat zwei Stationen, nur heißt die hier nicht Ebensee Ort, sondern Ebensee Landungsplatz, und ich habe mich als Kind gefragt, wer oder was hier wo landet. Dass nicht nur Flugzeuge, sondern auch Schiffe landen, also auf Land treffen, war mir da noch nicht so recht bewusst. Und hier tun sie es, zum letzten Mal am Traunsee, denn hier ist er zu Ende, der See. Gleich nach dem Halt geht es auf einer dröhnenden, grün gestrichenen Bogenbrücke hinüber über die milchig grüne Traun, die hier in den See mündet. Noch ein kurzer Blick nach rechts hinauf, wo ich die Bergstation der Feuerkogel-Seilbahn erkennen kann, dann geht es endgültig hinein in die Berge, immer die Traun entlang, in einem geradezu klassischen Tal: ebener Talboden zwischen zwei steilen Felswänden.

Rechts ziehen sich die letzten Ausläufer von Ebensee dahin, dort drüben muss irgendwo das Gasthaus Steinkogel liegen, bekannt unter dem Namen Antnoasch, der im Dialekt das Hinterteil einer Ente bezeichnet. Die Ebenseer nehmen sich kein Blatt vor den Mund, sind keine Kinder von Traurigkeit. Am Faschingmontag zieht alljährlich der Fetzenzug durch den Ort, da wird, unter dem Schutz der Verkleidung, kräftig ausgetadelt, wie es hier heißt, also unverblümt geschimpft über Mitbürger und Mitbürgerinnen. An Arbeit ist an den Tagen davor und danach nicht einmal zu denken, hemmungsloses Feiern hat viele Namen, nicht nur Rio de Janeiro.

Nach der spektakulären Fahrt den Traunsee entlang mit unzähligen Ah- und Oh-Blicken wird es ruhig, fast ein wenig eintönig. Immer wieder die Traun, die Wände links und rechts, durchsetzt mit Nadelwald. Der Schnee rückt von oben her näher, der Stand der Sonne reicht noch nicht für eine endgültige Schmelze. Von Zeit zu Zeit sehe ich auf meiner Seite ganz hinauf, zum Ende der Felswände. Da ist kein richtiger Gipfel zu erkennen, nur eine Art von welliger Grenze zwischen Berg und Himmel.

Es ist das Massiv der Hohen Schrott, das sich hier auftürmt und dem Talboden die Sonne nimmt. Dort oben lagen die bevorzugten Jagdgründe von Kaiser Franz Joseph während seiner vielen Sommerfrischen in Bad Ischl. Das Regieren ließ ihm offenbar genug Zeit, um im Lauf seines langen Lebens etwa fünfundfünfzigtausend Stück Wild aller Art zu erlegen, Hirsche, Rehe, Hasen, Wildschweine, Gämsen, Rebhühner, Auerhähne, Birkhühner, Fasane, Wildenten, Dachse, Füchse, Bären. Der bei Weitem schießwütigste Habsburger war aber sein Sohn, Thronfolger Franz Ferdinand. Er brachte es in seinem, durch das Attentat von Sarajevo doch wesentlich kürzeren Leben auf circa zweihundertachtzigtausend Abschüsse, darunter Elefanten, Panther und Tiger.

Wen wundert es, dass auch die sogenannten kleinen Leute ihren Anteil an der Beute haben wollten. Das ging aber, nachdem die Jagd dem Adel vorbehalten war, nur außerhalb des Gesetzes. Die Menschen hier in den Bergen, in einem Rückzugsgebiet des Protestantismus, besaßen schon immer einen gewissen Widerstandsgeist gegenüber der Obrigkeit. Die Wilderei war gewissermaßen ein Ausdruck dieses Geistes und mit einer Aura des Heldentums umweht, wie übrigens später völlig zu Recht auch die hiesigen Widerstandsgruppen in der NS-Zeit. Im beliebten, nicht ganz ironiefreien Lied »Der Wildschütz« heißt es am Schluss: *bevor i mid an jaga geh, los i mei leib und sö, und mei jungs bluad, fias soizkaumaguad.*

Wir stehen wieder, in einem Bahnhof namens Langwies. Der ist zwar seit Kurzem aufgelassen, aber für die Begegnung mit einem Gegenzug taugt er allemal noch. Das ist die Krux bei eingleisigen Strecken: Irgendwo müssen sie aneinander vorbeikommen, die Züge in entgegengesetzter Richtung. Für Mitterweißenbach ein Stückchen weiter gilt dasselbe: nutzlos, aufgelassen, aber gegenzugtauglich. Hier zweigt übrigens eine Straße Richtung Westen ab, hinüber zum Attersee durch das schöne Weißenbachtal. Viele Kurven, Jagdrevier für Motorradfahrer.

Ein Stück dahinter, kurz bevor das Tal sich weitet, um für Bad Ischl Platz zu schaffen, steht ein Kreuz in der Traun, auf einem Felsbrocken mitten im Wasser. Es verfehlt nie seine Wirkung auf mich, einmal als rätselhaftes Menetekel, oder als Memento mori, dann wieder als freundlicher Schutzgeist für die Fischer, je nach Stimmungslage. Der Sage nach hat der Teufel den Stein vom Jainzen herabgeschleudert, um die Traun aufzustauen und die frommen Leute im Tal zu ertränken. Aber natürlich ist auch diese Teufelsgeschichte falsch wie alle anderen. Es handelt sich vielmehr um einen sogenannten Findling, der vom Eisstrom des Traungletschers hierhertransportiert wurde. Aber zur Sicherheit hat man halt ein Kreuz draufgesetzt, falls der Teufel doch einmal auf dumme Ideen kommen sollte.

Ich weiß nicht, aber Ischl hat mich nie interessiert. Lehárvilla, Kaiservilla, Kurhaus, Konditorei Zauner. Was soll ich dort? Ich bin nie ausgestiegen, um mir das anzuschauen. Der Bahnhof ist schön, altes Stationsgebäude mit Restauration und Blumenkistchen, später, jetzt ist es noch zu kalt dafür, für die Blumen, meine ich. Und links, auf meiner Seite, der Fußballplatz, eine echte Spezialität von Bad Ischl. Ich kenne jedenfalls keinen anderen Bahnhof, bei dem man, im Zug sitzend, ein paar Minuten eines Fußballspiels erhaschen kann. Da wird sogar die Warterei auf den Gegenzug zu kurz, außer dieser schiebt sich genau zwischen Fenster und Fußballplatz.

Die Traun ist jetzt rechts, vorher war sie noch links, eine Brücke nach der anderen, ein Verwirrspiel für den Zugreisenden, aber offenbar aufgrund der Topografie notwendig für die Streckenführung.

Lauffen, den Ort ein paar Kilometer weiter, habe ich immer gemocht, obwohl ich auch hier noch nie ausgestiegen bin. Der Blick aus dem Fenster, Traun wieder links, gleicht dem Gemälde eines Alten Meisters, oder, wenn man die Augen zusammenzwickt, eines Alfons Walde oder eines ähnlichen Chronisten früheren Landlebens. Die hölzernen Giebel der Häuser, die Kirche mit dem schönen Namen Maria im Schatten. Tatsächlich ist es hier dunkler als im weiten Kessel von Bad Ischl, die Berge sind wieder sehr nahe an die rauschende Traun herangerückt. Es liegt etwas Archaisches über dem Ort, etwas, das den Romantiker in mir berührt. Und dann gleich wieder den Realisten auf den Plan ruft: Komm, wach auf, das ist nicht lustig. Das Leben hier war gewiss immer hart, auch zu Zeiten, als der Salzhandel die Geschäfte erblühen ließ. Und jetzt ist es sowieso vorbei, kein Geschäft, keine Post, keine Schule mehr. Wenigstens der Zug bleibt noch stehen, immerhin.

Goisern Jodschwefelbad heißt die nächste Haltestelle, eigentlich ein Bahnhof mit richtigem Stationsgebäude, der aber kaum noch frequentiert wird, wie mir scheint. Kuren kann man hier noch, wie es der Ortsname seit 1955 verspricht. Bad Goisern, also der zweite Bahnhof im Gemeindegebiet, ist mir einer der liebsten auf der Strecke. Auf meiner, der linken Seite, zieht sich die Ewige Wand den Berg hinauf, wieder so ein Name, der hängenbleibt und im Menscheninneren weiterschwingt.

Sobald der Zug steht, wechsle ich aber auf die rechte Seite hinüber, Platz ist genug. Jetzt wünsche ich mir ein paar Minuten Wartezeit, zum Schauen: ein schmaler Schotterweg, begleitet von Alleebäumen, dahinter die Traun, eilig grün dahinschießend. Schneeschmelze, da gibt es viel Arbeit für den Fluss. Der Fahrdienstleiter ist um den Anblick zu beneiden. Falls es überhaupt noch einen gibt.

Goisern hat einen eigenen Dialekt, der mit dem aus Ebensee, Gosau und Aussee verwandt ist. Vor allem die Vokale klingen hier sehr speziell, und unter ihnen besonders die Diphthonge wie zum Beispiel das au in Gosau oder das oi in Goisern.

Die Goiserer sind sowohl Schuhe als auch die Einwohner von Goisern, von denen es zumindest zwei zu überregionaler Bedeutung gebracht haben. Dem ersten, Jörg Haider, war Goisern zu minder, der Kärntner Zentralraum versprach mehr an Glamour und einschlägiger Gesinnung. Der zweite griff eine sehr alte Tradition unter Musikern auf und nannte sich wie Pierluigi da Palestrina und Gesualdo da Venosa nach dem Ort seiner Herkunft: Hubert von Goisern. Eine Art Ritterschlag von eigener Hand, der aber den Goiserern, wie ich glaube, ganz recht sein dürfte.

Ich bleibe jetzt sitzen, auf der rechten Seite, da wird es wieder malerisch. So hinreißend malerisch, dass in normalen Zeiten Scharen von Reisenden auf den Moment warten, warten, dass er auftaucht, der Hallstätter See, und dass bald darauf auch jener magische Ort ins Blickfeld kommt, dessentwegen sie ihre oft mühsame Reise auf sich genommen haben.

In China gilt angeblich die Szenerie als Verkörperung der perfekten Schönheit, als Sinnbild für Glück. Ein Ort, hingeschmiegt an den Berg, davor der See, das gibt es doch nicht nur hier, sollte man meinen. Aber anscheinend passen die Proportionen für das ästhetische Empfinden von Asiatinnen und

Asiaten ganz besonders gut, so gut, dass man Hallstatt in China sogar nachgebaut hat, allerdings, wie man hört, seitenverkehrt und auch sonst nicht ganz fehlerfrei.

Für uns Kinder war Hallstatt ein beliebtes Ausflugsziel, mit der Schule, mit Eltern und Großeltern. Ein Besuch ist mir in besonderer Erinnerung. Es war der 21. August 1968, der Tag, an dem die sowjetische Invasion in der ČSSR begann und den Prager Frühling beendete. Meine Großeltern aus dem Mühlviertel waren mit von der Partie. Normalerweise gut gelaunt, glücklich, ihren Enkelkindern eine Freude zu machen, wirkten sie besorgt, bedrückt. Mein Großvater fragte überall dort, wo er einen Radioapparat vermutete, wie es denn stehe, mit den Russen, wie er sich ausdrückte. Bei der Bahnhaltestelle, am Schiff, bei der Kassa der Seilbahn, bei der Kassa des Salzbergwerks, später im Gasthaus interessierte ihn nur, wie nahe die Truppen schon der österreichischen Grenze gekommen waren. Er meinte natürlich, wie nahe sie schon seinem Heimatort waren, der nur wenige Kilometer von der Grenze entfernt lag.

Nach der Sprengung des steinernen Löwen bei Traunkirchen war es das zweite Mal in meinem Leben, dass ich eine Bedrohung zu spüren bekam, die umfassend war, die nicht nur mich, sondern das ganze Land, ja Europa betraf. Ich war zu dieser Zeit politisch schon sehr interessiert, hörte Nachrichten, las Zeitung, sympathisierte mit den für mich mutigen Helden Dubček und Svoboda. Und so geschah es, dass sich dieser sonnige Ferientag, der so unbeschwert begonnen hatte, für mich immer mehr eintrübte. Die Sowjetunion war schuld, daran gab es keinen Zweifel.

There is no station like Hallstatt, keine, die ohne eine Schiffsanlegestelle keinen Sinn machen würde. Hallstatt liegt nämlich am gegenüberliegenden Ufer des Sees. Trotzdem musste man, soweit ich mich erinnere, eine Karte für die Überfahrt lösen, das habe ich immer ziemlich frech gefunden. Keine Ahnung, ob das heute auch noch so ist. Menschen mit einer Thalassophobie, also einer Angst vor tiefen und großen Gewässern, ist jedenfalls dringend von einer Bahnreise nach Hallstatt abzuraten, sie laufen Gefahr, ihr Ziel nie zu erreichen.

Der Hallstättersee ist tief, sehr tief, und noch dazu schwarz, zumindest an den meisten Tagen. Hier herrscht ein gewisser Ernst. Die steil aufragenden Berge, die Totenköpfe im Karner an der katholischen Kirche drüben, die Stollen im Salzbergwerk, das Gräberfeld aus der Eisenzeit. Schon eigenartig, dass chinesische Paare schon vor ihrer Heirat hier im Hochzeitsstaat für ein Foto posieren. Goths, bei uns auch Grufties genannt, würden besser passen. Vielleicht eine touristische Alternative zu den Gästen aus Asien in Zeiten von Corona.

Nach Obertraun wird es Zeit, wieder auf die linke Seite zu wechseln. Die Fahrt durch das Koppental ist beeindruckend, wildromantisch, hätte mein Vater gesagt. Die Traun, smaragdgrün, durchsetzt mit weißer Gischt, hat sich tief eingegraben in diesem klassischen V-Tal. In der Talsohle, am Fluss, ist gerade einmal Platz für einen Wanderweg, die Bahntrasse verläuft weiter oben am Hang entlang.

Gegenüber gehen die Wände des Sarsteins in die Höhe, weit, weit hinauf, man kann ihr Ende, den Himmel, gar nicht sehen. Noch immer liegt in den steilen Gräben Schnee, und die Kegel der Lawinen reichen bis zur Traun, manchmal bilden sie sogar eine Eisbrücke über den Fluss. Auf meiner Seite stehen in regelmäßigen Abständen kleine Häuschen mit der Aufschrift »Lawinenposten«, insgesamt sieben an der Zahl. Bei kritischer Schneelage waren sie früher mit Bahnwärtern besetzt, die nichts anderes zu tun hatten, als zu schauen. Schön, denke ich mir, ich schaue gerne. Doch wenn ich mir es recht überlege, wird wohl Schauen, das zur Pflicht wird, zur Arbeit, ziemlich anstrengend sein. Besonders in der Dämmerung, in der Nacht. Ich nehme an, dass da drinnen heute Webcams sitzen, auf deren Bilder hin und wieder jemand in einem warmen Stübchen einen Blick wirft. Aber einige der Häuschen scheinen gut in Schuss zu sein, also wer weiß.

Bad Aussee, ich bin in der Steiermark, im steirischen Salzkammergut, um genau zu sein. Auch hier gibt es noch immer Salzbergbau, drüben am Sandling bei Altaussee. Der Markt, pardon, die Stadt, seit 1994, ist so etwas wie Little Ischl. Kurhaus, die Traun, Trachtengeschäfte, eine bekannte Konditorei, Sommergäste in Lederhose und Dirndl, alles da, nur etwas komprimierter.

Nur der Kaiser fehlt, die Kaiservilla und das ganze Drumherum. Den Ausseern hat es nicht geschadet, im Gegenteil. Sie brauchen keinen Kaiser für ihr kräftiges Selbstbewusstsein. Das war unter anderem stark genug, um innerhalb des Bezirks Liezen, dem sie angehören, eine gewisse Sonderstellung zu erreichen. Der sichtbare Ausdruck dafür, das Autokennzeichen BA für Bad Aussee und nicht LI für Liezen, wurde ihnen allerdings vor ein paar Jahren weggenommen, was heftige, aber erfolglose Proteste zur Folge hatte.

Ein wenig mitnaschen am Glanz der Habsburger dürfen sie trotzdem, schließlich hat der schon erwähnte Erzherzog Johann im Ausseerland, am Grundlsee, im Gasthaus Ladner zum ersten Mal mit der Postmeisterstochter Anna Plochl, seiner späteren Ehefrau, getanzt. Er blieb dem Land ein Leben lang verbunden. Und das sind auch wir, meine Familie und ein paar gute Freunde. Zumindest einmal im Jahr finden wir uns für ein paar Tage hier ein, seit Jahrzehnten, zum Wandern, Schwimmen, Reden, Feiern.

Nach der finsteren Enge des Koppentals kommen wir jetzt in sonnige Gefilde. Ein weiter, nahezu ebener Talboden, schon sattgrün mit weidenden Kühen, zieht sich hinüber von Kainisch bis nach Tauplitz. Hier haben beide Seiten ihren Reiz.

Links liegt auf einem waldigen Hügel die Kirche Maria Kumitz bei Obersdorf, später der Kurort Bad Mitterndorf mit seinen wie Stücke vom Pyramidenkuchen in die Landschaft gesetzten Appartementhäusern, eine von vielen Bausünden der sogenannten Lederhosenarchitektur früherer Tage. Von hier geht es via Mautstraße hinauf auf die Tauplitzalm, meinen allerersten Urlaubsort in der Kindheit, ein Platz voller Erinnerungen. Ein Stück weiter, vom Ort Tauplitz aus, führt auch ein Sessellift hinauf in diese herrliche Almlandschaft, die leider etwas zu viel abbekommen hat von menschlichem Gestaltungswillen, um es freundlich auszudrücken. Hier liegt der Scheitelpunkt der Salzkammergutbahn, achthundertfünfunddreißig Meter über der Adria, wie es auf den österreichischen Bahnstrecken noch immer heißt. Ganz so, als würde unser Land noch immer am Meer liegen.

Rechts gibt es eine der größten Skisprunganlagen der Welt zu sehen, die Flugschanze am Kulm. Wie eine große weiße Zunge liegt die Aufsprungbahn am rundum schon aperen Hang. Der fest präparierte Kunstschnee wird noch lange an den vergangenen Winter erinnern. Noch länger, bis in den Sommer hinein, wird der Harsch in den langen Riesen an den Nordwänden des Grimming liegen bleiben, die sich jetzt immer mehr in den Blick schieben. Kaum ein Berg hat seinen Namen so verdient wie er. Hart, schroff, wild, abweisend, kalt, grimmig, das sind die Adjektive, die einem einfallen, je näher man ihm auf den Gleisen der Bahn kommt. Gut lässt er sich vom Fenster aus bestaunen, wie ein wildes Tier im Zoo, bei dem man froh ist, es nicht direkt mit ihm zu tun zu haben.

Vielen Ortschaften drückt er seinen optischen Stempel auf, dieser mächtige, erratische Kalkstock. Mitterndorf, Tauplitz,

Knoppen hier oben im Norden, Mitterberg, St. Martin im Ennstal im Süden, und dem malerischen Dörfchen Pürgg an der Ostflanke, an dessen Bahnstation wir gerade zum Stillstand gekommen sind. Ein paar Leute steigen aus und machen sich auf den Weg hinauf in den Ort, auf einem schmalen Pfad entlang eines hölzernen Geländers. Ich hätte aussteigen sollen, mitgehen, ich war schon lange nicht mehr da, denke ich mir, als der Zug wieder anfährt. Es gibt dort zwei bemerkenswerte Sakralbauten aus dem Mittelalter, die Pfarrkirche und die Johanneskapelle mit ihren schönen Fresken, beide weithin zu sehen, dazu noch ein uraltes Wirtshaus, das zum Glück noch immer floriert. Das alles in überaus pittoresker Lage ergibt so eine Art Idealbild eines Dorfes im Gebirge, einen Sehnsuchtsort aus der sogenannten guten alten Zeit, die bekanntlich alles andere als angenehm war.

Das nächste Mal, da steige ich aus, sage ich mir wieder einmal wie so oft schon. Und wie so oft wird dieses nächste Mal vielleicht nie kommen. Aber der Gedanke an das nächste Mal ist schön, eine Art Vorfreude auf eine imaginierte Zukunft, in der man alles, wirklich alles das tut, was man sich schon immer vorgenommen hat.

Zunächst einmal geht es jedoch bergab, hinunter ins Ennstal mit seinem ganz besonderen Flair. Auf dem fruchtbaren Talboden liegen ganze Scharen von Heustadeln, wie von leichter Hand hingestreut ins satte Grün. Heu ist das Gold des Bergbauern, bei aufziehendem Schlechtwetter muss es schnell gehen, der Weg zum Hof ist oft viel zu lang, um es vor Sturm und Regen in Sicherheit zu bringen. Da leistet ein naher Stadl gute Dienste.

Das Tal verläuft ziemlich genau von West nach Ost und hat zwei grundverschiedene Seiten. Die Sonnseite im Norden bilden Kalkberge, der Grimming, der Kamm, der Stoderzinken, der Dachstein. Also leuchtet diese Seite bei Schönwetter in hellem Weiß, während die Schattseite im Süden, die Niederen Tauern aus Urgestein, in einer ruhigen Mischung aus grünen Matten, dunklem Fels und hohen Schneefeldern daliegt. Das Ennstal verbindet diese Gegensätze, das Yin und Yang der Alpen, auf eine wunderbare, ganz undramatische Art und Weise. Friedlichste geologische Koexistenz, wenn man so will.

Zur Koexistenz gezwungen sind dagegen die Orte Stainach und Irdning, ich glaube nicht, dass sie jemand gefragt hat, ob sie im Namen des Endbahnhofs der Salzkammergutstrecke durch einen Bindestrich vereint werden wollen. Eisenbahnerische Zwangsheirat, sozusagen. Aber womöglich verstehen sich die beiden Orte und ihre Bewohner ohnehin blendend, ja vielleicht wäre die eine Gemeinde sogar richtig eifersüchtig auf die andere, wenn der Bahnhof nur nach ihr benannt worden wäre. So sind beide vielen Reisenden ein Begriff, kann sein, dass manche meinen, es handle sich um einen einzigen Ort wie zum Beispiel Attnang-Puchheim. Fest steht, dass kaum jemand von der Existenz von Stainach-Irdning wüsste, wenn es sich nicht um einen Umsteigebahnhof handeln würde.

Dasselbe gilt für eine Reihe von anderen Eisenbahnorten, manche von ihnen auch mit Doppelnamen wie zum Beispiel Schwarzach-St. Veit, Neumarkt-Kallham oder Absdorf-Hippersdorf. Aber auch Selzthal, Sigmundsherberg, Hadersdorf, Jenbach, Unzmarkt und andere Orte sonnen sich im Licht ihrer Bedeutung im Eisenbahnwesen. Es sei ihnen von Herzen vergönnt.

Es ist wie bei den Namen von Autobahnabfahrten. Ich brauch nur an die meine zu denken. Ja, ich habe wie viele Menschen eine Autobahnabfahrt, eine, die zu mir gehört. Meine heißt Regau, steht ganz groß auf den blauen Schildern an der Westautobahn. Aber wer kennt Regau, wer war je in Regau? Die Abfahrt liegt ziemlich genau zwischen den beiden Bezirkshauptstädten Gmunden und Vöcklabruck, die beide doch ein wenig bekannter sein dürften als das nur ein paar Kilometer näher gelegene Regau. Ich habe mich oft gefragt, warum auf der blauen Tafel dann nicht Gmunden oder Vöcklabruck steht.

Der Grund dürfte höchst banal sein. Auch in politischen Parteien kommen bisweilen farblose, schwache Kandidaten zum Zug, weil sich die starken andauernd in den Haaren liegen. Nicht, dass jetzt die beiden Städte verfeindet wären, aber es könnte doch für einige Verstimmung sorgen, wenn eine von ihnen eine Abfahrt zugesprochen bekäme und die andere nicht. Und zu einer Bindestrich-Verpartnerung wie im Eisenbahnwesen, also Gmunden-Vöcklabruck, konnte man sich offenbar nicht entschließen. Also Regau, warum auch nicht, ist doch ein hübscher Name, Regen und Au, ein Quäntchen Poesie an der Autobahn.

Aber was kümmert es mich, schließlich rolle ich gerade in Stainach-Irdning ein, mit dem Zug. Mit ai wohlgemerkt, Steinach liegt am Brenner. Als Aichinger mit ai bin ich da sehr empfindlich, bei Eichinger werde ich wirklich böse, sollte ich damit gemeint sein. Wie ich es überhaupt für eine schwere Sünde halte, Namen falsch zu schreiben oder auszusprechen, eine wirkliche Missachtung der Person, des Ortes. S-Fehler, falsche Groß- und Kleinschreibung sind Peanuts dagegen, auch wenn sie für mich als potenziellem Sprachpolizei-Hardliner schwer zu ertragen sind.

Schade, dass ich schon da bin. Von Attnang-Puchheim bis Stainach-Irdning: Das hat einen Rhythmus. Den hätte es nicht, wenn es nur Stainach hieße, oder Irdning. Sehr schöne Fahrt, die könnte ich gleich noch einmal haben, also Rückfahrt. Da sieht man vieles ganz anders, vorausgesetzt, man sitzt wieder in Fahrtrichtung. Aber wen interessiert das?

Immerhin habe ich noch zwei andere Möglichkeiten. Richtung Salzburg über Schladming, Bischofshofen, oder Richtung Graz über Selzthal, Leoben. Ich überlasse dem Zug die Entscheidung und nehme den, der als Erster kommt.

NORDNORDOST

ATTNANG-PUCHHEIM–SCHÄRDING–LINZ

Die Glocken am nahen Kirchturm läuten schon zu Mittag, während ich auf dem Bahnsteig sitze und noch ein wenig zuwarte, bevor ich einsteige. Diesmal geht es nicht in den Süden, hinein in die Berge, zu den schönen Seen, sondern nach Norden ins wenig bekannte Innviertel. Schon an der Länge der Züge lassen sich die Unterschiede ermessen. Das Salzkammergut ist einen ganzen elektrischen Zug wert, für die andere Richtung reicht ein kleiner Dieseltriebwagen der Reihe 5047, eine Art Reisebus auf Schienen.

Und auch der ist nur schütter besetzt, als es in einem langen Bogen losgeht in eine Gegend, die ich selbst kaum kenne. Das dauert aber noch, die ersten Kilometer wecken Erinnerungen am laufenden Band.

Ach ja, ich sitze rechts, und das hat seine Gründe. Da ist gleich einmal einer der Skihänge aus meiner Kindheit, die sogenannte Moarleitn, benannt nach dem Moar z' Kiriberg, also dem Maier am Kirchberg, einem stattlichen Bauernhof circa in der Hangmitte. Hier vergnügte man sich bis etwa Mitte, Ende Februar, dann war es vorbei mit dem Schnee auf dem sonnigen Südhang, und der Tross der Attnanger Skisportler wechselte hinüber auf die schattige Piste namens Bundeskapelle, wo man in manchen Jahren noch bis weit in den März hinein seine Schwünge ziehen konnte. Heute sind es nur mehr wenige Tage, an denen überhaupt Schnee liegt.

Gleich danach taucht Moosham auf, ein kleines Bauerndorf

mit ein paar Höfen, ehemals Heimat unseres Kirchenchorleiters und ein beliebtes Ausflugsziel. Grund dafür war eine sogenannte Backhendlstation mit vollautomatischer Kegelbahn, der Gasthof Löwengrube. Ganz geheuer war mir dieser Ort trotz des für uns damals sensationellen Essens mit den gerade in Mode kommenden Pommes frites nie. Die Löwengrube, die da ja irgendwo sein musste, ließ mir keine Ruhe. Ständig hatte ich dieses Bild aus meiner Kinderbibel im Kopf, das den armen Daniel inmitten von vermutlich hungrigen Löwen zeigte, die sich demnächst über ihn hermachen würden, zumindest in meiner Fantasie.

Die nächste Haltestelle, Wolfshütte, hatte auch einen gewissen Gruselfaktor. Hier gibt es einen schönen dunklen Wald mit vielen Steinpilzen. Wolf, Wald, Pilze, beste Ingredienzien für schaurige Geschichten aller Art.

Später hat sich im Dorf gleich hinter dem Wald mein alter Klavierlehrer angesiedelt, den habe ich hier manchmal besucht. Er war die erste Künstlerpersönlichkeit, die mir begegnet ist. Ein echter Exot im zutiefst bürgerlichen Milieu von Vöcklabruck, mit langen Haaren à la Franz Liszt, ein wenig belächelt, aber im Grunde genommen hochgeschätzt. Und mit allen Widersprüchlichkeiten der Kriegsgeneration ausgestattet, politische Vergangenheit und problematisches Frauenbild inklusive. Als Leiter einer Musikschule würde er heute nie und nimmer mehr durchgehen, für mich war er eine wichtige, höchst inspirierende Figur. In seinem Altersdomizil in der Wolfshütte hatte er ein wunderbares Cembalo stehen, das erste, das er sich in seinem Leben geleistet hat. Da wurde Bach geübt und zusammen mit seiner Frau musiziert, die eine leidenschaftliche Verkünderin Alter Musik war.

Hinter mir wird telefoniert, schon die ganze Zeit, auf Italienisch. Angenehme Frauenstimme, ich muss mich einmal umdrehen. Ja, sympathisch, und sie lässt auch ihr Gegenüber zu Wort kommen, das merkt man an den Pausen. Ich muss aufpassen, mit Italienisch ist es so wie mit Musik, das kann mich furchtbar ablenken. Ich verstehe vieles ganz gut, möchte aber immer dazulernen, was mich in eine geradezu zwanghafte Zuhörerschaft treibt. Wäre besser, wenn sie auf Chinesisch telefonieren würde. Andererseits: dieser Kontrast zur Landschaft da draußen, dieses so überaus oberösterreichische Oberösterreich, das mit der Zeit dunkler, waldiger wird, und diese helle Sprache mit ihren offenen Vokalen, wirklich ein ganz eigener Film, das muss ich sagen.

Schon wieder der Wolf, Bahnhof Ottnang-Wolfsegg. Der Zug hält inne, Gegenzug, versteht sich. Das passt, hier liegt sozusagen die Wiege meiner Existenz. Vater und Mutter haben sich hier kennengelernt. Sie stammten zwar aus und lebten auch in Attnang, gefunkt, wie es so banal wie treffend heißt, hat es aber hier. Täglich sind sie, so wie ich gerade, mit dem Zug angereist, um an der Schule in Wolfsegg zu unterrichten. Der Weg vom Bahnhof hinauf ist lang und beschwerlich, täglich mussten sie ihn gehen, bei jedem Wetter, das würde man heute keiner Lehrerin, keinem Lehrer mehr zumuten. Noch dazu musste im Winter zuerst einmal der Ofen im Klassenzimmer angeheizt werden, wie mir meine Mutter erzählt hat. Heute beschwert sich Lehrpersonal, das aus dem Umland nach Wien einpendelt, über fehlende Parkplätze vor dem Schulhaus.

An klaren Tagen kann man Wolfsegg von bestimmten Punkten in Attnang aus sehen. »Schau, da ist Wolfsegg!«, dieser Ausruf aus dem Mund meiner Eltern ist mir bis heute im Ohr. Es liegt auch wirklich schön am Abhang des Hausrucks, ein Marktflecken wie aus dem Bilderbuch, mit schlankem Kirchturm und darüberhockendem Schloss. Zusammen mit seinem düster nach einer romantischen Oper klingenden Namen ist es für mich bis heute ein besonderer, ein mythischer Ort.

Das hat auch ein wenig mit Ottnang, seiner Zwillingsschwester am Fuß des Hausrucks zu tun. Hier habe ich als junger Student für ein paar Jahre einen Männerchor geleitet, den Hausruckchor Ottnang-Plötzenedt. Das hatte ich meinem schon erwähnten Klavierlehrer zu verdanken, von dem ich dieses Amt übertragen bekommen habe. »Da kannst du viel lernen«, hat er gemeint. Hat gestimmt, vor allem ein gerüttelt Maß an Psychologie der Menschenführung und eine ziemlich umfassende Einführung in das Leben auf dem Land unter besonderer Berücksichtigung von Männerbünden, so könnte man die Seminare nennen, die ich damals absolviert habe. Viele von meinen damaligen Sängern dürften vermutlich heute da oben bei der Kirche liegen, die jetzt ins Bild kommt. Ihre Gesichter, ihre Begeisterung für die Musik, aber auch ihre oft nicht einfachen Schicksale fallen mir ein. Stellvertretend für alle schicke ich dem Siegi einen schönen Gruß hinauf. Er hat viel zu viel getrunken, war ein ganz ein Lustiger, wie man hier sagt. Und gesungen hat er mit einer Inbrunst, dass es ihm die Augen verdreht hat.

Geprobt wurde im Saal des Gasthofs Geßwagner. Die Wirtin, eine resche Person mit durchdringender Stimme, kommt in Thomas Bernhards »Auslöschung« vor. Er selbst war oft hier zu Gast, wie in zahlreichen anderen oberösterreichischen Wirtshäusern auch. »Wenn ich tot bin, machen sie immer noch ein Geschäft mit mir«, hat er einmal gesagt. So ist es auch gekommen, der Bernhard-Tourismus scheint ungebrochen. Nicht zuletzt gibt es hier auch seinen Zweitbauernhof zu besichtigen, den er, wie auch das Anwesen in Ohlsdorf und die sogenannte Krucka am Grasberg bei Altmünster, auf Vermittlung von Karl Ignaz Hennetmair erworben hat. Der

Hausruck, der jetzt immer näher kommt, ist für mich ja viel mehr eine Thomas-Bernhard-Landschaft als die helle, sonnenbeschienene Umgebung von Ohlsdorf mit dem Traunsee und den weißen Kalkbergen. Wolfsegg ist übrigens von Ohlsdorf aus gut zu sehen, an klaren Tagen, versteht sich. Vielleicht ist der Landwirt aus Obernathal dadurch auf die Idee gekommen, sich zeitweilig hier niederzulassen.

Friedlich wirkt die Gegend, Wiesen, Felder, Waldwege, Holzstöße, blühende Bäume. Vor allem die hohen Mostobstbäume gefallen mir, unter denen sich im Herbst die abgefallenen Birnen häufen, mit Hundertschaften von Fliegen und Wespen drauf und einem Geruch von Fäulnis und Süße rundherum. Dazwischen immer wieder Zusammenrottungen von weißen Rundballen, von Friedrich Achleitner Plotteggs genannt, in die das Futter für das Vieh eingeschweißt und damit siliert wird. Rätselhafte Aliens, die nicht in die Landschaft passen, ein Ärgernis mit der Anmutung einer unfreiwilligen künstlerischen Äußerung. Dazu noch die unförmigen Trampolins für den ländlichen Nachwuchs in den Gärten der Einfamilienhäuser, und schon steigt der ebenfalls unschöne Begriff der Verschandelung in mir auf. Aber der einzige Mensch in meiner Nähe ist die weiterhin telefonierende Italienerin, also bleibt das Wort in mir drinnen.

Untertags, unsichtbar, sozusagen hinter der Idylle liegt eines der größten Braunkohlereviere Österreichs, längst wirtschaftlich uninteressant für den Abbau, aber für lange Zeit der wichtigste Wirtschaftsfaktor am Hausruck. Wolfsegg, Ottnang, Bergern, Holzleithen, Kohlgrube, Thomasroith, Ampflwang, alles Bergbaugemeinden mit einer dementsprechend großen, überwiegend sozialdemokratisch gesinnten Arbeiterschaft. Am 14. Februar 1934 kam es im Zuge des Bürgerkriegs zu einem schrecklichen Verbrechen. Angehörige der Heimwehr drangen in das Arbeiterheim von Holzleithen ein, stellten sechs Schutzbündler an die Wand des Kinosaals und eröffneten das Feuer. Vier von ihnen starben, zwei überlebten schwer verletzt dank des beherzten Einschreitens des damaligen Gemeindearztes.

Der Hausruck ist kein einförmiger Höhenrücken, der in der Landschaft liegt wie ein Apfelstrudel oder ein Rehrücken wie etwa das Leithagebirge. Er hat deutlich sichtbare Höhen und Tiefen, Einbuchtungen, Lichtungen im dunkelgrünen Nadelwald und ist so etwas wie der Prototyp einer romantischen Landschaft, eine Gegend wie geschaffen für den »Freischütz« von Weber oder den »Wildschütz« von Lortzing.

Ein kurzer Tunnel und wir sind durch, drüben auf der anderen Seite des Hausrucks, im Innviertel. Ein alter Förderturm gleich bei der ziemlich verwahrlosten Station Hausruck erinnert an die Zeit des Kohlebergbaus. Der Wald ist verschwunden, und mit ihm die Romantik. Es ist eine nüchterne, ruhig auf und nieder schwingende Hügellandschaft, durch die das Gleis mit großen Radien seine Mäander zieht. Die roten Ziegeldächer der Dörfer, die Form der barocken Kirchtürme lassen schon ein wenig an Bayern denken, dessen Teil das Innviertel über Jahrhunderte war. Es gilt noch immer als rückständig, arm und voller Sturschädel. Die häufigen Raufhändel in den Wirtshäusern sind Legende, ganz friedlich dürfte es auch heutzutage nicht immer zugehen, wie mir ein übrigens sehr sanftmütiger Innviertler kürzlich erzählt hat. Der Dialekt ist eigen, ziemlich anders als unser Hausruckviertlerisch. Friedrich Achleitner hat ihm mit dem Lyrikband »iwahaubbd« ein wunderbares Denkmal gesetzt. Keine Ahnung, ob den hier überhaupt jemand kennt.

Eberschwang: was für ein Ortsname. Drängt sich ja geradezu auf als Titel für ein Volksstück à la Franz Xaver Kroetz. Ist ziemlich aus der Mode gekommen, diese Art von kritischem

Volkstheater. Oder habe ich da etwas verpasst? Themen gäbe es noch immer genug, fürchte ich.

Sonst weiß ich von Eberschwang nur, dass ich schon einmal da war. Mit meinem Vater, noch mit einem Dampfzug. Keine Ahnung, warum wir da waren. Wir haben irgendetwas abgeholt, bilde ich mir ein. Jedenfalls gibt es hier eine Wurstfabrik, eine ziemlich bekannte sogar, liegt in jedem Supermarkt, die Wurst aus Eberschwang. Das passt, finde ich, nicht nur wegen des Namens. Das Innviertel ist eine Fleischgegend, Fleisch und Bier, die sind hier zu Hause. Ein Schweinsbraten mit Knödeln und Stöckelkraut zum Beispiel, oder die Innviertler Knödel. Miniaturbällchen mit köstlichen Füllungen, Grammeln, Speck oder Surfleisch, dazu ein Sauerkraut und ein Bier aus einer der vielen hier ansässigen Brauereien. Kulinarischer Ausdruck einer Art von Lebensfreude, die die einen mögen und die anderen verabscheuen.

Ich kann beide verstehen, verharre in einer Ambivalenz, die sich einmal der einen und dann wieder der anderen Seite zuneigt. Beim Essen und Trinken bin ich hin und wieder gerne ein Innviertler, bei alldem, was sich damit verbindet, oft gar nicht. Da wäre unter anderem der sogenannte Politische Aschermittwoch in Ried, eine Bierzeltsause der niedrigsten Art, abgehalten von einer im Innviertel ziemlich starken rechtspopulistischen Partei. Ins Leben gerufen hat sie einst gar kein Innviertler, sondern ein Goiserer Salonkärntner, weitergeführt von einem Wiener Rabiatpolterer wurde sie eifrig beklatscht von im Bier- und Tabakdunst schunkelnden selbsternannten Patrioten. Jahr für Jahr kamen so verstörende Fernsehbilder in unsere Wohnzimmer, die zeigten, wie schnell eine ländliche, gemütliche Bodenständigkeit in Menschenhass und Chauvinismus umschlagen kann.

Meinen Zug kümmert das wenig, ruhig zieht er seine Kurven

hin über das Land. Ich mag es, wenn man die Gleise schon im Voraus sieht. Was für eine elegante und landschaftsschonende Fortbewegung ist doch das Fahren mit der Eisenbahn: Schotter, Holz, Stahl, keinerlei Versiegelung, keine breiten, das Bild irritierenden Asphaltbänder, und alles in einem Farbton, der in jede Gegend passt.

Ein Magnolienbaum in voller Blüte, alle Jahre wieder ein heftiger, aber kurzer Tusch in Weiß und Rosaviolett, von dem ein paar Tage später nur mehr traurig auf dem Boden verstreute Blütenblätter zeugen. Brennholzstöße an vielen Hauswänden, Fotovoltaik auf den Dächern, das Innviertel rüstet sich für den Klimawandel.

Jetzt rollen wir hinein nach Ried im Innkreis, vorbei am neuen, rötlich schimmernden Busbahnhof. Die Skifabrik Fischer, das Rieder Bier, das Rieder Volksfest, das ist so ziemlich alles, was ich über Ried weiß. Und natürlich die SV Ried, der ganze ballesterische Stolz der Gegend, früher unvorstellbar, ein Bundesligaklub in einer kleinen Bezirksstadt. Spitzenfußball, das war einmal das proletarische Vergnügen in der Großstadt, ein Insignium von Urbanität. Nur hin und wieder schafften es ein paar kleine Exoten ins Oberhaus, Schwarz-Weiß Bregenz, Vorwärts Steyr oder der SC Neusiedl, verschwanden aber wieder nach ein paar Saisonen. Heutzutage braucht es nur einen potenten Sponsor, und schon ist man oben und bleibt es auch. Die Urbanisierung des ländlichen Raumes, so nennt man das. Der dichte Autoverkehr, die Pizzerien, Chinarestaurants und Dönerbuden sind schon längst da. Fehlen nur noch der öffentliche Verkehr, das kulturelle Angebot und vor allem der urbane Geist. Aber wäre es nicht doch schade um das ländliche Land, um die Feuerwehrfeste und Kirtage, um die lustigen Bierzelte?

Kaum habe ich darüber nachgedacht, kommt von draußen ein deutliches Ja, optisch zumindest. Eine Blasmusikkapelle,

Pferde, in Tracht gewandete Menschen haben sich kurz vor Bad Ried offenbar zu einer Art Umzug versammelt. Für den traditionellen Georgiritt ist es noch zwei Wochen zu früh, aber vielleicht ist es eine Probe dafür. Ich werde es nie erfahren, der Zug bleibt in Bewegung, und ich bin mit ihm schon wieder verschwunden aus dem festlichen Treiben.

Draußen auf den Wiesen und Feldern ist nicht viel los, nur ein Hase und eine Krähe sitzen in trauter Zweisamkeit nebeneinander auf einem Acker. Es wirkt so, als würden sie einander gerade die letzten Neuigkeiten berichten, aus ihrer jeweiligen Community sozusagen.

Ein paar Möbelhäuser in schrecklichen Farben, die sich gar nicht vertragen mit dem frischen Frühlingsgrün um sie herum, ein verfallendes Haus mit einer völlig außer Kontrolle geratenen Thujenhecke, die sich gebärdet wie ein Mangrovenwald im Trockenen. Bahnhof St. Martin im Innkreis. Ein gut gelaunter Fahrdienstleiter grüßt den Lokführer. Die Italienerin hinter mir ist verstummt. Wie lange eigentlich schon? Ist mir gar nicht aufgefallen.

Kurz vor Hart geht vor meinem Fenster eine massive Veränderung vor sich. Eine Industriehalle reiht sich an die andere, alle miteinander eindeutig jüngeren Datums, ein richtiger Cluster, könnte man sagen. Gleich darauf offenbart sich auch die Ursache, von rechts kommt die Autobahn herein, die nach Deutschland hinausgeht. Wirtschaft und Verkehr gehören schon seit Urzeiten zusammen, das ist schon klar. Aber muss das gleich solche Ausmaße annehmen? Wirkt wie ein schönheitschirurgischer Eingriff, nach dem der Patient nicht wiederzuerkennen ist.

Es ist ziemlich flach geworden da draußen, eine neutrale Landschaft, ein Wedernoch. Weder besonders schön noch besonders hässlich, weder schroff noch lieblich, weder einladend noch abweisend, weder aufregend noch langweilig. Eine Gegend, die sich nicht aufdrängt, anschmeißt, und das ist schon wieder sympathisch. Man müsste aussteigen, um sie besser kennenzulernen, aber jetzt ist Schärding nicht mehr weit, da bleibe ich lieber sitzen.

Antiesenhofen. Hierher gibt es verwandtschaftliche Bande und eine Verbindung zum alpinen Skisport. Ich komme aus einem sehr sparsamen Elternhaus, was ich heute durchaus zu schätzen weiß, weil etwas da ist, wie es so schön heißt. In Kindheit und Jugend war mir die Sparsamkeit ein Gräuel, so ist es im Grunde genommen bis heute geblieben. Deshalb gebe ich gerne viel Trinkgeld, schaue nicht auf die rechte Seite der Speisekarte und bade in keinem Geldspeicher. Aber damals wurde gespart, an allen Ecken und Enden, zum Beispiel beim Kauf von Skiern. Da wurde eine sogenannte Beziehung in die hier ansässige Skifabrik genützt, und so war ich viele Jahre lang auf Brettern der völlig unbekannten Marke Hagan unterwegs und nicht auf den neuesten Modellen von Fischer, Atomic, Kneissl oder Blizzard wie meine Freunde. Das hat mich ganz fürchterlich gewurmt, ich war eine Art Skifahrer zweiter Klasse, und das bei meinem, wie ich mir einbildete, herausragenden Können. Dass die Skier gut und sogar ziemlich flott waren, hat da gar nichts mehr genützt.

Suben, langsam wird das Gelände wieder kupiert, leicht hügelig. Der Ort hat es nicht leicht, obwohl er in ganz Oberösterreich bekannt ist. Kaum ist, in welchem Zusammenhang auch immer, von ihm die Rede, kommt schon aus irgendeinem Mund das allen geläufige »Ja, ja, die bösen Buben von Suben!«. Gemeint sind die Bewohner des hiesigen Stiftes, seit dem 19. Jahrhundert eine Justizanstalt.

In Gopperding kommt rechts eine andere Strecke herein, zweigleisig, elektrisch, ein anderes Kaliber. Ist auch kein Wunder, schließlich handelt es sich um einen internationalen Eisenbahnhighway, Linz–Wels–Passau–Nürnberg–Frankfurt–Köln–Amsterdam. Mein kleiner Triebwagen darf da nur mehr ein paar Kilometer entlangzuckeln, dann ist Schärding und damit Schluss.

Früher ging es noch weiter bis Passau. Sehr viel früher, zu Zeiten, als noch mein Großvater hier als Schaffner und Zugsführer unterwegs war. Ich habe ihn nie kennengelernt, er ist vor meiner Geburt gestorben. Das hatte angeblich unter anderem damit zu tun, dass er Nikotin in allen Emanationen verfallen war. Kautabak, Schnupftabak, Pfeifentabak, Zigarren, Zigaretten waren in Passau in besserer Qualität und noch dazu billiger zu haben als zu Hause. Das war der Geldbörse, aber nicht der Gesundheit zuträglich. Ein paar Pfeifen aus seinem Besitz sind mir noch in Erinnerung, und einige andere Mitbringsel seiner beruflichen Touren: ein Taschenmesser, ein Kaffeehäferl, beide mit einer Miniaturvedute und der Aufschrift »Passau«, ein Messer mit dem Schriftzug »Bad Aussee«, darüber das Bild eines röhrenden Hirschen. Reisen war für die meisten Menschen damals kein Thema, aber die fahrende Zunft sorgte gerne für ein wenig Abwechslung, mit Speck, Schnaps, Käse, Tabakwaren und anderen Dingen, die es zu Hause so nicht gab.

Der Bahnhof in Schärding dürfte erst unlängst neu gebaut worden sein. Kein altes Aufnahmegebäude mehr, wie die Stationshäuser im Eisenbahnjargon genannt werden, sondern Stahl, Glas, Beton, aber durchaus gelungen. Das Zentrum liegt wie üblich in einiger Entfernung, ist aber dank seiner erhöhten Lage und der dominanten Kirche gut zu sehen. Da will ich hin, eine Straße in die Richtung ist allerdings nicht zu sehen. Auf dem Vorplatz stehen zwei Taxis, eine Fahrerin lehnt rauchend an ihrem Fahrzeug. Ich frage sie nach einem Fußweg in die Stadt, und entschuldige mich gleich dafür, weil es mir irgendwie unanständig vorkommt, ausgerechnet eine Taxlerin danach zu fragen. Sie hat aber kein Problem damit. »Die Straße jetzt nach links, und da vorne bei dem grünen Schild nach rechts. Da steht Zentrum drauf.« Danke, aber das hätten sie hier auch gleich anschreiben können. Aber immerhin gibt es einen eigenen Fußweg, ein schmales Asphaltband, gesäumt von ein paar Alleebäumen. Oft wird man als Fußgänger ja nicht einmal stiefmütterlich, sondern eher wie ein Paria behandelt, wenn an den Bahnhofstraßen nicht einmal ein Gehsteig angebracht ist.

Am Weg bergan zur Altstadt liegt die Brauerei Baumgartner, ein stattlicher Komplex, der gleich den Weg weist zu den wirklich wichtigen Dingen im Innviertel. Gleich gegenüber, ob weiser Plan oder Zufall, liegt das Bezirksgericht. Und dann geht es durch ein Bollwerk von einem Stadtturm, dem Linzer Tor, hinein auf einen der schönsten Plätze, die ich kenne. Ein völlig unversehrtes, lückenloses Barockensemble bildet den farbenfrohen Rahmen, architektonischer Ausdruck süddeutsch-österreichischer Diesseitsfreude, die hoch aufragende Kirche bleibt als Jenseitsmahnerin dezent im Hintergrund. Es ist schon mächtig was los auf dem Platz, aber mich zieht es vorerst links in ein schattiges Gässchen hinein, wo ein paar grüne Sonnenschirme an hölzernen Bänken vor einer Fassade mit der Aufschrift »Brauerei Baumgartner« locken.

Erst beim Näherkommen entdecke ich darunter das Logo BB und die Aufschrift »Bumsn«. Das ergibt für einen meiner Generation eine ziemlich unverhohlen zweideutige Botschaft. Mit BB verband ein pubertierender Bursche keineswegs das Baumgartner Bier oder gar die Bundesbahn, sondern natürlich die französische Schauspielerin Brigitte Bardot, vom Boulevard damals gern als Busenwunder oder Sexbombe tituliert. Ich muss kurz an die grinsende Schlüpfrigkeit Bier trinkender Männerrunden denken und zögere ein wenig mit dem Eintreten. Aber letztlich gewinnen Hunger und Durst, unterstützt von einem Schild »Schöner Gastgarten im Innenhof«.

Auf dem dunkelkühlen Gang dorthin kommt eine Kellnerin im Dirndl daher, die mir ein »Griaß di God« entgegenschleudert. Ja, das mag schon der ortsübliche Gruß hier sein, dagegen ist nichts zu sagen, aber der Ton gefällt mir nicht. Zu laut, zu süß, nur eine Spur, aber gerade so, dass man die Botschaft spürt. Ein »mia san mia« verbunden mit der Aufforderung, dass man da jetzt auch dazuzugehören hat, wenn man Platz nimmt. Aber vielleicht habe ich einfach nur zu viel Thomas Bernhard gelesen, dass ich auf solche Gedanken komme. Ich antworte mit einem staubtrockenen »Griaß di« und gehe weiter.

Ah, der Garten ist wirklich wunderschön. Altes Gemäuer, Sonne und Schatten gut verteilt, schöne Tische, Sonnenschirme. Aber eine Bumsn ist das nie und nimmer, sondern einfach ein schöner, gutbürgerlicher Braugasthof, wie er auch dem Ohlsdorfer ganz ausgezeichnet gefallen hätte. Diese Koketterie mit dem Schäbigen hat etwas anzüglich Falsches und ist genauso daneben, wie wenn sich eine wirkliche Bumsn als schickes Szenelokal gerieren würde.

Aber sei's drum, ein freundlicher Kellner, natürlich in Lederhosen, bringt die Karte, ich bestelle ein Bier. Eine »Halbe« natürlich, das »Krügel« habe ich mir im letzten Moment verkniffen. Wer will hier schon als ein Wiener, sprich Weana, dastehen. Schöne Speisekarte, inhaltlich, meine ich. Kurz bleibe ich an den Innviertler Knödeln hängen, stelle sie mir vor und drehe wieder ab. Zu viel für die Tageszeit, bei den Portionen, die hier zu erwarten sind. Portion Leberkäse, süßer Senf, Laugenbrezel, ja genau, das ist es.

»War es gut?« – »Ja, wunderbar. Und noch ein Seidl bitte.« Das Bier entfaltet schön langsam seine mild wohltätige Wirkung, und ich sitze einfach da, rundum zufrieden. Es ist schon ein gutes Land, denke ich mir, das solche Orte hervorbringt, und so ein Bier, und so einen Leberkäse. Ein Mann mittleren Alters kommt herein, grüßt einen Freund an einem Tisch mit einem lauten »Alles Roger in Kambodscha?« – »Roger!«, kommt es zurück. Übertriebenes Gelächter, rustikale Virilität. Kurze Negativgänsehaut bei mir. Geht schnell vorbei, danke BB.

Draußen auf dem Hauptplatz in die pralle Sonne. Mein Gott, wie das blendet. Und die vielen Leute. Ich verdrücke mich in den Winkel rechts hinten, zur Kirche hin, die ist gut abgeschirmt gegen den schnöden weltlichen Lärm in den Straßencafés. Nur eine Amsel und das Schäkern einer Elster, das so gerne in englischen Kriminalfilmen auftaucht, wenn ein Mord im Schwange ist. Schlank, steil und unglaublich hoch wirkt die Kirche von außen, drinnen durch die Rundbögen eher breit und ein wenig behäbig. Am Land gehen die Männer meistens nach der Messe ins Gasthaus, oder gleich anstatt. Ich kann ihnen nur sagen: Nach dem Gasthaus, nach dem Bier in die Kirche, das ist es. Einfach dasitzen, schauen, die Gedanken kommen und gehen lassen unter schwachem Drogeneinfluss. Ein wenig Orgelmusik dazu wäre auch schön, but you can't always get what you want.

Schärding am Inn, heißt es, dort will ich jetzt hin, an den Inn. Da kann es nur bergab gehen. Dauert gar nicht lange, da liegt er da, breit und mächtig, schon eher ein Strom als ein Fluss. Es dauert auch nicht mehr lange, dann wird er im nahen Passau zur Donau. An der sonnenbeschienenen Lände wird flaniert, getratscht, geflirtet und geküsst. Der Frühling zeigt Wirkung. Ich gehe ein Stück flussaufwärts, passiere die alte Brücke, auf der es hinübergeht ans andere Ufer, nach Bayern.

Erst durch den Frieden von Teschen, der 1779 den Bayerischen Erbfolgekrieg beendete, kam das Innviertel zum Herzogtum Österreich ob der Enns, wurde also der Inn zur Grenze.

Der Krieg blieb weitgehend ohne größere Kampfhandlungen und wurde daher auch Kartoffelkrieg oder Zwetschgenrummel genannt, weil es hauptsächlich um das Requirieren von Lebensmitteln für die Truppen ging. Krieg im ausgehenden Rokoko, gute alte Zeit, könnte man meinen. Der österreichische Kaiser Joseph II. war nur mäßig erfreut über den bescheidenen Gebietsgewinn. »Es ist ein winziger Gegenstand, wenn man bedenkt, was vielleicht hätte gelingen können; aber an und für sich ist dieser Landstrich schön und gut, für Österreich sehr gelegen.« Aber da weiter groß Krieg zu führen, um vielleicht ganz Bayern zu annektieren, das war dem großen Aufklärer dann doch den Aufwand nicht wert. Und so ist jetzt eine Art Kleinbayern Teil von Österreich, und sage niemand, dass man das nicht bis heute noch immer ein wenig spürt.

Wie eine Burg hoch über dem Flussufer erhebt sich ein Stück weiter das Kurhaus der Barmherzigen Brüder. Die, die schon da waren, schwören auf die wohltuende, heilende Wirkung ihres Aufenthalts in dem ehrwürdigen Gemäuer, darunter nicht wenig Prominenz aus Kunst und Kultur. Ein Schild an der Mauer dürfte allerdings nicht gerade dem Kurgedanken entsprungen zu sein: »Nur noch 777 Schritte zur Kardinalschnitte.« Ich gehe sie nicht, die Schritte, und drehe um.

Da treffe ich auf zwei junge Frauen, die ihre Kätzchen an der Leine ausführen. Die sollen doch auch was haben vom Frühling und vom schönen Wetter, erklären sie mir. Finde ich auch, schaut wirklich entzückend aus, wie die kleinen Viecher an Gräsern und Blüten schnuppern. Zusammen mit den Frauen ein fast unwirkliches Bild, wie von einem Maler des ausgehenden 19. Jahrhunderts gedacht. Ich wünsche noch einen schönen Tag und gehe weiter.

Vom Schloss Schärding ist heute nicht mehr allzu viel übrig, vom Park, den man über ein paar Stufen vom Innufer aus erreicht, lässt es sich schön hinabschauen auf den Fluss und weit hinaus übers Land. Die Wirkung meines Zaubertranks aus der Bumsn ist jetzt endgültig verflogen, und mir kriecht ein wenig Müdigkeit in die Knochen. Zeit für einen Kaffee, also spaziere ich wieder hinüber auf den Platz.

Ich habe Mühe, einen Tisch im Freien zu finden, so viel ist hier los. Jede Menge Touristen, hauptsächlich fortgeschrittenen Alters, die meisten von ihnen mit E-Bikes. Flussradwege sind beliebt, wegen ihres geringen Höhenunterschieds, nehme ich einmal an. Flüsse machen nun einmal keine großen Sprünge, Wasserfälle einmal ausgenommen. Aber solche Jugendtorheiten hat der Inn hier längst hinter sich, ruhig fließt er seiner baldigen Vermählung mit der Donau entgegen.

Und mit ihm die Radler an seinen Gestaden. In den Straßencafés auf dem Platz machen sie, um ehrlich zu sein, nicht gerade eine gute Figur. Die eng an den Bäuchen anliegenden Trikots in schreienden Farben, die wie Kochtöpfe oder Suppenschüsseln auf den Köpfen sitzenden Helme, die verschwitzten Gesichter wollen sich nicht so recht ins Bild fügen. Die Schöpfer von Sportmode könnten sich wirklich einmal etwas einfallen lassen, schließlich hat auch ein Innviertler Kaffeehaus seine Würde und einen Hauch von Eleganz.

So, jetzt habe ich doch noch ein Plätzchen gefunden. Es ist fast schon sommerlich warm, also wird es ein Eiskaffee statt einer Melange. Fühlt sich fast ein wenig südlich an in der Sonne, barock-südlich, nicht renaissance-südlich. Die Sprache schlägt sich auch ein wenig mit dem Südlichen, wo ist nur meine italienische Telefoniererin? Sie hat ihrem unsichtbaren Gegenüber doch ein paarmal gesagt, dass sie nach Schärding unterwegs ist, Schärding mit sehr offenem ä.

Ich bin jetzt schon eine Weile unterwegs, Zeit, ans Heimfahren zu denken. Fast eine Stunde bis zum nächsten Zug, sagt mir mein Handy. Das geht sich locker aus für einen entspannten Schlenderer zurück zum Bahnhof. Also wieder hinaus zum Linzer Tor, vorbei an der BB und dem Bezirksgericht, und dann einfach bergab. Aber irgendetwas stimmt nicht, an dieses Haus kann ich mich nicht erinnern, und an das da drüben auch nicht. Ich drehe mich um, nehme die Perspektive des Ankommenden ein, der ich vor ein paar Stunden war. Es stimmt, hier bin ich nicht gegangen. Wahrscheinlich auf der Parallelstraße, oder auf der Parallelstraße zur Parallelstraße. Ich gehe zurück bis zu einem Punkt, von dem ich mir ganz sicher bin, dass ich schon da war. Ich bin jetzt einfach zu müde für Experimente.

Tatsächlich, es ist die Parallelstraße, ich erkenne alles wieder. Eigentlich komisch, dass man sich so schnell so viel merkt. Zum Beispiel die Plakate an beinahe allen Straßenlampen. Die schaue ich mir jetzt genauer an. Aha, der Zirkus kommt, immer ein Grund zur Freude auf dem flachen Land. »Circus King« heißt er. Da stellt sich natürlich die Frage, woher der King kommt. Heißt der Direktor so, wie zum Beispiel beim Zirkus Knie, oder handelt es sich um einen Art Superlativ wie etwa in »Burger King«? Das könnte Probleme geben, ich erinnere mich an einen legendären Streit zwischen zwei Betreibern von Würstelständen, die sich beide »Würstelkönig« nannten. Und wie es so schön heißt, gibt der Klügere nach. Der nannte sich dann »Würstelkaiser«.

Jetzt geht es weiter über eine Brücke, hinüber über die Pram. Schärding liegt ähnlich wie Passau auch in einem Zwickel zwischen zwei Flüssen, nur ist der hier nicht so spektakulär wie dort der zwischen Donau und Inn. Ein Blick auf die Uhr: Zeit genug. Ich setze mich noch auf eine Bank ans Ufer. Hier ist es ganz anders als drüben am Inn, ganz leise, menschenleer. Nur frisches Grün und Wasser.

Der REX von Passau nach Linz ist ein Talent, ein Triebwagen der Baureihe Talent, um genau zu sein. Flott geht es jetzt Richtung Süden, fühlt sich an wie Fahren auf der Autobahn im Vergleich zur Hinfahrt auf einer Art Feldweg aus Schienen. Der Zug ist schon mehr als halb voll, eine sogenannte Tagesrandverbindung, ideal für Pendler und Tagesausflügler. Bis Wels dürfte es ziemlich voll werden.

Eine Zeit lang ist die Pram ein stiller Begleiter, dann tauchen auf einmal Granitfelsen auf. Kann das sein, hier, südlich der Donau? Die gehören doch in den Norden, ins Mühl- und Waldviertel. Reste an Schulbildung im Verein mit Doktor Google fördern die geologischen Tatsachen zutage. Das hier ist der Sauwald, auch wenn gerade kein Wald vorm Fenster liegt, also eine Gegend, die zur sogenannten Böhmischen Masse gehört, und die ist nun einmal aus sogenanntem Urgestein, aus Granit, Gneis und Glimmer.

Der Sauwald ist eines von mehreren großen Waldgebieten in Oberösterreich, die auch so heißen. Böhmerwald, Kobernaußerwald und Hausruckwald fallen mir da noch ein. Oberösterreich ist ein Waldland, sind also seine Bewohner und Bewohnerinnen Waldmenschen? Mitnichten, würden sie vermutlich selber sagen, und das mit einigem Recht. Das Land gilt als innovativ, ist mit seiner Industrie so etwas wie der Wirtschaftsmotor von Österreich. Auch kulturell hat man sich mancherorts dem Neuen und mitunter Unbequemen verschrieben, was auch sein Publikum findet. Also keine Waldmenschen. Und auch keine Mostschädel, wie es so oft heißt?

Die Landschaft vor meinem Fenster läuft in Variationen des Vertrauten ab, scheinbar gleichförmig, aber doch immer wieder ein wenig anders. Wald, Wiese, Landstraße, Bach, Ortschaft und natürlich Kirche. Die ist fast immer aus dem Barock, einer wahren Gründerzeit für den Katholizismus. Heerscharen von Architekten, Baumeistern, Maurern, Steinmetzen, Bildhauern, Malern, Dachdeckern und einfachen Arbeitern hatten über gut hundert Jahre Arbeit in Diensten des Herrn. Wäre interessant, alle Barockkirchen des Landes einmal zum Defilee nebeneinander aufgestellt zu sehen, in einer Art sakraler Ringstraße. Ob ihre Länge, nämlich die der existierenden Wiener Ringstraße, dafür ausreichen würde? Wird knapp, würde ich sagen, auch wenn in ein durchschnittliches Palais der Breite nach vielleicht zwei, höchstens drei durchschnittliche Landkirchen passen.

Neumarkt-Kallham klingt nach Bahnknotenpunkt und ist auch einer. Hier könnte ich umsteigen in die Lokalbahn nach Eferding oder in einen Zug zurück nach Ried im Innkreis und weiter nach Braunau. Aber ich habe ein gutes Plätzchen in einem jetzt schon sehr gut gefüllten Zug und so bleibe ich gerne sitzen. Es herrscht das milde Licht des späten Nachmittags, das beinahe jeder Landschaft zum Vorteil gereicht. Das macht den Platz am Fenster noch ein wenig wertvoller.

Grieskirchen-Gallspach könnte auch ein Knotenpunkt sein, ist aber keiner, genauso wenig wie Bad Schallerbach-Wallern. Aber da gibt es immerhin einen »Bahnwirt«, noch dazu mit integriertem »Tanzcafé«, zumindest wenn man dem Schild am Bahnhof Glauben schenkt.

Je näher ich der Ebene komme, der Welser Heide, desto größer werden die Bauernhöfe. Es sind auch schon Vierkanter dabei, die Schlösser der Landwirtschaft. Eigentlich wollte ich nur bis Wels fahren, um in den Railjet nach Wien umzusteigen. Aber, wie gesagt, ich sitze einfach zu gut, also lasse ich mich gleich bis Linz kutschieren. Dort ist die Auswahl an Zügen nach Hause noch größer.

NACH HAUSE

WIEN–ATTNANG-PUCHHEIM–WIEN

Noch immer, wenn ich von Wien nach Attnang-Puchheim reise, denke ich insgeheim, ich fahre nach Hause. Manchmal spreche ich es auch aus, und bin, je nach Stimmungslage, amüsiert oder entsetzt darüber. Da lebst du schon fast vierzig Jahre in Wien, hast alles hier, Familie, Arbeit, Freunde, Stammlokale, ja sogar ein wenig Erfolg, das Gerede vom sogenannten Lebensmittelpunkt ist also kein hohler Zahn. Und dann das.

Allerdings, und das beruhigt mich einigermaßen, entfährt mir immer, wenn ich wieder in Wien einrolle, egal ob laut, leise oder nur in Gedanken, ein erleichtertes »endlich wieder daheim«. Vermutlich bin ich einfach ein typischer Migrant. Dort und hier zu Hause, aber nirgends zu hundert Prozent. Das verbindet mich mit allen, die nicht in Wien geboren sind, aber hier leben. Gerne, oft sogar sehr gerne hier leben.

Das Einrollen hat viel von seinem Zauber verloren, zumindest wenn man von Westen kommt. Die Strecke durch den Wienerwald hat sich zwar gezogen wie ein Strudelteig, wie man bei uns sagt, der Zug war der vielen Kurven wegen nur im gemächlichen Baustellentempo unterwegs, gab mir aber viel Zeit, um mich auf Wien einzustimmen.

Wien beginnt nämlich nicht abrupt, wie es einem die Stadtgrenze irgendwo westlich von Ha-Wei, also Hadersdorf-Weidlingau, einreden will, sondern als stetige Einflüsterung des Wienerischen, die ungefähr bei Neulengbach beginnt, wenn der Zug in den Wienerwald eintaucht. Diese Einflüsterung besteht aus Kastanienalleen, Fin-de-Siècle-Villen mit hübschen Namen wie Waldesruh oder Daheim, Buchenwäldern, schmucken Bahnhofsgebäuden mit eisernen Fußgängerbrücken, dem singend kratzenden Geräusch, wenn sich Waggonräder in den Kurven an die Schienen schmiegen, zwei kurzen Tunnels, so kurz, dass man glaubt, einer Täuschung aufgesessen zu sein, Bahnhofsschildern mit Rekawinkel, Tullnerbach-Pressbaum, und ganz zuletzt, Purkersdorf-Sanatorium.

Aber das ist, wie gesagt, Geschichte, zumindest wenn man einen sogenannten Railjet nimmt. Bei dem Namen darf es einen auch nicht wundern, wenn man nichts zu sehen bekommt, schließlich ist es bei seinen fliegenden Verwandten nicht viel anders. Heute taucht man kurz nach dem Parkplatzbahnhof Tullnerfeld, bei dem weit und breit keine Ortschaft zu sehen ist, unter. Die letzten Kilometer vor Wien herrscht draußen vor dem Fenster völlige Dunkelheit, und mag darüber, im Wienerwald, auch noch so hell die Sonne scheinen. Das spart eine Menge Fahrzeit, der Zug donnert mit gut zweihundert Sachen geradeaus durch den Tunnel und braucht sich keinen Deut um die Täler und Hügel da oben scheren.

Und taucht man dann in Meidling buchstäblich aus der Versenkung wieder auf, ist man auch schon da, mitten in der Stadt. Das hat tatsächlich etwas von einer Landung auf dem Flughafen: Aufstehen, Anziehen, Koffer nehmen, Aussteigen, U-Bahn, Wien. Schnell, praktisch, heutig.

Beim Start Richtung Westen stellt sich mir immer wieder aufs Neue die Frage: Meidling oder Hauptbahnhof? U4, U6, jeweils zwei Stationen: Meidling liegt verkehrstechnisch für mich praktisch um die Ecke. Aber es handelt sich, mit Verlaub, halt doch um einen Vorortebahnhof. Gut, Proviant, Zeitungen fassen, kein Problem, nur mit der Auswahl hapert es für einen Feinspitz wie mich schon ein wenig. Ist man dann in der kalten

Jahreszeit noch zu früh dran, und das bin ich aufgrund eines Erziehungsdefekts praktisch immer, hat man nur die Wahl, entweder im zugigen Gang vor den Aufgängen zu den Bahnsteigen oder gleich auf dem Bahnsteig im Freien zu warten. Ist es dann endlich so weit, dass man zitternd ins Wageninnere kommt, ist dieses meist schon so dicht besetzt mit Flughafen- oder Hauptbahnhofeinsteigern, die die herankeuchenden Neuankömmlinge demonstrativ ignorieren, sodass man Mühe hat, ein freies und noch dazu nicht reserviertes Plätzchen zu finden.

Nein, dann lieber gleich zum Hauptbahnhof. Dorthin brauche ich mit dem Bus Nummer 13A zwar etwas länger, aber dessen langsames Links-rechts-Herumgekurve durch die Bezirke vier und fünf ist tatsächlich so etwas wie der Beginn einer Reise. Und der Hauptbahnhof ist dann halt wirklich Haupt-, und nicht Neben- oder Vor- oder Wasauchimmer, das muss man ihm lassen. Hier herrscht eine gewisse weltläufige Großzügigkeit, mit manch liebenswürdig provinziellem Einsprengsel wie einer Filiale des Leberkas-Pepi aus Linz, wo man sich mit einem kleinen Imbiss kulinarisch auf den Westen einschwingen kann.

Aber in Wirklichkeit ist meine Trauerarbeit um den Westbahnhof als Tor zum Okzident noch immer nicht ganz abgeschlossen. Hier war mein zwanghaftes Zufrühkommen ein echter Vorteil, standen doch die Züge schon lange vor ihrer Abfahrt zum Einstieg bereit, die Auswahl an freien, guten Plätzen war groß. Was ein guter Platz ist, darüber scheiden sich die Geister. Für mich liegt er in Fahrtrichtung ungefähr in der Mitte des Waggons in einer Vierergruppe mit Tischchen, und gen Westen meistens links. Das liegt daran, dass ich die Berge sehen möchte, wenn sie auftauchen. Obwohl, es gibt Tage, da können mir die Berge gestohlen bleiben, dann sitze ich rechts und lasse mich von Kuppen und Hügeln beruhigen. Kommt aber selten vor.

Heute darf sich ein privater Bahnbetreiber Westbahn nennen, das hätte ich ihm nie und nimmer erlaubt. Die Westbahn ist eine Bahnlinie, die den Osten mit dem Westen Österreichs verbindet, oder von mir aus umgekehrt, aber doch nie und nimmer eine Firma. Wo kommen wir denn hin, wenn das einmal mit Nordbahn, Ostbahn und Südbahn auch passieren sollte. Ganz abgesehen davon, dass ich gegen jegliche Privatisierung des öffentlichen Verkehrs bin, und sollte man mich noch so sehr einen Krypto schimpfen. Das halte ich aus. Die Infrastruktur gehört zu den zentralen Aufgaben einer Gemeinschaft, so wie Bildung, Gesundheit, Sicherheit, Altersversorgung, soziale Absicherung. Wenn ein Staat so schlank wird, wie oft gefordert, und er dieses Fleisch nicht mehr tragen kann, wird er zum Gerippe, dann ist er tot, mausetot.

Also Hauptbahnhof. Ich sitze, lege mir alles zurecht, Handy, Kopfhörer, Zeitung, Brille. Ah, wir fahren schon. Viel Zeit bleibt mir nicht für einen Blick aus dem Fenster. Gleislandschaften, garniert mit Oberleitungen, Lokomotiven in Zweier-, Dreier-, Viererkonvois auf Abstellgleisen, ein entgegenkommender Güterzug, eisenbahnerische Zweckbauten, vermutlich Werkstätten, Schulungsräume, Kantinen, dann Siedlungshäuser mit Dauerblick auf Züge, ein Traum für Ferroenthusiasten, und dann schon Meidling. Gut, dass ich schon sitze, bei den Massen auf dem Bahnsteig. Ich tu so, als würde ich schon ewig hier sein und lesen. Die nach draußen und Kälte riechenden Menschen, die da vorbeistolpern, gehen mich nichts an.

Eine Frau beschließt, dass dem nicht so ist, und setzt sich mir gegenüber. Wortlos, ohne die übliche Frage, ob der Platz frei ist. Sie nimmt ihn einfach in Beschlag, als ob er ihr gehörte. White Linen, das Parfum kenne ich, passt zu ihr, nordischer Typ. Kleidung in Creme, Hellbraun, Stiefeletten, ein bisschen Silberschmuck. Guter Geschmack, keine Frage. Kann sie sich aber auch leisten, das gibt's nicht bei NKD. Sie würdigt mich mit keinem Blick, das würde ich umgekehrt auch gerne. Geht aber nicht. Sie trägt Maske, wie wir alle. Schon sind wir unter der Erde, im sogenannten Wildschweintunnel unter dem Lainzer Tiergarten. War damals ein Mordsbürgerinitiativen-Radau um seinen Bau. Kümmert heute niemanden mehr. Normalerweise lese ich jetzt, was soll man in einem Tunnel sonst schon tun. Aber jetzt beschäftigt mich nur, wie sie wohl ohne Maske aussieht. Ich gehe einige Varianten durch und bleibe immer wieder bei einer hängen. Ja, so muss sie aussehen, kann gar nicht anders sein. Hübsch, ziemlich hübsch, denke ich.

So, endlich wieder Tageslicht. Zu sehen gibt es trotzdem nicht viel, wir befinden uns in einer Art engem Tal, links und rechts eine Böschung. Böschungen tragen einen ganz eigenen Bewuchs, eine Art Gstättenvegetation, sozusagen das Proletariat der Botanik, Disteln, Königskerzen, Kamille und ähnliches Gelichter. Und Böschungen gehören seit jeher zur Eisenbahn, früher eher vom Gleis abfallend als Bahndamm, heute immer mehr dem Gleis zufallend als Lärmschutz.

Der Zug wird langsamer, wir befinden uns im Sinkflug auf den schon erwähnten Bahnhof Tullnerfeld. Der ist eine Erfindung des früheren Landeskaisers Erwin Pröll. Niemand konnte sich damals vorstellen, dass hier, mitten in der sogenannten Pampa, einmal Menschen ein- und aussteigen werden. Sie tun es, ein Blick aus dem Fenster genügt. Die Park+Ride-Plätze sind gut gefüllt mit Blech. Hatte er recht, der allmächtige El Ha?

Was würden die Menschen, die jetzt hierherkommen, um in den Zug nach Wien, oder vielleicht auch nach St. Pölten zu steigen, tun, wenn es diesen Bahnhof nicht gäbe? Ihrem Wohnort nähere, kleinere Stationen anfahren? Oder gleich mit dem Auto in die Stadt düsen, weil die Bahnfahrt mit den langsamen Regionalzügen zu mühsam wäre?

Ich weiß es nicht. Der Bodenverbrauch hier ist jedenfalls enorm, noch dazu in einer als fruchtbar geltenden Gegend. Kann sein, dass sich rundherum auch noch eine Siedlung bildet, so wie früher auch. Mittelalterliche Städte hatten oft ihren Ursprung an Verkehrswegen, vorzugsweise an Weggabelungen, bei denen Handel getrieben wurde und die dann zu den ersten Plätzen wurden. So sind die ältesten Plätze in Städten oft sogenannte Dreiecksplätze, die rechteckigen kamen erst später hinzu, wenn die alten für die Märkte zu klein wurden.

Weiter geht es mit zweihundertdreißig Sachen, eingeklemmt zwischen zwei Dämmen, die manchmal nur für Bruchteile von Sekunden den Blick auf das Land dahinter freigeben. Dazwischen immer wieder Tunnels, die einem die Ohren verschlagen, weil der Zug die Luft aus dem Rohr hinausschiebt und so ein Unterdruck entsteht, der umso schmerzhafter ist, je plötzlicher er kommt, soll heißen, je schneller der Zug unterwegs ist.

Dann, kurz vor St. Pölten, geschieht ein kleines Wunder, nur für Linkssitzende und nur bei Schönwetter mit Fernsicht. Die beklemmende Abfolge von Tunnels und trostlosen Böschungen findet jäh ein Ende und der Blick ist frei auf eine weite Ebene mit einer Kette aus Hügeln und Bergen im Hintergrund, aus der der Ötscher wie der Buckel eines riesigen Wals herauswächst. Besonders schön ist das, wenn noch Schnee auf den Bergen liegt und die Wiesen davor bereits in sattem Grün liegen.

Der so wunderbar befreite Blick findet aber bald wieder recht nüchterne Nahrung, wenn es auf einer Brücke über das traurige Rinnsal namens Traisen hinein nach St. Pölten geht. Gleich da hinten liegt der sogenannte Kulturbezirk der jüngsten Landeshauptstadt Österreichs, der von der Bahn aus gut sichtbare Klangturm ist so etwas wie sein Wahrzeichen, auch wenn ihm schon längst die Klänge abhandengekommen sind.

Die Abnabelung des tiefschwarzen Niederösterreich vom tiefroten Wien wurde 1986 unter Landeshauptmann Siegfried Ludwig, dem Mann mit der Stimme eines krächzenden Raben, beschlossen. Jetzt musste eine Landeshauptstadt her, St. Pölten als größte Stadt mit seiner Lage etwa in der Mitte des Landes galt als logischer, aber langweiliger, mausgrauer Kandidat. Krems/Stein mit seiner pittoresken, quasi doppelten Altstadt war da schon eher zum Herzeigen, pardon Repräsentieren gut, wurde in einer Volksabstimmung aber vom Favoriten des Landeshauptmanns geschlagen. Im Volksmund tauchte bald der Name Ludwigsburg auf, es blieb aber letztlich doch beim rätselhaften St. Pölten. Ein Heiliger namens Pölten? Nie gehört. Gibt es auch nicht. Der Mann hieß in Wirklichkeit Hippolyt, es muss ein ziemlich seltsamer Dialekt gewesen sein, der diese Verformung zustande gebracht hat. Ich habe schon versucht, Hippolyt vor mich hinzusprechen, flüchtig, schlampig, wienerisch, oberösterreichisch oder sonst wie, aber noch nie ist Pölten dabei herausgekommen. Offenbar habe ich es gerade wieder getan, die Dame mit Maske hat gerade zum ersten Mal einen Blick auf mich riskiert, nicht gerade einen freundlichen.

Es war eine einmalige Chance: Ein ganzer Hauptstadtbezirk musste neu gebaut werden, eine Art Brasilia an der Traisen, Landhaus, Theater, Museum, Bibliothek. Das ist auch aus heutiger Sicht ziemlich gut gelungen, zumindest was die Architektur betrifft, wirkliches Leben ist aber, sieht man von großen Veranstaltungen ab, nicht eingezogen. Es ist einfach zu wenig Alltag dort, kein Kaufen, Essen, Trinken, Reden. Hin und wieder Beamte, Regierende, versprengte Künstler, Kinder auf Schulausflug, flanierende Pensionisten in den betonierten Weiten, das ist einfach zu wenig, um es Leben nennen zu können. Der Klangturm, einst als ambitioniertes Projekt für Soundinstallationen geplant und eine Zeit lang auch betrieben, ist heute nur mehr eine Aussichtsplattform wie viele andere auch im Land. Ich schlage seine Umbenennung in Ludwigswarte vor.

Aber eigentlich war ich außer im Kulturbezirk noch nie so richtig in St. Pölten, in der Stadt sozusagen, die von manchen sogar als Barockjuwel bezeichnet wird. Jedes Mal, wenn ich hier auf dem Bahnhof auf die Weiterfahrt meines Zuges warte, nehme ich mir vor, einmal auszusteigen, ein wenig herumzugehen, auf einen Kaffee, ein Bier, den Leuten zuzuhören. Nicht nur dem, was sie sagen, sondern auch, wie sie es sagen, also dem Klang ihrer Sprache zu lauschen. Wien ist zwar fast noch in Rufweite, aber manchmal genügen schon ein paar Kilometer, und der Dialekt schlägt um. Da brauche ich nur an Gmunden und Ebensee denken. Ich sage nur: Welten, nicht nur sprachlich.

Wir fahren wieder, und vor lauter Sinnieren ist mir gar nicht aufgefallen, dass der Zug jetzt halb leer ist. Offenbar pendeln viele Menschen von Wien nach St. Pölten, als Wohnort dürfte die junge Landeshauptstadt nicht ganz so reüssieren wie als Regierungssitz. Oder sitze ich da genau dem Fehler auf, den ich anderen immer ankreide, nämlich von einem Einzelereignis, nämlich meinem Zug, auf das Ganze zu schließen? Die einzige Wahrheit, pflege ich dann zu sagen, ist eine solide Statistik. Alles andere ist einfach eine Momentaufnahme, eine subjektive Beobachtung. Allerdings, und das muss ich schon sagen, wenn diese Beobachtung über einen längeren Zeitraum immer dieselben Ergebnisse liefert, dann kommt sie schon in die Nähe einer Statistik. Und es ist halt so, dass sich der Zug in St. Pölten immer leert und in die Gegenrichtung immer füllt.

Die Dame schräg gegenüber von mir könnte mich jetzt locker verlassen, Platz wäre genug. Sie tut es nicht, ist ganz versunken in die Musik aus ihren Kopfhörern. Ich tippe auf Streichquartett, bei lauten Stellen schaffen es ein paar Fetzen hoher Frequenzen an mein Ohr. Wie gesagt: Niveau, das muss man ihr lassen, nicht nur in der Kleidung.

Die Ausfahrt aus St. Pölten verpasse ich nie. Da steht, natürlich in Fahrtrichtung links, hoffentlich eine Garnitur der Mariazellerbahn. Wenn nicht, bin ich enttäuscht. Gut, die neuen Triebwagen mit der Aufschrift »Die Himmelstreppe« wirken ein wenig wie eine zu groß geratene Straßenbahn, nicht gerade eine Sehenswürdigkeit. Bei den alten Zügen, die man kaum noch zu Gesicht bekommt, war es gerade umgekehrt. Lokomotive und Waggons waren wie geschrumpft, richtig putzig, würde ich sagen, wenn ich das Wort mögen würde. Das liegt an der Ausführung der Strecke als Schmalspurbahn, ein früher beliebter Trick, um auf sogenannten Nebenstrecken Geld zu sparen. Die Menschen da in ihren kargen Gebirgstälern sind es schließlich gewöhnt, mit wenig Platz auszukommen, wieso soll man sie mit geräumigen Zügen verwöhnen? War das der Gedanke dahinter? Die Salzkammergutbahn hingegen, schließlich auch eine Gebirgsbahn, fährt auf Normalspur. Was wäre auch aus dem Salonwagen des Kaisers in Schmalversion geworden? Nicht einmal dran denken, geradezu lächerlich.

Jetzt kommt, linker Hand natürlich, ein ziemlich neues Gebäude, wirkt wie eine Schule, oder vielleicht ein Amt. Es gibt eine Aufschrift, eine, die ich mir nie merke, sonst würde ich jetzt wissen, worum es sich handelt. Aber das ist ohnehin Nebensache, die Hauptsache ist die Farbe, leider. Ich habe in meinem Leben noch kein hässlicheres Grün als dieses hier gesehen. Eigentlich möchte man sich gleich abwenden, das ist der erste Impuls wie bei allem Hässlichen, aber der zweite, zumindest bei mir, ist immer Hinschauen, erst recht hinschauen. Egal ob bei hässlichen Menschen, Tieren, Dingen, ich muss hinschauen, genau hinschauen. Ja gibt es denn so etwas? Tatsächlich, kaum zu glauben! Es geht mir genauso wie bei etwas besonders Schönem.

Es ist schwer zu verstehen: Grün ist eigentlich der Sympathieträger unter den Farben, schließlich erfreut uns kaum etwas mehr als das Grün nach einem nicht enden wollenden Winter. Und doch ist Grün an Gebäuden heikel, heikler sogar als Rot. Vielleicht gerade weil es die Farbe der Natur ist, vielleicht ertragen wir es deshalb nicht auf schnödem Menschenwerk.

Weder besonders hässlich noch besonders schön, sondern einfach bemerkenswert ist der Tunnel, den man bei der Ausfahrt aus dem Bahnhof in einiger Entfernung zu sehen bekommt. Er führt unter einem schmalen Hügel hindurch und wirkt so klein, dass man sich kaum vorstellen mag, wie da ein reales Fahrzeug hineinpasst. Aber einmal hatte ich das Glück, im Vorbeifahren einen ganzen Zug darin verschwinden zu sehen, natürlich einen der Mariazellerbahn. Hatte etwas von einer Modelleisenbahn, etwas Unwirkliches inmitten der ganzen Wirklichkeit rundherum. Seither schaue ich jedes Mal ganz genau hin, in der Hoffnung, dasselbe noch einmal erleben zu können.

So, jetzt kann ich mich auf ein längeres Kinoerlebnis vorbeiziehender Landschaften einstellen, bis zum nächsten Halt Amstetten dauert es doch eine ganze Weile. Alles Niederösterreich, ein Bundesland, das ich in den Anfangszeiten meiner regelmäßigen Fahrten von Oberösterreich nach Wien so gut wie gar nicht kannte und das in meiner Vorstellung nichts weiter war als ein mit einer Art Korridorzug notwendigerweise zu durchquerendes Niemandsland.

Es erinnerte mich an Fahrten nach Berlin durch die sogenannte Ostzone, sprich DDR. Gut, keine verschlossene Waggontür, kein Volkspolizist hätte mich daran gehindert, irgendwo auszusteigen, in St. Pölten, Amstetten, St. Valentin, aber warum hätte ich das tun sollen? Ich kannte keine einzige Menschenseele im ganzen weiten Niederösterreich. Die Landschaft erschien mir ganz ähnlich der unsrigen, nur etwas, wie soll ich sagen, ja, kleiner. Die Berge niedriger, die Hügel sanfter, die Dörfer ärmer. Eine Art lokalpatriotische Anmaßung, Reste einer autosuggestiv herbeigeführten Grandiosität, die uns als Jugendliche alles Heimische rühmen ließ, vom Zipfer Bier bis zum Traunstein. Über Wien ließ sich schwerlich etwas sagen, von den Wienern einmal abgesehen, aber Niederösterreich? Nieder-, nicht Ober-, sagt doch alles, oder?

Heute kenne und schätze ich ganz viele Ecken dieses Bundeslands und bin heilfroh, dass Wien nicht wie einst Westberlin von einer Sperrzone umgeben ist. Nein, Niederösterreich ist keine DDR, auch wenn seine Landesfürsten bisweilen autokratische Züge erkennen ließen. Allerdings eher in der Art eines Gutsherrn als im Geist der Diktatur des Proletariats.

Der Ötscher dominiert an meinem Zugfenster die Berg- und Hügelkette am südlichen Horizont noch immer. Er tut dies auf eine unaufdringliche, aber bestimmte Art und Weise. Je nach Wetterlage, Jahreszeit und Perspektive einmal als weißer Riese, als graue Eminenz, dann wieder als heiliger Berg mit weißer Tiara oder als regenverhangener, düsterer Wächter im Hintergrund. Er steht nicht da, im Vordergrund, wie unser Traunstein, breitbeinig sich selbst auf die Schulter klopfend und die umliegenden, auch nicht gerade kleinen Berge zu Statisten degradierend. Er braucht sich nicht groß wichtigzumachen, er ist es.

Plötzlich ein kleiner Hügel. Darauf sonnt sich im Vormittagslicht eine Art Bunker. Oder sind es die Grundmauern eines nie fertiggestellten Hauses? Bauherr pleite, oder verstorben? Unmittelbar daneben eine Birke in gelbem Herbstkleid, sich biegend im Wind. Eine einzige. Und dann, vielleicht drei Meter entfernt, ein Hochstand. Klar, von dort oben auf der Anhöhe lässt es sich trefflich auf alles schießen, was sich ein wenig tiefer in der Ebene bewegt. Birke/Bunker/Hochstand, sonnenbeschienen im Wind: Das Bild lässt mich für Minuten nicht los, brennt sich ein wie eine Fotografie, ein Gemälde.

Da drüben liegt das Mostviertel, bäuerlich, kleinteilig, lieblich, besonders im Frühling, wenn die Bäume im blütenweißen Hochzeitskleid auf den frisch grünen Streuobstwiesen stehen. Weiter drinnen wird es ziemlich gebirgig, nicht nur um den Ötscher herum. Das Hochkar, schon hart an der steirischen Grenze, ist ein bei den Wienerinnen und Wienern beliebtes und aufgrund seiner Höhenlage im Nordstau auch ein sehr schneesicheres Skigebiet.

Würde ich jetzt noch auf der alten Westbahnstrecke unterwegs sein, hätte ich schon längst vorher einen Blick nach rechts geworfen, auf die Donau und das Stift Melk. Jedes Mal, wenn ich daran vorbeigefahren bin, hat mich seine schiere Größe aufs Neue überrascht. Es gibt kaum ein Schloss in Österreich, das da mithalten kann, vielleicht Schönbrunn, aber nicht einmal da bin ich mir sicher. Und dort musste immerhin der Hofstaat eines Weltreichs unterkommen, im Stift aber nur die Mönche des Benediktinerordens. Sollte man meinen. Ein ganzer Trakt war für Besuche der Kaiserfamilie reserviert und durfte von den Mönchen nicht einmal betreten werden, schließlich geht ein Stift immer auf ein Geschenk des Landesfürsten zurück, auf eine Stiftung eben. In diesem Fall war es der Babenberger Leopold II., der auf die Idee kam, hoch auf dem Felsen über der Donau ein Kloster zu errichten.

Heute sind von den früheren Hundertschaften an Mönchen gerade einmal dreißig übrig geblieben. Sie dürften sich in den endlosen Gängen ziemlich verloren vorkommen. Aber immerhin leistet ihnen zumindest untertags in der Regel ein Haufen Touristen Gesellschaft. Melk ist schließlich berühmt, nicht nur, aber auch wegen des Welterfolgs des Romans »Der Name der Rose« von Umberto Eco und des gleichnamigen Films mit Sean Connery in der Hauptrolle des William von Baskerville und Helmut Qualtinger als gewichtige Nebenfigur in seiner letzten Rolle.

Im Railjet auf der jetzigen Hochgeschwindigkeitsstrecke bin ich bei Melk in einem Tunnel verschwunden, das Stift ist im Verborgenen geblieben. Die zwei Barocktürme der Wallfahrtskirche von Maria Taferl sind aber etwas später immer noch gut zu sehen. Sie stehen auf einem Hügel am nördlichen Ufer der Donau und rufen laut ins Land hinein: »Kommt her und betet zur Heiligen Jungfrau!« Das hört und sieht heute kaum jemand mehr, und nur wenige folgen dem Ruf. Für meine Großmutter war Maria Taferl noch ein heiliger Ort, das war an der Art und Weise zu spüren, wie sie seinen Namen aussprach.

Jedenfalls, so viel ist sicher, ist dort, am anderen Ufer der Donau, die man nicht sieht und nur erahnen kann, schon das Waldviertel. Ganz nahe, und doch ganz anders als das Mostviertel.

Mit den vier Vierteln von Niederösterreich ist es so eine Sache. Manche Orte und Gegenden werden zwar einem von ihnen zugerechnet, passen aber ganz und gar nicht dazu. Oder ist etwa das Marchfeld typisches Weinviertel, die Gegend um Bruck an der Leitha richtiges Industrieviertel, Krems eine Waldviertler Stadt oder St. Pölten die Metropole des Mostviertels? Viertel gibt es halt nur vier, und so muss alles in Niederösterreich irgendwo dazugehören, ob es will oder nicht, eine Art von geografischer Zwangsbeglückung. Und ein Anlass zum Nachdenken über die Sinnhaftigkeit von Grenzen aller Art.

Die Dame gegenüber, jenseits der Grenze, die das Tischchen zwischen uns bildet, beginnt in ihrer riesigen Handtasche zu kramen, bis schließlich eine kleine Wasserflasche zum Vorschein kommt. Die Landschaft da draußen ist plötzlich völlig uninteressant, jetzt kommt der Moment der Demaskierung. Er kommt auf einer längeren Bahnreise so gut wie immer, irgendwann wird getrunken, gegessen. Sie gibt sich lässig, cool, als sie die Maske abstreift, aber ihr ist natürlich wie uns allen in diesem Moment völlig klar, dass sie einen Schutz aufgibt, und damit ist beileibe nicht nur der vor der Krankheit gemeint. Ist es nicht ein viel größerer, gewagterer Akt, sein Gesicht zu entblößen, als etwa ein Bein oder die Schulter?

Ich bin enttäuscht. Sie sieht ganz anders aus, als ich sie mir vorgestellt hatte. Ein leicht verhärmter Zug um die Mundwinkel, die Nase nicht ganz so ebenmäßig, wie das ihre blauen Augen versprochen haben, und schon hat sich das Bild einer makellosen Schönheit in nichts aufgelöst. Oder habe ich sie mir nur so zurechtgesehen, um mich der Illusion hingeben zu können, mich in Gesellschaft einer schönen Frau zu befinden? Neigen wir überhaupt dazu, perfekte Schönheit dort zu sehen, wo sie gar nicht ist, so wie wir uns Musik zurechthören können, wenn sie nicht ganz richtig intoniert ist?

Als passionierter Radiohörer habe ich schon oft versucht, mir die Gesichter zu den Stimmen der Sprecherinnen und Sprecher vorzustellen. Und fast nie haben meine inneren Bilder dem entsprochen, was ich dann auf Fotos von ihnen zu sehen bekam.

Bei einer meiner Reisen nach Venedig durfte ich im Rahmen einer privaten Führung das sonst nicht zugängliche Ospedale Santa Maria dei Derelitti, zu Deutsch die heilige Maria der Verlassenen, nahe der Kirche Santi Giovanni e Paolo besuchen. Es war eines von vier Waisenhäusern in der Stadt, in denen junge Mädchen eine musikalische Ausbildung bekamen, und die daher als Vorläufer heutiger Konservatorien gelten dürfen. In einem von ihnen, im Pio Ospedale della Pietà, wirkte bekanntlich der »prete rosso«, der rothaarige Priester Antonio Vivaldi.

Im Derelitti, wegen seiner Kleinheit auch Ospedaletto genannten Institut gibt es einen wunderschönen, gut klingenden Konzertsaal, der heute leer steht. Die Mädchen gaben hier Konzerte, aber nicht direkt im Saal, sondern quasi unsichtbar hinter vergitterten Fenstern im Stock darüber, was stark an einen türkischen Serail erinnert, aber vor allem dem Schutz der jungen Frauen diente. Die männlichen Zuhörer waren verzückt von den Stimmen und den instrumentalen Künsten der Schülerinnen, und nicht wenige von ihnen verliebten sich in ein Mädchen, von dem sie nur die Stimme oder den Klang ihrer Geige kannten. Gewiss machten auch sie sich ein Bild von ihren Angebeteten, und so ist der Saal voll mit Wandmalereien, die musizierende Frauen zeigen. Die sind so unglaublich zauberhaft, dass man versucht ist, sich gleich die Musik vorzustellen, die sie hervorgebracht haben.

»Von weit dort drüben grüßt die Kirche von …«, so oder so ähnlich steht es gern in alten Reisebeschreibungen. Ich kann mich nicht entsinnen, dass mich Kirchen je gegrüßt hätten, sie machen nur ziemlich deutlich auf sich aufmerksam mit ihren Türmen, insbesondere wenn sie auf markanten Erhebungen stehen. Sie blicken nicht nur weit ins Land hinein und schauen drauf, dass sich ihre Schäfchen halbwegs gesittet benehmen, sie werden auch von Weitem gesehen, zur Mahnung, zum Trost, aber auch als schlichte Augenweide. Schaut doch hübsch aus, so eine Kirche weit oben, schon nah am Himmel. Die Kirche, insbesondere die katholische, hat sich schon immer blendend auf ihre eigene Inszenierung verstanden. Das muss man schon sagen.

Ein Stück weit hinter Amstetten grüßt also die Basilika Sonntagberg vom gleichnamigen Hügel. Allerdings schaut sie dabei ein wenig mürrisch, fast verschlossen drein, nicht so strahlend selbstbewusst den großen Gott preisend wie Maria Taferl. Das liegt wohl, zumindest von unten betrachtet, an ihren eigenartigen Proportionen. Die beiden Türme sind im Vergleich zum Kirchenschiff viel zu klein, das wirkt, als hätte der ganze Bau die Schultern hochgezogen, vor Kälte, schlechter Laune oder sonst einem Ungemach.

Mein Blick aus dem Fenster wird immer wieder durch Lärmschutzwände empfindlich gestört. Gerade wenn eine menschliche Ansiedlung näher kommt, vielleicht mit interessanten Häusern, einer Burg, einem Schloss, ja, auch einer Kirche, wird mir rüde ein Riegel vorgeschoben. Das ist schon in Ordnung für die Menschen da draußen, insbesondere an einer Strecke, auf der die Bahn mit bis zu zweihundertdreißig Sachen dahinbrettert und wohl auch so klingt, aber für unverbesserliche Zugromantiker wie mich, für die eine Fahrt mehr bedeutet als die Fortbewegung von hier nach dort, ist es ein herber Verlust an Eindrücken.

Fast wirken diese Wände wie Filter, die alles Menschenwerk aus dem Blick löschen. Übrig bleibt die Natur, die Industrie, die selber Lärm verursacht und sich nicht vor ihm zu schützen braucht, und natürlich alles, was höher liegt. Wallfahrtskirchen auf Hügeln, zum Beispiel. Aber keine Sorge, ich unterstelle der Kirche nicht, hinter einer Firma zur Errichtung von Lärmschutzwänden zu stecken. Die private Westbahn ist da schon verdächtiger, schließlich gehört sie mehrheitlich einem sogenannten Baumogul, und noch dazu haben ihre Züge einen Oberstock, von dem man locker über alles Störende hinwegschaut. Ich benutze sie trotzdem ungern, ist ein Spleen von mir, ich weiß.

»Ladies and Gentlemen! Our next stop: St. Valentin.« Sogleich werden die Umsteigemöglichkeiten aufgezählt, später die zugestiegenen Fahrgäste begrüßt. »In case you have any questions, don't hesitate to consult our trainstaff. We wish you a pleasant journey.« Erstaunlich, wie gut die heutigen Zugführer Englisch sprechen. Geschenkt, es sind immer dieselben Floskeln, ich kann nicht beurteilen, wie es um ihren sonstigen Wortschatz bestellt ist. Aber die Aussprache ist bei den meisten von ihnen tadellos. Viel besser als beim ehemaligen Spitzendiplomaten und Bundespräsidenten Kurt Waldheim. Aber der hatte womöglich als ehemaliger Offizier der Wehrmacht, der nur seine Pflicht erfüllte, noch immer einen inneren Widerstand gegen die Sprache des Feindes.

Schnelle Züge wie der meine halten in der Regel nur dort, wo es Sinn macht, also in größeren Städten oder dort, wo man von anderen, sogenannten Nebenstrecken kommend, zusteigen kann oder umgekehrt. Diese Zubringer haben früher die Hauptstrecke mit Fahrgästen versorgt, wie Bäche und Flüsse den Strom. Mittlerweile tröpfelt es nur noch herein von den Nebenbahnen, falls es sie überhaupt noch gibt. Der Weg zum Bahnhof wird mit dem Auto erledigt, die Intervalle der Zubringer sind oft so groß, dass sie für Menschen, die nicht unbedingt auf sie angewiesen sind, nicht mehr attraktiv sind. Das wird jetzt, in Zeiten des Klimawandels, zunehmend zum Thema. Gerade die letzten Kilometer zum Wohnort sind es, die den Verkehrsplanern Kopfzerbrechen bereiten. Und hier rächt sich auch, gerade in Niederösterreich, die utilitaristische Politik der letzten Jahrzehnte. Alles, was als unrentabel galt, wurde aufgelöst, eingespart. Schlanker Staat, was sonst. Und wer möchte nicht schlank sein heutzutage, slim fit?

Den heiligen Valentin kennen wir im Gegensatz zum heiligen Hippolyt wohl alle, und sei es auch nur vom Valentinstag, der erst in jüngerer Zeit bei uns heimisch geworden ist, natürlich aus ökonomischen Gründen. St. Valentin hat einen hübschen, pardon, einen blumigen Klang, im Gegensatz zum etwas dumpfen St. Pölten. Hier münden die Zuflüsse aus

Weißenbach/St. Gallen und Steyr aus dem bergigen Süden sowie aus St. Nikola/Struden vom anderen Ufer der Donau in den großen Hauptstrom der Westbahn. Die meisten Züge legen hier eine kleine Verschnaufpause ein, just um einen Doppelstockzug der schon erwähnten Privatbahn vorbeiziehen zu lassen. Der hat es immer eilig, er braucht nämlich nicht auf eventuell verspätete Anschlüsse der drögen Staatsbahn zu warten, hat also keine zeitlichen Puffer durch etwas gedehntere Aufenthalte in den Bahnhöfen. Typisch Privatwirtschaft halt, time is money.

Schön schaut sie aus, die Kette der Alpen hinter dem weiten Flachland. Da wird einem schon klar, was es heißt, da drinnen in den Bergen zu leben und nicht hier heraußen, wo der Boden fruchtbar ist, die Felder groß und leicht zu bestellen. Kein Wunder, dass über die Jahrhunderte hinweg ein eigener Menschenschlag entstanden ist, angepasst an die Lebensbedingungen dort drinnen, wie man sagt.

In die Berge fährt man nämlich immer hinein, umgekehrt natürlich hinaus, zum Beispiel nach Linz oder Wien. Von anderen Orten aus kann es aber sein, dass man hinunter nach Wien fährt, und hinauf nach Salzburg, was aufgrund der Meereshöhe zum Beispiel von Attnang-Puchheim absolut logisch ist. Der Sinn von manch anderen Fahrtrichtungsbezeichnungen wie zum Beispiel hinüber, im Dialekt umi, oder hinzu, im Dialekt zuwi, erschließt sich nicht immer so leicht.

Enns ist nicht zu übersehen. Es liegt inmitten einer Ebene auf einer Art erhöhtem Plateau, was ihm eine beherrschende Stellung verschafft. Dort war in der Antike das römische Militärlager Lauriacum, und das sieht man der Stadt heute noch an, bilde ich mir zumindest ein. Mit den alten Mauern rundherum, dem dominanten Stadtturm, dem Schloss wirkt sie aus der Ferne wie eine Festung, wie ein Relikt aus längst vergangenen Zeiten. Und das ist sie auch, zumindest in ihren historischen Teilen. Das Stadtrecht datiert aus dem Jahr 1212, damit ist Enns eine der ältesten Städte Österreichs. Die Ennser behaupten sogar, die älteste überhaupt.

Ich war nie dort, obwohl es da Verwandte gab. Einmal im Jahr, vermutlich kurz vor Weihnachten, kam Post mit dem Stempel dieser Stadt. Und immer, kurz nachdem sie das Kuvert geöffnet hatte, rief meine Mutter aus: »Ah, die Ennser haben auch geschrieben!« Es war ein gewisser Onkel Lois mit Familie, und die Reaktion meiner Mutter auf den Brief klang durchaus erfreut. Und so hat es mich immer gewundert, dass wir diesen Onkel Lois nie zu Gesicht bekommen haben. Jedenfalls kann ich mich nicht an ihn erinnern.

Jetzt geht es hinüber über die Enns, von Niederösterreich nach Oberösterreich, in Nachkriegszeiten eine schicksalhafte Grenze zwischen dem sowjetischen Osten und dem amerikanischen Westen. Der Staatsvertrag hat dann verhindert, dass aus Niederösterreich zusammen mit dem Mühlviertel und dem Burgenland tatsächlich so etwas wie die DDR wurde, mit Korridorzügen ins geteilte Wien.

Nicht weit rechts von mir, also in Richtung Norden, ist es auch schon aus mit der Enns, da mündet sie in die Donau. Aber bevor sie ihren Namen aufgibt, um sich im großen Strom zu verlieren, stellt sie ihr Wasser noch dem Ennshafen zur Verfügung, einem Umschlagplatz für Waren aller Art, mit Kränen, Frachtschiffen, Eisenbahngleisen, einfach allem, was einen Hafen ausmacht. Man muss sich beeilen, um ihn zu sehen, der Zug fährt schnell. Es ist ein seltsam wirkendes Stück große weite Welt in dieser so überaus ländlichen Gegend.

Aber bald wird es städtisch, kaum ist man in Oberösterreich, ist man auch schon in Linz. Der Pichlinger See ist ein erster Vorbote. Ganz glatt liegt er da, die wenigen Bäume nur mehr schütter belaubt, ein paar Spaziergänger, Hunde. Mir gefällt er besser so als im Sommer, da herrscht Belagerungszustand. An schönen Tagen strömen Scharen sonnenhungriger Linzerinnen und Linzer an den kleinen See, der nichts weiter ist als ein großer Teich, jedenfalls viel zu klein für eine Stadt mit gut zweihunderttausend Einwohnern.

Die Gleise links und rechts werden mehr. Wir überholen einen Güterzug, Waggon für Waggon kämpfen wir uns vor, das dauert, der Zug ist lang. Geschafft, jetzt sieht man schon den Dom, den Pöstlingberg, leicht zu erkennen, schon wieder, an einer Wallfahrtskirche, was sonst, mit den zwei Zwiebeltürmen sieht sie Maria Taferl zum Verwechseln ähnlich. Jetzt geht es in eine lang gezogene Linkskurve, die Stadt, gerade noch auf meiner, der linken Seite gelegen, wechselt langsam auf die andere, die rechte Seite hinüber. Dafür taucht auf meiner der Friedhof auf, alles wie in Zeitlupe, vom Leben in den Tod, wenn man so will.

Mein Gegenüber macht sich bereit. Wasserflasche zurück in die Tasche, Handschuhe, Schal, Mantel, Pullmannkappe. Steht ihr gut, wirklich. Die Maske sitzt, sie sagt: »Auf Wiedersehen.« Komisch, wir haben die ganze Strecke kein Wort gewechselt. Ist wie mit Fremden im Lift. Man steht da, schweigend, und dann verabschiedet man sich, ohne sich vorher begrüßt zu haben. Ist offenbar ein notwendiger, nachträglicher Tribut an die kurzzeitige Nähe.

Sie hat eine angenehme, weiche Stimme. Passt zu der Frau, die ich mir ursprünglich hinter der Maske vorgestellt hatte. Leichter Akzent, eher nicht skandinavisch. Vielleicht baltisch, russisch. Was sie wohl zu tun hat, in Linz? Sängerin, lyrischer Mezzo, am Musiktheater? Ihr »Auf Wiedersehen« klang nach einem perfekten Stimmsitz, wie bei Sängerinnen eben. »Auf Wiedersehen. Und noch einen schönen Tag!« – »Danke Ihnen.« Weg ist sie. Einfach zu wenig, die zwei Worte, zu wenig, um ihren Akzent zu erraten. Russen, und natürlich auch Russinnen, erkennt man daran, dass sie unser h wie ch aussprechen, so wird etwa aus »hier« ein »chier«. Nur hat sie nicht hier gesagt, auch nicht heute, oder Himmel, sondern nur »Ihnen«. Und da ist das h leider stumm.

Linz hat einen Geruch, und da meine ich nicht die übliche Mischung aus Abgasen, Reifenabrieb, Hausbrand. Nur wenige Städte riechen so, dass man sie daran erkennen kann, auch blind. Venedig riecht nach brackigem Salzwasser, Salzburg modert ein wenig mit salzigen Einsprengseln, und Linz? Ich würde sagen: voestalpine mit schwankenden Anteilen Chemie Linz, vormals Stickstoffwerke. Wobei man heutzutage schon eine feine Nase und eine Erinnerung haben muss, um diesen sehr speziellen Geruch wahrzunehmen. Die Abgasfilter in der Industrie leisten gute, aber noch nicht ganze Arbeit. Die ausgedünnten Reste in der Luft reichen noch immer, um mir das Linz meiner Kindheit herzuholen.

Da sind die Dampflokomotiven, die im Park ganz nahe am Bahnhof ausgestellt waren, da ist die Milchtrinkhalle an der Blumau ein Stück weiter, da ist die Straßenbahnlinie B, die mich als Halbwüchsigen nach Urfahr ins Petrinum zum Orgelkurs gebracht hat, und da ist natürlich die Grottenbahn am Pöstlingberg mit dem freundlichen Drachen als Zugmaschine.

Vom einstigen Bahnhof sind nur die Bahnsteige samt ihren Überdachungen übrig, die ich schon immer ziemlich hässlich gefunden habe. Muss etwas mit dem Denkmalschutz zu tun haben, dass ausgerechnet sie den großen Um- oder eigentlich Neubau überlebt haben. Das alte Bahnhofsgebäude ist weg, mitsamt seinen vertrauten Innereien, den Fahrkartenschaltern, den Warteräumen, der Gepäckaufbewahrung, der Fahrdienstleitung, den Toiletten, der Trafik mit Zeitungsstand und natürlich der Restauration. Über dieses seltsame Wort habe ich mich schon als Kind gewundert und mich gefragt, was es eigentlich bedeutet. Irgendwann habe ich es im Brockhaus gefunden: Restauration = Wiederherstellung. Ein Gasthaus am Bahnhof ist also für die Wiederherstellung da, die Wiederherstellung der Fahrgäste mittels Speis und Trank, nach oder zwischen anstrengenden Reisen. Dass es manche Fahrgäste und nicht wenige Einheimische eher zur Zerstörung ihres Zustands durch den Missbrauch von Alkohol genutzt haben, steht auf einem anderen Blatt. Sie selbst dürften das vermutlich anders gesehen haben, ging es ihnen doch um die Wiederherstellung ihres üblichen Alkoholspiegels, also auch um Restauration.

Der Zug hat sich wieder ganz ordentlich gefüllt. Den Platz der östlichen Sängerin hat ein korpulenter, stark nach Zigarre riechender Koloss in einem abgewetzten, viel zu engen Steireranzug eingenommen, eine regelrechte Entehrung, würde ich sagen. Er versucht sogleich, mit mir ins Gespräch zu kommen, in breitem Dialekt und unterstützt von einer Art fraternisierendem Augenzwinkern. Ich gebe mich zugeknöpft, verstecke mich hinter meiner Zeitung. Also wirklich, sie wollte partout nicht mit mir reden, und dann kommt der daher und will sich unterhalten, nur weil er mit sich nichts anzufangen weiß. Soll er doch aus dem Fenster schauen, wie ich.

Ausfahrt aus dem Linzer Bahnhof. Links zweigt die Pyhrnbahn Richtung Kirchdorf, Windischgarsten ab, etwas später überholen wir einen Zug der Eferdinger Lokalbahn, der auf der anderen Seite dahinzuckelt und bald rechts abbiegen wird. Jetzt muss ich aufpassen, gleich kommen zwei zentrale Elemente meiner Westbahnfahrten, natürlich auf meiner Seite, links.

Zuerst der Rosenbauer, ein Bubentraum: ein Platz voller Feuerwehrautos, in allen Größen, Rot, so weit das Auge reicht. Vom geländegängigen Jeep für Waldbrände und brennende

Bergbauernhöfe bis zu schweren Kalibern mit vier Achsen und einer Art Wasserkanone am Aufbau, wie sie auf Flughäfen Verwendung finden. Hat man Glück, dann sieht man sogar ein Fahrzeug in Aktion, vermutlich, um es einem potenziellen Käufer vorzuführen. Der Rosenbauer ist ein oberösterreichischer Vorzeigebetrieb, wie es so schön heißt, Weltmarktführer in Sachen Brandbekämpfung. Und für mich noch immer einen Blick wert, auch wenn die Züge heute so schnell sind, dass dieser Blick ein höchst flüchtiges Vergnügen ist.

Ein paar Minuten später Hörsching, der Flugplatz, wie man früher gesagt hat, heute der Flughafen Linz. Das Perpetuum mobile des Flugsicherungsradars dreht sich wie schon seit Jahrzehnten unermüdlich, und wie immer halte ich Ausschau nach Flugzeugen. Eine große Verkehrsmaschine ist hier die absolute Ausnahme, hin und wieder ein Hubschrauber, eine Cessna oder eine Militärmaschine. Hörsching ist auch ein Fliegerhorst des Bundesheers, wie mir mein Vater immer erklärt hat, wenn wir hier vorbeigekommen sind. Aus seinem Mund habe ich auch zum ersten Mal das Wort Hangar gehört, das sind die dunklen Hallen im Hintergrund, die mit ihren gewölbten Dächern ein wenig wie riesenhafte Schildkröten ausschauen. Sie waren mir immer unheimlich, vielleicht auch wegen der eigenartigen Begeisterung, mit der mein Vater von militärischen Dingen gesprochen hat. Da war etwas in seinem Leben, von dem ich keine Ahnung hatte, das spürte ich. Etwas, das er einerseits zu verbergen suchte, andererseits aber nicht wirklich unterdrücken konnte.

Ich habe mir immer gewünscht, ein großes Flugzeug hier starten oder landen zu sehen. Von einem vorbeifahrenden Zug aus muss das ein Spektakel sein, die Landebahn links von mir verläuft im spitzen Winkel zu den Gleisen und hört nur ein paar Meter vor ihnen auf. Das heißt, die Maschinen überfliegen den Zug ganz kurz vor dem Aufsetzen, die blinkenden Lichter der Piste setzen sich auf Stahlgerüsten sitzend im Feld rechts von mir fort und weisen den Piloten den Weg. So habe ich mir das zumindest immer vorgestellt.

Mein Zug fegt jetzt über die Welser Heide dahin. Felder und von diversen Stürmen mit kuriosen Namen wie Kyrill zerzauste Wäldchen wechseln einander ab. Ein Rudel Rehe, da fällt mir wieder mein Vater ein, damals, wie er mich korrigiert hat. Rehe würden nicht fressen, wie ich mich ausgedrückt hatte, sondern äsen. Und ihre Hinterteile, die da trotz der Dämmerung gut zu sehen waren, das seien die Spiegel. Die würden den Jägern helfen, sie schneller zu entdecken. Und überhaupt spreche man bei Rehen nicht von einem Rudel, wenn es sich um mehrere Tiere handelt, sondern von einem Sprung. Da war es wieder, dieses Unbehagen. Diesen seltsamen Jägerwörtern, aber auch meinem Vater gegenüber.

Wels ist ein Klon von St. Pölten, wie dieses nahe und damit im Schatten einer wesentlich größeren Stadt, ungefähr gleich groß, ähnlich farblos, so will es mir scheinen. Allerdings, ich kenne Wels genauso schlecht wie St. Pölten, und so ist mein Urteil höchst fragwürdig. Aber eines ist sicher: Wels ist definitiv keine Hauptstadt, wie St. Pölten seit nunmehr sechsunddreißig Jahren eine ist, und es hat auch keinerlei Aussichten, jemals eine zu werden. Es sei denn, Linz erklärte sich zu einem selbständigen Bundesland, dann wäre wohl Wels die logische Hauptstadt von Oberösterreich.

Auch die Bahnhöfe sehen einander ähnlich, vor allem bei einbrechender Dunkelheit und Regen, wenn die ihnen eigene Tristesse so richtig durchschlägt. Auf beiden endet ein Gleis mit einem sogenannten Prellbock, und ist es in St. Pölten die Mariazellerbahn, nach der ich dort Ausschau halte, ist es hier der Zug nach Grünau im Almtal. Kaum zu glauben, dass man mit diesem unscheinbaren, noch mit Diesel betriebenem Zügelchen binnen einer Stunde von hier aus fast das Paradies erreichen kann. So jedenfalls ist mir oft der Almsee mit seiner Bergkulisse vorgekommen, der ein paar Kilometer hinter Grünau liegt.

Manchmal, wenn mein Zug auf Bahnsteig eins hält, kann ich direkt durch die Glasfassade ins Innere des Cafés schauen, das als etwas degenerierter Nachkomme früherer Bahnhofsrestaurationen wacker die Stellung hält. Dort sitzen sie vor ihren Bierflaschen, die stationären Vagabunden, und lassen Zug um Zug an sich vorüberziehen. Und mich überkommt regelmäßig der Wunsch, es ihnen einmal wenigstens für ein paar Stunden gleichzutun.

Bald nach der neuerlichen Anfahrt des Zuges dann der nächste magische Ort: ein Schrottplatz, oder, wie wir sagen, ein Alteisentandler. Noch immer türmen sich hier die Autowracks in mehreren Stapeln, manche noch einigermaßen intakt und als die Modelle erkennbar, für die sich die Leute vor zwanzig, dreißig Jahren verschuldet haben, manche schon so platt gedrückt, dass ihnen jeder Hauch der einstigen Begehrlichkeit entwichen ist. Als Kind waren mir diese Haufen vergangenen automobilen Glanzes ein komplettes Rätsel. Ich kannte diese Autos nicht, sie waren vor meiner Ankunft auf der Welt unterwegs. Ich schaute sozusagen ins Nirwana meiner pränatalen Nichtexistenz und konnte mir nicht vorstellen, wem diese Dinger einmal gefallen haben konnten.

Gleich darauf verschwinde ich im nächsten Tunnel, das Stift Lambach bleibt irgendwo links im Dunkeln. Früher bin ich direkt daran vorbeigefahren, war ein schöner Moment. Auch Lambach ist groß, herrschaftlich, wirkte auf mich aber stets etwas milder als das auftrumpfende Melk, fast anheimelnd, was vielleicht auch daran lag, dass der Verputz bröckelte, sodass der gelbe Anstrich Lücken bekam.

In Neukirchen bei Lambach, einer kleinen, vom Railjet natürlich ignorierten Station, konnte man noch bis 2009 umsteigen nach Haag am Hausruck. Im Volksmund wurde diese gerade einmal zwanzig Kilometer lange Stichbahn die Haager Lies genannt. Solcherart vermenschlicht verloren die Ungetüme des modernen Verkehrswesens einst etwas von ihrer im Vergleich zu einem Pferd doch recht martialischen Aura. So vertraute man sich, wie schon erwähnt, auch gerne dem Kammerer Hansl an, wenn man von Vöcklabruck mit der Bahn an den Attersee reiste, nach Kammer-Schörfling.

Noch ein Tunnel, und gleich dahinter beginnt mit dem spitzen Kirchturm von Schwanenstadt für mich das, was man wohl als engere Heimat bezeichnet. Und genau hier setzt immer eine Aufregung ein, eine Mischung aus Unbehagen und Wiedersehensfreude, wie sie bei mir von keiner anderen mir bekannten Weltgegend ausgelöst wird. There is no place like home, sagen die Amerikaner. Wie wahr.

Schwanenstadt, Attnang-Puchheim und Vöcklabruck, an der Westbahn aufgefädelt wie die drei Sterne im Bild des himmlischen Jägers Orion, lieferten den Hauptanteil an der Schülerpopulation des von mir besuchten Gymnasiums, und so rekrutierte sich mein damaliger Freundeskreis hauptsächlich aus diesen drei Städten. Wobei wir Attnanger gewissermaßen die Underdogs waren, damals noch als Bürger einer Marktgemeinde zwischen zwei Städten. Mittlerweile haben wir als junge Stadt zwar formal gleichgezogen, die Unterschiede sind geblieben.

Schwanenstadt, im Dialekt Schwauna, ein kleines, irgendwie rurales Städtchen mit schönem Platz und altem Stadtturm, Vöcklabruck, Bezirkshauptstadt mit alteingesessenem Bürgertum, kulturellem Leben und entsprechendem Selbstbewusstsein. Auch hier ein schöner mittelalterlicher Platz, begrenzt von zwei Wehrtürmen, verantwortlich für den nicht gerade schmeichelhaften Spruch: »Obm a Tuam, unt a Tuam, und dazwischn lauta Suam.« Im Dialekt heißt es Vegglabrugg, so als hätten die Leute hier Schwierigkeiten, ein ö auszusprechen, sonst eher eine Eigenheit von Menschen slawischer Herkunft. Allerdings ist es bei Wels genau umgekehrt, da wird aus einem e ein ö: Wös. Ist aber kein lupenreines Ö wie in Österreich, mehr ein Diphthong aus ö und e, also Wöes. Ungefähr, Dialekt kann man einfach nicht schreiben.

So, der Railjet setzt zur Landung an, am mittleren der drei Sterne, im zerbombten, traumatisierten, proletarischen, in meinem Attnang, von den Einheimischen übrigens nie mit vollem Namen genannt, einfach weil Puchheim als ein Ortsteil von Attnang gilt.

Ich sage »Auf Wiedersehen«, aber der Steireranzug schweigt. Wer nicht mit mir redet, braucht sich auch nicht zu verabschieden, denke ich, dass er denkt. Hat er auch wieder recht.

Jetzt bin ich also wieder einmal da, zu Hause. Und wenn ich dann, am Abend, morgen, wann auch immer, wieder auf diesem Bahnhof stehen werde, nehme ich den nächsten Zug, zurück nach Hause.

BILDFOLGEN, TEXTFLÄCHEN

LINZ–FREISTADT–LINZ

Auf einer meiner vielen Fahrten mit dem Korridorzug nach Hause und wieder nach Hause zurück sind meine Augen in Linz an einem blau-weißen Zug der ČD, also der Tschechischen Staatsbahn, hängen geblieben. Er stand genau dort, wo vor Jahrzehnten unser Zug immer gestanden ist, als wir, die ganze Familie Aichinger, mit vollem Gepäck über die Stufen aus den Unterführungshöhlen nach oben gehetzt sind. Der Anschluss zum Zug aus Attnang-Puchheim war nicht wirklich knapp, aber wir Kinder wurden offenbar aus reinem Prinzip zur Eile angehalten, sodass mir Umstiege auf Bahnhöfen noch immer eine gewisse Aufregung bescheren.

Der Zug bestand aus grünen Personenwagen mit je zwei Plattformen und einem Halbzylinder als Dach. Die Fenster ließen sich mit einem gelochten Lederriemen öffnen, was uns Kindern einige Mühe machte. Gezogen wurden die Waggons von wahren Ungeheuern, von ebenfalls grün gestrichenen Diesellokomotiven der Baureihe 2045. Sie hatten den Führerstand in der Mitte, machten einen Höllenlärm und produzierten bei Beschleunigung eine pechschwarze Rauchwolke.

Der Endbahnhof war damals Summerau, dort war der Eiserne Vorhang, dort begann das Reich des Bösen, die kommunistische Tschechoslowakei. Heute fahren die meisten Züge bis České Budějovice, also Budweis, einige auch nach Prag. Für mich noch immer Zeichen eines großen Fortschritts, einer Verbesserung der Welt, allen Unkenrufen zum Trotz. Und natürlich wird schon seit geraumer Zeit elektrisch gefahren, das ist gut und gescheit, aber halt nicht so wie früher, wie ich es gerade jetzt, ganz egoistisch und nur für mich, gerne hätte.

Aber immerhin hat der Zug, den ich besteige, auch schon einige Jährchen auf dem Buckel, und tatsächlich lassen sich die Fenster öffnen, wenn auch nicht mit einem Lederriemen bis ganz nach unten, sondern mit einem kräftigen Ruck und nur bis zur Mitte.

Ein Stück geht es nun die Westbahn Richtung Wien entlang, bevor wir nach links abbiegen, über eine winzige Brücke, deren trapezförmiges Geländer seit meinen Kindheitstagen noch immer nicht gestrichen wurde. Ein wenig grüner Lack ist noch zu sehen, der Rest ist dunkler Rost, genauso wie damals. Die erste Haltestelle Franckstraße liegt direkt auf dem Werksgelände der voestalpine. Zu bestimmten Uhrzeiten sind hier viele Arbeiter zugestiegen, erschöpft und schmutzig von ihrer Schicht endlich auf dem Weg nach Hause ins Mühlviertel. Heute ist nicht viel los, es geht erst auf zehn am Vormittag zu.

Rechts kommt jetzt ein erster Höhepunkt, die Hochöfen und die Kokerei des Stahlwerks. Hier wird Kohle, überwiegend aus Tschechien und Polen, in Koks verwandelt, der im Hochofen für die Reduktion von Eisen aus Eisenerz gebraucht wird. Der Überschuss an dabei entstehenden Gasen wird abgefackelt, damals ein faszinierendes Schauspiel für mich. Es war eine Art Vorhölle, die wir da passiert haben, die schwarzen Koksbatterien und überall züngelnde Flammen. Am schönsten war es bei Dunkelheit oder wenigstens bei schlechtem Wetter, da konnten die Feuer ihre Wirkung so richtig entfalten. Dazu noch ein Geruch wie Pech und Schwefel, wie vom Herrn der Finsternis persönlich verströmt.

Heute tut sich nicht viel, keine Flammen, ich bin ein wenig enttäuscht. Aber immerhin folgt gleich der nächste Paukenschlag. Auf einer mächtigen Fachwerkbrücke geht es hinüber über die Donau, schaurig hohl tönt es von unten herauf, lange dauert es, bis wir das andere, das rettende Ufer erreichen. So habe ich das immer empfunden, ein Rest dieser kindlichen Bangigkeit ist noch immer da.

Drüben Szenen auf dem Land, das beruhigt. Viel Grün, Siedlungshäuser, ein Supermarkt. Oberösterreichische Normalität. Steyregg, da wird offenbar ein neuer Bahnhof gebaut. Ein Handymast überragt alles. Herold der neuen Zeit, Überbringer der Botschaften. Links dann das Schloss, ein hässlicher Kasten. Für mich ein Beweis, dass auch ein hoher Stand nicht vor schlechtem Geschmack schützt.

Jetzt geht es ein Stück die Donau entlang, allerdings in einiger Entfernung, sodass man sie nicht sehen, sondern nur spüren kann, am Auland, das rechts vom Gleis liegt. Früher war es manchmal überschwemmt, als wir hier entlanggefahren sind. Die etwas tiefer liegende Straße ist zum Teil in einem See verschwunden, nur die aus dem Wasser schauenden Verkehrszeichen ließen ihren Verlauf erahnen. Auch so eine Erinnerung, die bleibt.

Die Konzentrationslager Gusen I, II und III nahe dem nächsten Bahnhof und Ort St. Georgen an der Gusen wurde nach der Befreiung weitgehend zerstört und sind erst in jüngster Zeit wieder ins kollektive Bewusstsein gerückt. Sie wurden als Zweiglager des nur wenige Kilometer entfernten Lagers Mauthausen geführt, wie dieses Orte unvorstellbaren Leids. Sollte es je einen Teufel gegeben haben, so hat er hier sein Unwesen getrieben, nicht in der Kokerei der voestalpine. Leider hat er auch in der hiesigen Bevölkerung Verbündete gefunden, wie die sogenannte Mühlviertler Hasenjagd zeigt, als flüchtende KZ-Häftlinge gnadenlos ihren Peinigern ausgeliefert wurden. Ein paar Helden haben ihm widersagt, wie das im Taufritual so schön heißt. Einfache Bäuerinnen und Bauern, die dafür ihr eigenes Leben riskierten. Nichts davon habe ich je in Kindheit und Jugend erfahren. Umso schlimmer hat es mich dann später getroffen.

Am Bahnhof St. Georgen Ort steht eine Art Stadel, mit ein paar runden Öffnungen wie Bullaugen, eingehüllt in eine Tapete aus Edelrost. Vom Fenster aus ist nicht zu erkennen, was das sein soll. Ich tippe auf einen Fahrradunterstand. Als der Zug wieder anfährt, wird mir plötzlich klar, was mich bis hierher im Vergleich zu früher irritiert hat. Mit Diesel dauerte es erheblich länger, bis die ganze Garnitur auf Tempo kam. Die Kraft der E-Lok Taurus drückt mich geradezu in den Sitz, so stark ist die Beschleunigung.

Die Landschaft wird mühlviertlerisch, also hügelig, kleinteilig, agrarisch. Die wichtigste Komponente ist aber der Granit, immer wieder begleiten die Bahntrasse braungrauschwarze Gesteinsblöcke, die der Gegend einen dunklen Unterton beimengen. Eine Landschaft, in die man sich erst auf den zweiten Blick verliebt, wie es so schön heißt. Das war mir als Kind noch nicht vergönnt, die Kalkfelsen, die Seen, das so leicht wirkende Sommerleben im Salzkammergut, das alles gefiel mir viel besser. Karges, bäuerliches Leben und eine gewisse Schwermut schienen mir hier zu Hause zu sein, selbst im Sommer bei herrlich blauem Himmel.

Bahnhof Lungitz, der Zug steht länger als gewöhnlich. Wieder ein Edelroststadel, die Sache scheint System zu haben. Ich öffne das Fenster, höre eine Lerche. Das Mühlviertel ist das Land der Lerchen, nirgendwo sonst, bilde ich mir ein, habe ich so viele von ihnen gesehen und vor allem gehört. Gehört, wie sie tirilierend in den Himmel steigen, erst nach längerem Suchen habe ich sie entdeckt, oft schon ganz weit oben nur mehr als dunklen Punkt. Stumm sinken sie dann zu ihrem

Nest hinunter, so, als hätten sie ihre ganze Energie in einem Anfall von jubelnder Ekstase verbraucht.

Die Schienen am gegenüberliegenden Gleis beginnen zu zirpen, dann zu sirren und schließlich zu dröhnen. Der Gegenzug ist da, eine blau-weiße Garnitur der ČD, genau so eine, wie ich sie einmal auf dem Linzer Hauptbahnhof gesehen habe. Gleis frei, es kann weitergehen.

In der Ferne, hoch auf einem Hügel, kann ich schon die Kirche von Wartberg ob der Aist sehen, für mich eine Art Wahrzeichen auf dem Weg hinauf nach Freistadt. Der Turm hat ein in dieser Gegend häufig zu sehendes Keildach, das an zwei Seiten ein Trapez, an den anderen beiden Seiten ein Dreieck zeigt. Blühender Flieder, liegende, wiederkäuende Kühe, ein kleiner Skaterpark für die Landjugend. Dann geht es zuerst, wie um Anlauf zu nehmen, in einer Kurve nach rechts, und dann in einem nicht enden wollenden Bogen um hundertachtzig Grad nach links. Dabei klettert der Zug Meter um Meter höher, bis er den Bahnhof Gaisbach-Wartberg erreicht. Von dort haben wir als Kinder ungläubig staunend auf die Gleise hinabgeschaut, auf denen wir gerade selber gefahren sind.

Auch hier steht ein Edelroststadel mit Bullaugen, die Sache hat also wirklich System. Die Bahn führt nach Linz, in die Stahlstadt, da liegt doch Edelrost auf der Hand, oder?

Der Name der Haltestelle Schloß Haus ist mir immer seltsam vorgekommen. Ein Haus, das eigentlich ein Schloss ist, oder ein Schloss, das ein Haus ist? Wir sind hier nie ausgestiegen, so ist da immer ein Rätsel geblieben. Jetzt schaue ich aber nach und lüfte das Geheimnis: Hier ist tatsächlich ein Schloss, ursprünglich eine Burg, benannt nach dem Geschlecht der Hauser, Burggrafen von Steyr. Heute ist es eine Pflege- und Betreuungseinrichtung des Landes Oberösterreich. Jetzt bin ich gescheiter, wie man so sagt, und einigermaßen ernüchtert.

Pregarten ist eine Stadt und so etwas wie der Schlusspunkt des ersten Streckenabschnitts. Bis hierher ist das Land relativ dicht besiedelt, jetzt nimmt die Natur das Zepter in die Hand. Die Hügel werden steiler, der Wald dichter. Föhren, Erlen, Birken stehen in Grüppchen im Tal der Feldaist, die, so scheint es, ihre Schlangenlinien wie schon seit Jahrhunderten durch die Wiesen zieht. Nur hin und wieder bekommt man ihr Wasser zu Gesicht, schimmernd in allen möglichen Braun- und Goldtönen, aber nicht so dunkel wie das ihrer Schwester, der Waldaist, die weiter östlich verläuft. Immer wieder Granitblöcke an Waldrändern, Mühlviertel pur. Endlich sehe ich auch den ersten der für die Gegend so typischen Bauernhöfe, weit oben am Hang. Flecken aus unverputztem Granitstein in weiß gekalkten Wänden stellen ganz bewusst das Baumaterial in die Auslage, ein Stilmittel, das auch in moderner Architektur zum Einsatz kommt.

Kefermarkt zieht sich fast wie ein Bergdorf rechts den Hang hinauf, vermutlich, um den Überschwemmungen im Tal zu entkommen. Die Kirche, wieder mit Keildach, gibt sich von außen bescheiden, entfaltet ihren Zauber aber erst in ihrem Inneren. Das dreischiffige Langhaus mit seinem Netzrippengewölbe wirkt in seinen Proportionen geradezu perfekt. Wahrscheinlich entscheiden ein paar Dezimeter, ob ein Raum plump, zu breit, zu hoch und sonst irgendwie nicht ganz geglückt wirkt.

Der Star der Kirche ist natürlich der spätgotische Flügelaltar, weltbekannt und viel besucht. Ich konnte die Begeisterung für Kirchen und insbesondere deren Altäre lange nicht teilen, aus Abneigung gegenüber allem Katholischen und aus Opposition zu meinen Eltern, die angesichts solcher, wie sie es nannten, Meisterwerke in einen Zustand der Schwärmerei gerieten, der mir völlig übertrieben vorkam.

Auch wenn mich mitunter noch Anflüge solcher Emotionen heimsuchen, kann ich Kirchen und deren Inhalt heute meist doch völlig frei davon betrachten. Ja, der Kefermarkter Altar ist großartig, und man kann Adalbert Stifter gar nicht genug danken, dass er ihn in seiner Funktion als Konservator vor dem Holzwurm gerettet hat. Dass dabei seine Farben verschwunden sind, hat ihm nur gutgetan. Das nackte Lindenholz steht ihm ganz ausgezeichnet. Wie bei allen Flügelaltären wäre ich nur einmal gerne dabei, wenn er geöffnet wird. Ich stelle mir das wie im Kino oder im Theater vor. Man sitzt da und wartet auf die Vorstellung. Und dann geht der Vorhang auf und die Welt ist eine andere als vorher.

Bei der Ausfahrt aus dem Bahnhof eine schwere Beleidigung der Augen: ein Riesentransparent mit der Ankündigung eines Konzerts von Melissa Naschenweng, mit überlebensgroßem Konterfei der Queen des Lederhosenrock, in pinken Hotpants und mit umgehängter Knopfharmonika. Bald wird sie also den Mühlviertler Jungbauern mit Hits wie »Traktorführerschein« und »Difigiano« einheizen. Ist das wirklich der Ausdruck eines heutigen Lebensgefühls am Land? Oder einfach billige Abzocke, die erst nach ein paar Halben Bier funktioniert?

Das liebliche Tal der Feldaist kümmert das alles nicht, mein Zug und ich mit ihm folgen ihm weiter flussaufwärts, eine Weile unter den Auguren des hoch oben thronenden Schlosses Weinberg. Die Haltestelle Lasberg-St. Oswald ist eine Art Potemkinsches Dorf, weit und breit keine Ortschaft, Lasberg und noch viel mehr St. Oswald sind kilometerweit entfernt. Nur ein Gasthaus mit dem naheliegenden Namen »Zur Haltestelle« leistet ihr Gesellschaft. Einmal hat uns hier jemand mit dem Auto abgeholt, als wir nach St. Oswald zu den Großeltern gefahren sind. Einmal sind wir mit Sack und Pack zu Fuß gegangen, da hatten wir schon unser Ferienhäuschen, wenn ich mich recht erinnere. Aber meistens sind wir nach Freistadt, der nächsten Station, weitergefahren.

Dort steige auch ich jetzt aus und gehe hinaus auf den Bahnhofvorplatz, um wie früher in den Bus zu steigen, denn auch hier ist die Stadt weit weg. Kaum zu glauben: nichts, absolut nichts, nicht einmal ein Taxi. Ein paar Fahrgäste werden mit Autos abgeholt, einer steht da wie ich, schaut fassungslos nach links und rechts, zückt dann sein Handy. Ich sehe ein gelbes Schild, Pfeil nach rechts: »Altstadt Freistadt, 45 min«, und mache mich kurz entschlossen auf den Weg.

Wenigstens ein von der Straße getrennter Fuß- und Radweg ist da, in diesem Fall für mich ganz allein. Die Chauffeure und Chauffeusen in ihren Autos beäugen mich wie ein exotisches Tier. Ich bin vielleicht zehn Minuten unterwegs, da geht die Feuerwehrsirene, dreimal auf und ab. Instinktiv suche ich die Gegend nach einer Rauchsäule ab. Nichts. Oben am Kreisverkehr zur Hauptstraße kommt mir ein Polizeiwagen mit Blaulicht entgegen. Quietschende Reifen. Wenig später noch einer, wieder quietschende Reifen. Dann viel Verkehr auf der Bundesstraße. Nach einer Weile zwei Feuerwehrautos mit Blaulicht und Folgetonhorn. Wahrscheinlich ein Verkehrsunfall.

Jetzt ist schon die Stadt zu sehen, unten in einer Senke, der Kirchturm, das Linzertor, ein paar Hochhäuser. Links geht eine Straße ab, Bahnhofstraße steht auf dem Schild, die nehme ich. Erleichterung nach ein paar Metern, endlich weg vom Lärm. Sanft geht es bergab, einer, wie ich weiß, schönen alten Stadt entgegen, hinein in die Freistadt, wie die Leute hier sagen. Meine Laune bessert sich von Schritt zu Schritt.

Noch herrscht die Fadesse einer österreichischen Kleinstadt. Einfamilienhäuser, Mietskasernen, niemand auf den Straßen. Die Autos haben die Städte leer gefegt, nur mehr Kinder, Alte und Alkoholiker, die ihren Führerschein verloren haben.

Da vorn, am Ende der Straße, das muss das Brauhaus sein, und das hat eine ganz besondere Geschichte. 1770 haben sich die Bewohner der hundertneunundvierzig Stadthäuser zur »Braucommune in Freistadt« zusammengeschlossen und haben als solche von der Gemeinde ein Grundstück außerhalb der Stadtmauern erworben, auf dem sie dann eben dieses Brauhaus errichteten. Die damals von den »Freistädter Braucommunisten« erworbenen Rechte und Pflichten sind bis heute dieselben. Sie besagen, dass auf jedem Haus innerhalb der Stadtmauern Freistadts fünfzehn Eimer, das sind sechsundfünfzig Liter, Bier grundbürgerlich sichergestellt sind, maximal dürfen weitere Anteile bis zu einem Ausmaß von hundertvierzig Eimern pro Haus dazugekauft werden. Den Freistädtern gehört ihr Bier somit selbst, wenn man so will.

Mir sind schon als Bub die besonderen Etiketten auf den Bierflaschen meines Großvaters aufgefallen. Da stand nicht einfach Bier drauf, wie bei Zipfer Bier, Gösser Bier, Villacher Bier und so weiter, sondern »Freistädter Ratsherrntrunk«, und darunter »Braucommune«, ein Wort, das ich noch nie gesehen hatte.

Es waren schöne, wenn nicht überhaupt die schönsten Wochen meiner Kindheit, die ich bei meinen Großeltern in St. Oswald bei Freistadt verbracht habe. Ich besuchte die dritte Klasse Volksschule und war an Scharlach erkrankt, und das bedeutete damals Quarantäne. So wurde ich kurzerhand ins Mühlviertel verschickt, brauchte nicht zur Schule zu gehen und führte ein von Autoritäten jeglicher Art unbehelligtes Leben. Das bisschen Fieber und die roten Flecken auf der Haut haben mich nicht im Geringsten gestört, ich konnte nach Herzenslust lesen und bald auch mit dem Nachbarsbuben spielen. Das war wohl nicht ganz im Sinne einer medizinisch angebrachten Abschottung, hat aber niemanden gestört.

Die Abende habe ich mit meinem Großvater am Fenster

sitzend verbracht, wo wir die ankommenden Busse, die sogenannten Postautos, beim Einfahren in den Ort beobachtet haben. Da kam einer, der nach Sandl fuhr, einer nach Liebenau, einer nach Weitersfelden, nach Königswiesen, und so weiter, mein Großvater hat sie meistens schon an den Scheinwerfern erkannt, wenn sie noch ganz weit weg waren. Das habe ich mir zumindest eingebildet, in Wirklichkeit wusste er natürlich die Uhrzeiten auswendig. Auf jeden Fall war es das schönste Fernsehprogramm, an das ich mich erinnern kann. Und nach ein paar Tagen kannte auch ich die Sendezeiten auswendig.

Heute gibt es zwar einen Busbahnhof, einen sogenannten Terminal, aber fast keine Busse mehr. Er liegt ganz nahe der Brauerei, also schaue ich kurz vorbei. Vielleicht fährt wenigstens zurück zum Bahnhof ein Bus. Tatsächlich, es gibt zwei Verbindungen, eine um sieben in der Früh, eine um zwei am Nachmittag. Die könnte passen.

Aber jetzt gehe ich einmal wirklich in die Stadt, über den Graben hinüber und dann durch das Linzertor, einem imposanten Steinturm, natürlich mit Keildach und einem kecken Zwiebeltürmchen oben drauf. Die Tafel mit der Aufschrift »K. K. LANDESFÜRSTLICHE STADT FREYSTADT« hat mich schon als Kind beschäftigt. Vor allem das Y darin hat mir eine erste Ahnung davon gegeben, dass die Rechtschreibung, wie ich sie lernte, nicht in Stein gemeißelt ist.

Nun, ich bin schon eine ganze Weile unterwegs, also steuere ich direkt auf den Hauptplatz und die mir wohlbekannte Konditorei Lubinger zu. Ich bestelle einen Verlängerten und eine Cremeschnitte, wohl wissend um die Schwierigkeiten, die mich beim Verzehr derselben erwarten. Versucht man nämlich, mit der Gabel das Dach zu durchstoßen, drückt man die darunter liegende weiche Creme so zusammen, dass die ganze Schnitte ihre Fassung verliert. Also löse ich das Dach gleich am Anfang von der Creme und esse es in kleinen Stücken sozusagen als Beilage. Hier erwartet mich allerdings eine weitere Komplikation, die Schnitte beim Lubinger hat nämlich eine Art Zwischendecke eingezogen, die die zwei Arten von Füllung voneinander trennt. Ich löse, wie gewohnt, das Dach vom Bau, in der Hoffnung, die Zwischendecke wäre vielleicht von etwas weicherer Konsistenz als das Dach und ich könnte sie mühelos mit der Gabel durchstechen. Das ist leider nicht der Fall, also habe ich gleich nach dem ersten Spatenstich eine zwar wunderbar schmeckende, aber völlig devastierte Cremeschnitte vor mir.

Das ist zwar lästig, aber nicht weiter tragisch, das größere Ärgernis kommt von schräg links hinter mir, ohne dass ich es gleich als solches erkannt hätte. Es fängt mit einem Satz ganz harmlos an: »Na so was, wirklich, diese Elektroautos sind kaum zu hören.« Einfach so dahingesprochen. Es folgen weitere Sätze über die Nachteile dieser Fahrzeuge, viele sogar, und erst allmählich wird mir klar, dass er mit mir spricht, oder zumindest sprechen will, der Mann, der da zwei Tische entfernt von mir wie ich im Freien sitzt. Ich drehe mich um, murmle etwas wie »ja, ja« und sehe einen Mittsiebziger, neben sich, ein Stück weit schon auf der Gasse stehend, einen Einkaufswagen. Darum geht es also: Das eben vorbeigekommene Elektroauto hätte fast seinen Wagen über den Haufen gefahren.

Obwohl wir keinen Blickkontakt haben, redet er unverdrossen weiter, und je länger er redet, desto mehr wird mir klar, dass ich mich auf keinen Fall umdrehen darf, um ihn nicht noch mehr zu animieren. Ich will auch den Blick auf den schönen Hauptplatz nicht verlieren, also kommt Umdrehen sowieso nicht infrage. Beim Gang auf die Toilette muss ich dann aber an ihm vorbei. Vor ihm auf dem Tisch stehen zwei Tassen Kaffee und zwei Kardinalschnitten. Erwartet er noch jemanden?

M. liebt die Lebkuchen der Konditorei Lubinger. Also gehe ich ins Geschäft und suche eine von den vielen Packungen in der Vitrine aus, einen Mix aus verschiedenen Sorten. Gut zwanzig Minuten später, nachdem ich bezahlt habe und aufgestanden bin, sind die Kardinalschnitten verschwunden und die Kaffees ausgetrunken. Aber niemand war da. Hatte er einen Geist eingeladen, einen toten Freund, eine abwesende Frau? Zudem hat er offenbar plötzlich den Faden verloren und sitzt jetzt ganz wortlos da, zusammengesunken wie ein Luftballon, dem gerade die Luft ausgeht.

Ich gehe die paar Schritte hinüber in den Schlosshof und ein Stück hinunter in den Park. Da sprießt und blüht es gerade, dass es eine Freude ist. Den gepflegten Platz für das Pétanque-Spiel hätte ich hier im Mühlviertel nicht erwartet, und schon gar nicht, dass der PSV Freistadt schon österreichische Meisterinnen und Weltmeisterschaftsteilnehmer im »schönen Spiel« hervorgebracht hat, wie es auf einer Tafel heißt.

Im Schloss selbst läuft derzeit eine Ausstellung mit dem Titel »Was brachte die Autobahn?« Wer da an eine Art Suggestivfrage aus der Öko-Ecke denkt, immerhin war der Bau dieser Straße im Mühlviertel ziemlich umstritten, der wird im Untertitel eines Besseren, oder vielmehr eines Anderen belehrt: »Archäologische Forschungen auf der Trasse D3 und S10 in Oberösterreich«, heißt es da.

Durch die enge Schlossgasse mit ihren Schwibbögen spaziere ich hinüber zum Böhmertor, das nach einem Brand bis heute wie der Teil einer Burgruine aussieht. Es hat mich immer an Abbildungen in Ritter- und Sagenbüchern erinnert und war ein untrügliches Zeichen dafür, dass es im Autobus Richtung St. Oswald zu meinen Großeltern ging. Da war es nämlich am rechten Fenster nicht zu übersehen.

Die mittelalterliche Stadt samt ihren Befestigungsanlagen ist bis heute nahezu unversehrt geblieben. Schon Anfang des 13. Jahrhunderts als planmäßige Gründung erbaut, hielt sie so gut wie allen Angriffen stand. Nur die Hussitenkriege und ein paar Brände haben ihr einige Blessuren zugefügt. Am nicht mehr mit Wasser gefüllten, dafür aber herrlich begrünten Stadtgraben gehe ich jetzt ein Stück entlang und beim Scheiblingturm durch die Mauer wieder in die Stadt hinein.

Salzgasse, Samtgasse, Schlossergasse, Eisengasse, Waaggasse, Pfarrgasse, Dechanthof, ich lasse mich ein wenig herumtreiben, stoße auf ein Plakat mit der Aufschrift »Orgelpunkt 12. Orgelmusik zum Krafttanken, jeden Freitag um Punkt 12 Uhr«. Bei freiem Eintritt kann man sich für eine halbe Stunde in die Kirche setzen und zuhören. Unverbesserliche Kritikaster werden es vielleicht für eine besonders perfide Rattenfängerei der stets missionarischen katholischen Kirche halten, ich finde es eine wunderbare Idee. Es gibt so viele großartige Instrumente in den Kirchen, die man oft nur als Messbesucher hören kann. Sehr schade, finde ich. Ein Orgelpunkt, übrigens ein Begriff aus der Tonsatzlehre, der einen lange klingenden Basston meint, stünde auch vielen Wiener Kirchen gut an.

Es ist weder Freitag noch zwölf Uhr, also verlasse ich die Stadt wieder durch das Linzertor. An einer Tafel steht »Zugang zu den ehemaligen Fleischbänken«. Das erinnert mich an meine Großmutter. Sie hat, wenn sie zum Metzger ging, immer gesagt: »Ich gehe in die Fleischbank«, für mich damals ein seltsames, geradezu unheimliches Wort. Es stammt aus dem Mittelalter, als das Fleisch auf den Märkten auf Holzbänken liegend zum Verkauf angeboten wurde.

Vor dem Stadttor am Wehrgraben stehen auch ein paar Bänke, allerdings zum Sitzen, die kommen mir gerade recht. Zeit für den Apfel, den ich so gut wie immer in der Tasche habe. An der Rotbuche da drüben wird fotografiert, offenbar

Maturantinnen und Maturanten aus dem nahen Gymnasium, in Abendkleid und Sonntagsanzug, ein ungewöhnlicher Anblick an einem Werktag am frühen Nachmittag. Rund um die hübsch anzusehenden Jungdamen und Jungherren stakst mit steifem Gang ein groß gewachsener Mann mit schwarzer Hornbrille, Schnurrbart und Kurzhaarschnitt. Manchmal legt er ein paar besonders lange Schritte ein und sieht dabei aus wie Jacques Tati in »Die Ferien des Monsieur Hulot«. Kurz darauf taucht in einiger Entfernung eine dickliche Dame mit Trippelschritten auf, die ihm zuwinkt. Er bleibt kurz stehen und winkt zurück wie ein automatischer Grüßaugust. Das wiederholt sich ein paarmal, während dahinter posiert und in die Kamera gelächelt wird. Die beiden kommen offenbar aus der psychiatrischen Betreuungseinrichtung »pro mente«, an der ich gerade vorbeigegangen bin.

Ich habe Gesellschaft bekommen, von ein paar jungen Damen, die auf den freien Bänken Platz genommen haben. Sie dürften noch zwei, drei Jährchen bis zur Matura haben, packen gerade ihr Mittagessen aus. Sandwiches, eingewickelt in Lagen aus weißem Papier. Eine von ihnen übernimmt die Verteilung: »Wer hat vegan? Da ist Thunfisch. Ich glaub, das ist Schinken. Wer hat vegetarisch?« Es wird Zeit, dass ich zum Busbahnhof hinübergehe. Vielleicht kriege ich an dem Stand dort auch noch einen Happen.

Nun, der Stand ist fast schon ein Gasthaus, mit Garten versteht sich. Ich nehme eine Semmel mit Leberkäse und eine Halbe Freistädter Bier, setze mich hin, direkt neben der Brauerei. Dort werden gerade seltsame Stifte auf das Blechdach einer Lagerhalle geschraubt. Ein Arbeiter in der Mittagspause am Tisch gegenüber prostet mir zu. »Ob das was bringt?«, sagt er mit einer Handbewegung auf das Dach da drüben. »Was machen die da überhaupt?«, frage ich. »Solar«, wieder er. »Bringt schon was. Wenn man's großflächig macht«, finde ich. Er zuckt mit den Schultern.

Wir trinken, essen. An uns ziehen Scharen von Schülerinnen zum Busbahnhof vorbei. »Wahnsinn, so viele. Und in einer halben Stunde sind sie alle weg, verschwunden in ihren Bussen«, sagt er. »Ja, sind wirklich viele«, sage ich. Eine Gruppe ist in typischer Unterrichtsschlusslaune. Sie häkeln einander, scherzen, lachen. »Und gut aufgelegt sind sie auch noch. So gehört sich das«, dann wieder er. »Ja, gut, dass wir sie haben, die Kinder«, kommt es von einem anderen Tisch.

Schön, das gefällt mir. Allerdings kommen mir Zweifel, ob es eine gute Idee ist, in einem Bus voller zum Glück gut gelaunter Schulkinder zum Bahnhof zu fahren. Noch dazu, wo ich dort ohnehin noch mehr als eine Stunde auf meinen Zug warten müsste. Nein, ich bin gerade so herrlich entspannt, und ein kleiner Verdauungsspaziergang kann wirklich nicht schaden.

Also wieder Bahnhofstraße, zuerst sanft, dann ordentlich bergauf. Oben angekommen, biege ich wieder in die Bundesstraße ein, auf den Radweg daneben, um genau zu sein. Dann eine kleine Irritation, auf der Nase. Ich greife vorsichtig hin, hoffentlich kein Vogelschiss. Dann noch einmal, am Hinterkopf, und am Unterarm. Ich drehe mich um, schaue nach oben. Schaut nicht gut aus, die Wolke, dabei scheint doch die Sonne.

Offenes Gelände, kein Baum, kein Haus weit und breit. Es bleibt mir nichts anderes übrig, als weiterzugehen, an einen Regenschirm habe ich nicht gedacht. Eine Weile tröpfelt es gemütlich dahin, der Asphalt beginnt zu riechen und sich dunkel zu verfärben. Was gibt es Schöneres als Regen im Frühling? Nur zu stark sollte er halt nicht sein, für einen Menschen so ganz im Freien. Das wird er aber, geradezu sekündlich. Da vorne sind zwei Bildstöcke, sogenannte Marterl, beide mit

Giebeldach. Halbschneller Hundertmeterlauf, und ich bin geschützt, halbwegs. Aber der Wind, ich muss auf die Rückseite. Schade, so kann ich die Marienstatue hinter dem Eisengitter da drinnen nicht genau betrachten.

Trotzdem wird es ungemütlich, es geht in Richtung Platzregen. Noch ein Sprint, und ich bin in einer Art offenem Schuppen, in der Nachbarschaft von ein paar Schaufeln, zweier Rasenmäher, einer Scheibtruhe. Es riecht nach Arbeit, nach einer, die ich nie besonders mochte. Hoffentlich haben sie keinen scharfen Hund, da drüben auf dem Hof, zu dem mein Unterstand ganz offenbar gehört. Es regnet jetzt wirklich Schusterbuben, wie man so sagt, das Wasser hüpft, tanzt, trommelt, rauscht in einem herrlichen Furioso. Dazwischen ein paar Blitze, Donner. Groß ist der Hof, fast wie ein Gutshof, würde ich sagen. Auf einer Mauer steht groß »Fuchsenhof«, da schaue ich jetzt nach, ich habe ja sowieso nichts anderes zu tun, als in den Regen zu glotzen.

Also ein x-beliebiges Plätzchen ist er nicht, mein Unterstand. Ursprünglich ein Schloss, schon 1377 erbaut, schließlich 1623 von einem gewissen Ulrich Fuchs erworben, daher der Name. Später, im Zuge der Auflösung der Grundherrschaften nach der Revolution von 1848 an Bauern verkauft und seither ein Bauernhof. 1997 wurde beim Pflügen ein großer Silberschatz gefunden, der heute im Schlossmuseum ausgestellt ist. Er stammt aus der Zeit der Kriegswirren zwischen Ottokar II. Přemysl von Böhmen und Rudolf von Habsburg. Freistadt wurde kurz davor gegründet, nicht zuletzt als eines von vielen Bollwerken gegen die Böhmen.

So, die Show ist vorbei, ich kann weitergehen. Der Asphalt dampft, die Wassertropfen an den Gräsern blitzen im Sonnenlicht. Es geht bergab, ich fühle mich wie der sprichwörtliche fröhliche Wandersmann.

Bis zur Abfahrt des Zuges verbleiben noch immer gut zwanzig Minuten. Ich schaue mich am Bahnhof ein wenig um und entdecke eine Informationstafel. Die ist mir bei meiner Ankunft gar nicht aufgefallen. Stadtplan groß, Stadtplan Altstadt, Zimmervermieter und gleich vier Telefonnummern von Taxiunternehmen. Als Besitzer eines Klimatickets könnte man sich schon einigermaßen gelackmeiert vorkommen, wenn man für ein Taxi in die Stadt erst recht noch extra bezahlen muss, womöglich mehr als für eine reguläre Fahrkarte von Linz bis hierher. Aber zum Glück sind meine Gehwerkzeuge noch intakt, also was rege ich mich auf. Gut trainiert, gesund ernährt und psychisch robust, so soll er offenbar sein, der Mensch im Öko-Zeitalter.

Auf einer Bank sitzt eine Dame, gute sechzig, gepflegt, gut und nicht billig gekleidet. Sie feilt an ihren Nägeln und strahlt kein großes Gesprächsbedürfnis aus. Ich grüße und setze mich ans andere Ende. Sie telefoniert, ziemlich gute Freundin offenbar, sagt, sie freue sich, bald wieder zurück in Wien zu sein.

Kurze Zeit später Auftritt des Herrn aus dem Café Lubinger, mit Einkaufswagen, versteht sich, hat er ihn doch gerade vor den bösen Elektroautos gerettet. Er setzt sich genau zwischen die Dame und mich, wohin auch sonst, und beginnt sofort, ohne die Vorwarnung eines Grußes, zu reden. Alles kommt zur Sprache, ein »stream of consciousness« ungeheuren Ausmaßes ergießt sich über uns. Die Elektroautos, der Klimawandel, der Gletscherschwund, seine Besteigungen des Großglockners und anderer Dreitausender, seine Radtouren über Tausende von Kilometern, heuriger Kilometerstand schon 5302, die Renovierung der Bahnhöfe und damit verbunden die Gefahren für gerade diesen Bahnhof, seine Scheidung, Drittelschuld bei ihm, zwei Drittel bei der Frau, seine Auftritte als Trompeter, sogar bei großen Bällen in Wien, sein Vater, der ebenfalls musikalisch war, Corona und andere Seuchen und so weiter. Noch nie war mir so klar, was es heißt, bei jemandem sei eine Schraube locker. Bei ihm war sie schon so locker, dass sie sich komplett gelöst hat. Jene Schraube, die eine gewisse Ordnung, Kontrolle im Gehirn festzurrt, zumindest im Zustand des Bewusstseins. Im Unbewussten geht es ohnehin ziemlich chaotisch zu, stelle ich mir vor.

Zu allem Überfluss wird jetzt auch noch eine Verspätung angesagt, zwanzig Minuten wegen einer Verzögerung auf tschechischer Seite. Klar, das Ausland ist schuld. Die Dame wirft mir hinter seinem Rücken einen vielsagenden Blick zu, den er natürlich nicht sehen kann. Aber auch das hätte ihn nie und nimmer davon abgehalten, fortzufahren. Unentwegt produziert er mit einer erstaunlichen Energie das, was man im heutigen Theater eine Textfläche nennt. Das kann, inszeniert und verteilt auf ein paar exzellente Schauspieler und Schauspielerinnen, eine beträchtliche Wirkung entfalten. Aber aus dem Munde des in diesem Fall mäßig begabten Autors in Echtzeit auf einer Bahnhofsbank mit Spielzeitverlängerung durch eine Zugverspätung ist es eine einzige Qual. Selten habe ich die Lautsprecherdurchsage für einen einfahrenden Zug als eine derartige Erlösung empfunden wie heute. Wir erheben uns, geradezu feierlich, der Blick zu ihr und von ihr wieder zurück zu mir ist fast wie eine Verschwesterung nach überstandener Mühe. Wir streben in entgegengesetzte Richtungen, sie zum Zugende, ich zum Zuganfang, nur weg von der Mitte, weg von ihm.

Der Zug heißt »Vltava Dunaj«, sein Bruder in die Gegenrichtung »Donau Moldau«. Wieder das liebliche Tal der Feldaist, nach der überstandenen Attacke noch um ein Vielfaches schöner. Der Raps blüht. Intensivstes, fast stechendes Gelb. Ist mir bei der Hinfahrt gar nicht aufgefallen. Es ist schon erstaunlich, was man alles nicht sieht, auch wenn man viel schaut.

Ich genieße die vorbeiziehende Landschaft, Bildfolgen, die viel erzählen, dabei aber ganz stumm bleiben. Was für eine Wohltat gegenüber den wuchernden Textflächen von vorhin. Durch die Verspätung stimmt der im Fahrplan wohlkalkulierte Rhythmus aus Zug und Gegenzug nicht mehr, und so müssen wir in zwei Bahnhöfen ungewöhnlich lange auf einen Gegenzug warten. Verständlich, dass man nicht auch noch anderen Zügen eine Verspätung aufbrummen will, einer reicht. Und so kommen wir wirklich viel zu spät nach Linz, der eigentlich vorgesehene Anschlusszug nach Wien ist natürlich längst weg. Egal, »so viele Züge gehen, ich weiß, nach Wien« könnte man in holpriger Abwandlung eines alten Schlagers singen. Und tatsächlich, zwanzig Minuten später sitze ich auch schon im Speisewagen eines Railjet Express und bestelle ein Bier. Ein wohlverdientes, wie ich meine.

ZU SPÄT

VOM FAHREN IN DER NACHT

Diesmal habe ich die Zeit übersehen, wie es so schön heißt.

Wenn man die Zeit übersehen kann, dann müsste man sie eigentlich auch sehen können, was aber bekanntlich unmöglich ist, da braucht man keine Relativitätstheorie zu kennen. Es geht um die in Zahlen gegossene Tageszeit, also die Uhrzeit, auf die man nicht geachtet hat.

Und die ist schon weit fortgeschritten, als ich wieder in den Zug steige, was ich in der Regel schade finde. Irgendwann, auch wenn ich meine Augen noch so sehr anstrenge, gibt es da draußen nicht mehr viel zu sehen. Hin und wieder die Lichter einer Ortschaft, Straßenlampen, ein beleuchteter Kirchturm. Dann die Lichtkegel der Autos auf einer Straße, die eine Zeit lang parallel zu den Schienen verläuft. Eine Fabrik, ein Kraftwerk, was weiß ich, aus dem weißer Dampf quillt, unwirklich wie Theaternebel im Scheinwerferlicht. Dann wieder nichts, vollkommene Dunkelheit, Wiesen, Wälder, ich kann es nicht erkennen, jedenfalls menschenleeres Land. Da und dort ein später Traktor, dessen Lenker auch die Zeit übersehen hat und die Arbeit auf dem Feld mithilfe starken Lichtes noch zu Ende bringen möchte.

Aber je weniger ich erkennen kann, desto mehr beschäftigt mich, was in den Häusern entlang der Strecke, hinter den Vorhängen der leuchtenden Fenster, gerade passieren könnte. Versammelt sich da gerade eine Familie am Tisch, um zu Abend zu essen? Stiert ein einsamer Mensch aus dem Fenster und sieht gerade mich, den Zug vorbeifahren? Will sich ein Kind gerade nicht und nicht beruhigen lassen, um einzuschlafen? Ringt gerade jemand mit dem Tod? Liebt sich da ein Paar, vielleicht zum allerersten Mal? Schlägt vielleicht ein Mann seine Frau, und niemand kann hören, wie sie schreit? Wird ein Kind geboren? Ein Huhn vom Fuchs, ein Häschen von der Eule geholt?

Das alles kann da draußen geschehen, und je länger ich fahre, desto wahrscheinlicher wird, dass es tatsächlich passiert. Natürlich geschieht alles auch, wenn ich nicht daran vorbeifahre, natürlich geschieht es andauernd rund um mich, noch dazu, wo ich in einer großen Stadt lebe. Aber niemand könnte auf Dauer im Bewusstsein dieser Gleichzeitigkeit leben, doch in seltenen, luziden Momenten stellt sich der Gedanke daran wie von selbst ein, ohne mich zu belasten. Nachtfahrten im Zug ermöglichen das, wie der Katalysator eine chemische Reaktion.

Schaue ich dann ins Innere des Zuges, erstaunt mich die Normalität, der Gleichmut des Lebens. Nichts deutet darauf hin, dass man sich im Inneren eines Geschoßes befindet, das mit mehr als zweihundert Kilometern pro Stunde durch die Nacht rast. Es ist ein geschlossenes System, das sich bei gleichbleibender Geschwindigkeit genauso verhält wie das Innere eines x-beliebigen Hauses da draußen, das aber seinerseits wiederum Teil eines geschlossenen Systems namens Erde ist, das sich mit gut hunderttausend Kilometern pro Stunde um die Sonne dreht, die aber wiederum das Zentrum eines Planetensystems ist, das mit knapp achthunderttausend Kilometern pro Stunde durch das Weltall fliegt.

Manchmal stelle ich mir dann vor, dass das System Zug plötzlich seinen Schutz verliert und ich mitsamt allen Mitreisenden im Freien, im Dunklen sitzen würde, ausgeliefert der Welt, wie sie ist. Ein paar Sekunden nur, dann kehre ich wieder zurück, ins Licht, ins wohlige Schaukeln, ins geheizte Zimmer.

Und dann stelle ich mir vor, dass alle Systeme versagen, dass all die Gravitationen, die unser Universum zusammenhalten, ihre Kraft verlieren, und Planeten, Sterne, Galaxien wie vereinsamte Haufen im Nichts herumtaumeln. So stelle ich mir den Weltuntergang vor, ganz kurz nur, dann bin ich dankbar dafür, dass es noch nicht so weit ist.

Von außen betrachtet ist ein durch die Nacht stürmender Zug eine Art Elementarereignis, dem man heutzutage allerdings nur mehr selten begegnet. Schienengleiche Bahnübergänge mit Bahnschranken oder Lichtanlagen gibt es nur mehr selten auf den Hauptstrecken. Auf Nebenbahnen wird zwar auch schneller gefahren als früher, aber die Leute sitzen fast ausschließlich im Auto und warten auf das Aufgehen der Schranken. Als man noch hauptsächlich zu Fuß unterwegs war, ist man dem feuerspeienden Dampfross noch ohne schützende Blechbüchse gegenübergestanden, was zusammen mit der akustischen Überwältigung das vegetative Nervensystem in eine Art Alarmzustand wie beim Angriff eines wilden Tieres versetzt haben muss.

Umso verwunderlicher ist es, dass es in der sogenannten E-Musik kaum Kompositionen gab, die sich diesem Phänomen widmeten, und das gerade in einer Zeit, als die sogenannte Programmmusik hoch im Kurs stand. Nahezu alles wurde in Musik verwandelt, die Küklein in ihren Eierschalen bei Mussorgski, der Hexensabbat bei Berlioz, die Alpen bei Richard Strauss, die Moldau bei Smetana, Scheherazade bei Rimski-Korsakow, Finnland bei Sibelius, das Meer bei Debussy, die Hunnenschlacht bei Liszt, die Steppe bei Borodin, die Pinien von Rom bei Respighi und, und, und. Und die Eisenbahn, eines der beeindruckendsten akustischen Phänomene seit der Mitte des 19. Jahrhunderts?

Erst im 20. Jahrhundert findet sich dazu ein bedeutendes Werk, »Pacific 231« von Arthur Honegger, der »von der Pathetik eines Zuges von dreihundert Tonnen, der mit hundertzwanzig Kilometern pro Stunde durch die tiefe Nacht stürmt«, spricht. Es ging ihm aber auch um die musikalische Umsetzung von physikalischen Phänomenen wie Beschleunigung und Verzögerung beim Anfahren und Bremsen, die er durch Verkürzung beziehungsweise Verlängerung der Notenwerte bei gleichbleibendem Grundtempo zu erreichen suchte. Wenn man so will, wollte er das Wesen der Maschine musikalisch begreifen. Und dazu war man offenbar im 19. Jahrhundert nicht bereit, betrachtete die Maschine als Eindringling in die Natur, als niederes Menschenwerk, das es nicht verdiente, in die Sphären der Kunstmusik aufzusteigen.

Wenigstens in der leichten Muse durfte die Eisenbahn hin und wieder vorkommen, etwa beim Walzer »Eisenbahnlust« von Johann Strauß oder in der Polka »Bahn frei« seines Bruders Eduard, genannt der schöne Edi. Diese oder ähnliche Stücke führten bei so manchem Neujahrskonzert zu seltsamen Einlagen, indem etwa Musiker mit einer roten Fahrdienstleiterkappe oder einem Befehlsstab auftraten. So etwas bezeichnet man in Kennerkreisen als Musikvereinshumor, eine Art verklausulierte Bezeichnung für einen Grund zum Fremdschämen.

In der sogenannten U-Musik tummeln sich hingegen Verkehrsmittel aller Art, natürlich auch Züge. In »Locomotive Breath« von Jethro Tull geht es um einen »all-time loser«, der seinem Ende entgegengeht, unaufhaltsam wie ein Zug, bei dem der Bremshebel gestohlen wird: *no way to slow down, no way to slow down …* Dabei hört man gleichsam die Lokomotive unaufhörlich stampfen, schnauben, auch hier ist, wie bei Honegger, der Rhythmus der Maschine das Movens der Musik.

Ganz leicht kommt hingegen »Trains and Boats and Planes« von Dionne Warwick daher, aber wie hinter einem zarten Schleier von Wehmut, saudade, wie Brasilianer und Portugiesen das nennen. Eines von vielen Miniatur-Meisterwerken, die Burt Bacharach im Verein mit seinem Texter Hal David geschaffen hat:

Trains and boats and planes are passing by
They mean a trip to Paris or Rome
For someone else but not for me
The trains and the boats and planes
Took you away, away from me

Richtige, tiefe Schwermut, ja Verzweiflung steckt naturgemäß im Blues, und da gehören Züge, Bahnhöfe ganz unbedingt dazu. Als Sehnsuchtsorte, als Symbol für den Aufbruch in eine bessere Welt, aber auch als Orte des Abschieds, der Trennung. Eine ganze Generation von todtraurigen, unglücklich Verliebten, meine Generation, dürfte sofort die dazugehörige Musik im Ohr haben, wenn sie liest: *Well, I followed her to the station, With a suitcase in my hand,* den Beginn von »Love in Vain« von den Rolling Stones.

Und natürlich fällt einem der »Bundesbahn Blues« ein, eine noch immer populäre Parodie auf das Genre Train Blues von Gerhard Bronner, gesungen von Helmut Qualtinger. Und »Take the ›A‹ Train« aus dem Great American Songbook, dessen Titel ich höchstpersönlich aus dem Mund eines New Yorkers vernehmen durfte. Ich stand etwas verloren in einer U-Bahn-Station irgendwo in Manhattan und wollte zu einer bestimmten Adresse. Da gesellte sich ein hünenhafter Afroamerikaner zu mir und bot mir seine Hilfe an. Nachdem ich ihm meinen Zettel gezeigt hatte, auf dem ich mir Straße und Hausnummer notiert hatte, sagte er tatsächlich »Take the ›A‹ Train«. Ich bedankte mich, nahm den nächsten Zug und erreichte problemlos mein Ziel.

So hänge ich ein paar Melodien, Textfragmenten nach, während mein Zug noch immer durch die Nacht fliegt. Im Zug brauche ich keine Musik, der Zug ist die Musik, macht die Musik. Heutzutage ziemlich leise, die Schalldämmung wird immer besser. Aber in der Nacht, wenn der Gesichtssinn, das Schauen schwächer wird, werden die Ohren größer.

Leider auch für Telefonate in der Nachbarschaft, die mich viel mehr stören als Gespräche, weil sie kommunikative Einbahnstraßen ohne ein hörbares Gegenüber sind. Zudem geben Menschen im Telefonmodus offenbar mehr Dinge preis als im direkten Gespräch. Das Handy am oder der Kopfhörer im Ohr schottet ab, blendet alles aus, auch mich, und so bekomme ich allerhand zu hören, was ganz gewiss nicht für mich bestimmt ist, und was ich auch gar nicht hören mag. Da setze sogar ich bisweilen die Hörer auf, lasse Musik laufen, sehr spezielle Musik, nichts für die Quatschköpfe rund um mich, bilde ich mir ein. Späte Beethoven-Quartette, Joni Mitchell, Arien von Purcell, Antony and the Johnsons oder ähnliches Zeug, das mich gut abschirmt von der geschwätzigen Welt da draußen.

Da kann es schon vorkommen, dass ich die Augen schließe und ein wenig einnicke. Schaue ich von Zeit zu Zeit wieder auf, finde ich mich in einer seltsamen Welt wieder. Die Fenster, bei Tageslicht das Tor zur Welt da draußen, sind zu Spiegeln geworden, und plötzlich kann ich um die Ecke sehen, Menschen beobachten, die eine Reihe vor mir sitzen. Oder doch hinter mir? Manche spüren es sofort, wenn sie mein gespiegelter Blick trifft, andere kann ich studieren, so lange ich will. Nur interessieren mich gerade die am allerwenigsten.

Ein paar Oasen gibt es auf meiner Reise durch die Nacht, Städte, Oasen des Lichts. Es heißt zwar, dass es viel zu viel Licht gibt in unserer modernen Welt, Licht, das die Dunkelheit verschmutzt, die Nacht zum Tag werden lässt, den Schlafrhythmus von Mensch und Tier stört, Licht, das viel zu viel kostbare Energie verbraucht, das uns den Sternenhimmel nicht sehen lässt, sodass wir den Kontakt zum Universum verlieren. Aber trotzdem ist es gut, hin und wieder etwas sehen zu können auf einer Reise durch die Dunkelheit. Wir sind keine Geschöpfe der Finsternis, keine nachtaktiven Tiere, auch wenn es von Zeit zu Zeit guttut, eine Nacht durchzumachen.

Das brauche ich heute nicht, das will ich auch nicht. Mein Zug nähert sich der letzten, der großen Oase. Das erkenne ich am Klang, wir sind wieder im langen Tunnel. Er hat die Anreise bei Nacht der bei Tag gleich gemacht. Heulen und Finsternis, egal zu welcher Uhrzeit, dann ist Wien.

VON CIS NACH TRANS UND ZURÜCK

WIEN–WULKAPRODERSDORF–WIEN

Es ist ein ziemlich langer Weg von der U-Bahn-Station Hauptbahnhof zum Hauptbahnhof. Mit vielen anderen ziehe ich die unterirdischen Gänge entlang, bis ich endlich auf den Eingang treffe. Dort steht in großer Schrift »Bahnhof City«, und erst darunter, sozusagen schüchtern klein gedruckt: Hauptbahnhof. Das beschreibt den Zustand heutiger Großbahnhöfe ziemlich korrekt. Sie sind in erster Linie Einkaufszentren, Bahnhöfe nur so nebenbei. Der Konsumismus (© Pier Paolo Pasolini 1975!) krallt sich seine Opfer, wo immer er sie zu fassen kriegt. Die Opfer, also die Konsumenten, freuen sich. »So praktisch, da kann ich auch gleich einkaufen.«

Eine Trafik, ein Zeitungsstand, eine Bäckerei, vielleicht ein Souvenirgeschäft, eine gute Restauration, das war es, früher einmal. Ich erinnere mich noch. Sozusagen Zeitzeuge.

Zug nach Wulkaprodersdorf und Pamhagen Bahnsteig neun A + B, das sagt mir die Anzeigetafel auf dem Wiener Hauptbahnhof. Es ist wichtig, genau hinzuschauen. Die Bahnsteige sind so lang, dass auch zwei ausgewachsene Züge Platz haben. Tatsächlich steht auf neun, C–E, auch der Railjet nach Prag, in einiger Entfernung zur Rolltreppe, was ein paar Leute zu einem spontanen Sprint zwingt. Ein Herr mit Rollkoffer und Pappbecherkaffee macht dabei keine gute Figur. Was musste er auch noch unbedingt Kaffee holen, wo er ohnehin schon spät dran war. Ehrlich gesagt, ich mag sie nicht, diese mobilen Kaffeetrinker. Wozu gibt es Speisewagen?

Auf den Bahnsteigen links und rechts von mir werden schon fleißig Tonleitern geübt. Es hört sich ein wenig so an wie auf dem Gang vor den Übezimmern, damals an der Musikhochschule. Es ist ein Kommen und Gehen von Zügen, viele von ihnen angetrieben von Lokomotiven des Typs Taurus. Und jede von ihnen musiziert. Beim Anfahren eine Tonleiter nach oben, beim Bremsen dieselbe Tonleiter nach unten.

Die Töne entstehen laut ÖBB durch die Steuerung der Stromrichter. Diese sorgen dafür, dass der Strom von der Oberleitung für die Drehstrommotoren der Taurus-Lok umgewandelt wird. Dabei wird ein Ton erzeugt, der stufenweise angehoben wird. Dabei könnten auch die Töne einer Zwölftonreihe erklingen, zu Ehren des Wieners Arnold Schönberg zum Beispiel. Aus Gründen der besseren Verträglichkeit hat man sich für eine Tonleiter entschieden, allerdings für eine unter ihresgleichen doch besondere: d e f g a h c d, das ist die dorische Skala, eine von den alten Kirchentonarten. Gleich über zwei Oktaven kommt sie in einer saxofonähnlichen Tönung aus den Lokomotiven.

Wer auch immer das genau so programmiert hat, versteht etwas vom Reisen, vom Aufbrechen. Das Ende dieser Skala klingt nämlich durch den Ganztonschritt gar nicht nach einem Ende, sondern vielmehr nach einem Anfang.

Los geht es, langsam zunächst. Links der weitläufige Backsteinbau in der Art eines schottischen Herrensitzes, das Arsenal, rechts das neue Sonnwendviertel, größer als die ganze Josefstadt. Ziemlicher Kontrast. Erste Station Grillgasse, tiefes Simmering, an der Grenze zu Favoriten. Rechts geht es den Laaerberg hinauf, zum Böhmischen Prater.

Jetzt zieht er an, mein REX 64, fliegt dahin. Es ist ein herrlicher Jännertag, kalt, klare Luft, Reif liegt auf den Wiesen, die Sonne steht noch tief, alles beginnt gerade zu leuchten. Ein

Morgen wie geschaffen, um etwas anzugehen. Eine Reise, eine Wanderung, eine Tournee, jedenfalls hinaus, wie auch immer.

Bobby Previte, New Yorker Schlagzeuger, bekannt für sein leichtfüßiges, federndes Spiel und bekennender Pferderennsportfan hat einmal ein Album mit dem Titel »Weather Clear, Track Fast« herausgebracht. Es fällt mir immer ein an solchen Tagen unbändiger Unternehmungslust. Ich weiß allerdings nicht, ob ein gefrorener Boden wie heute einen »fast track« für galoppierende Pferde abgibt. Aber das ist auch völlig egal.

Rechts erste Felder, durchsetzt mit den Mastenriesen einer Hochspannungsleitung, links der Verschiebebahnhof Kledering, Zentralverschiebebahnhof, Zvbf, um genau zu sein, der größte seiner Art in Österreich. Mittels einer dieser roten Verschublokomotiven der Reihe 1064 wird ein langer Zug von Güterwaggons den sogenannten Abrollberg hinaufgeschoben. Oben, am Scheitelpunkt, wird ein Waggon nach dem anderen abgekuppelt, von Hand, mittels einer sogenannten Entkupplungsstange. Das muss man sich vorstellen, da steht ein Verschieber, also ein Mensch, und macht nichts anderes als Stange rein, niederdrücken, klack, Stange raus, immer wieder, bis der ganze Zug in seine Einzelteile zerlegt ist. Dann rollen die Waggons, einer nach dem anderen, auf der anderen Seite den Berg hinunter, verteilen sich auf unfassbare fünfundvierzig Gleise und bilden nach und nach neue Züge.

Meiner besteht aus zwei zusammengehängten Triebwagenzügen und saust durch den jungen Tag wie nur was. Himberg, kein Halt, Regionalexpress. Haufen von Einfamilienhäusern mit ein paar ziegelroten Neuankömmlingen, Rohbauten, gerade wahr werdende Träume junger Paare. Nicht wenige von ihnen werden in sieben, zehn, fünfzehn Jahren sogenannte Scheidungshäuser sein, günstig zu erwerben. Die Scheidungskinder wird man nicht so schnell los.

Immer wieder Böschungen links und rechts, die Gleise als Flussbett, der Zug als Wasser. Dann wieder obenauf, ein Gasthaus mit der Aufschrift »Wald und Wiese«, dann auf einmal der Schneeberg, eine weiße Fata Morgana, die aus dem Bodendunst steigt. Zeitweise ein Rhythmus, Feld, Windschutzgürtel, Feld, Windschutzgürtel, Feld und so weiter, zwei Fasane, und Himmel, Himmel, ganz viel Himmel.

Erst jetzt fällt mir auf, dass ich fast alleine bin im Zug. Klar, ich fahre antizyklisch, am Morgen hinaus aus der Stadt. Eine Art Leerfahrt nach der vollen Lieferung in die Stadt hinein. Am Nachmittag säße ich sicher nicht so ausgestreckt da, den Rucksack auf dem Platz neben mir. Und vermutlich würde ich mich schon wieder ärgern, dass da drüben jemand die Maske irgendwo unter der Nase hat. Und ich würde mich unentwegt fragen, ob ich was sagen soll oder nicht.

Nächster Halt Gramatneusiedl. Ein Ortsname, der geradezu paradigmatisch für die österreichische Provinz steht, für die sogenannte Pampa. Dabei, da bin ich mir sicher, kennt den dazugehörigen Ort fast niemand, auch ich nicht. Sehr ungerecht ist das, das nächste Mal steige ich aus und sehe es mir an, das Gramatneusiedl.

Es ist eines von mehreren Neusiedls in Österreich, Potzneusiedl, Stixneusiedl, Neusiedl am See, allesamt sogenannte Plansiedlungen. Entstanden, weil die alten zu klein wurden oder weil Zuwanderer, Neusiedler, sich niederlassen wollten. Mitunter sind sie schon ziemlich alt, gehen noch auf Brandrodungen zurück. Das gab und gibt es nicht nur bei uns: Civita Nova, Palma Nova, Novi Sad, Villes Nouvelles, Newcastle und so weiter.

Kaum Wind, die Windräder drehen sich wie in Zeitlupe. Ein Höhenrücken kommt näher, das Leithagebirge, ja, Gebirge, tatsächlich. Tiroler bekämen einen Lachanfall, wenn welche da wären.

Minutenlang ein Feldweg parallel zur Bahn, ich kann mir vorstellen, da jetzt zu gehen, lange zu gehen, dahin übers flache Land. Weather Clear, Track Fast.

Hochstände, ein Lagerhausturm, viel leerer Asphalt. Da lagern die Zuckerrüben im Herbst. Eine Station nach der anderen, die wir mit hoher Geschwindigkeit negieren. Trautmannsdorf mit seiner hübschen Barockkirche zum Beispiel. Ich habe mich öfter gefragt, ob das gleichnamige Adelsgeschlecht Trauttmansdorff in irgendeiner Verbindung mit dem Ort steht. Dann Sarasdorf. P. hatte damals, in der Volksschule, eine Klassenkollegin namens Sara, als der Zug hier einmal anhielt. Er konnte sich gar nicht einkriegen vor lauter Lachen. Die Sara, ein ganzes Dorf, na so was, kaum zu glauben.

Nur Brauntöne, bis auf den Reif, der in der steigenden Sonne immer weniger wird. Und bis auf das schüchterne Grün der Wintersaat. Weit hinten, am Leithagebirge, die Zementwerke Mannersdorf, wie ein Hologramm, ein unwirkliches Traumgebilde. Kein Bühnenbild der Welt, keine Filmkulisse schafft das, was ich sehe, mit zusammengekniffenen Augen gegen das Sonnenlicht.

Gleich darauf ziemlich nüchterne Realität, Einfahrt in den Bahnhof Bruck an der Leitha. Auf dem Bahnsteig gegenüber ein Bote von drüben, ein Triebwagen in Blau-Gelb der MÁV, der Magyar Államvasutak, zu Deutsch: der Ungarischen Staatsbahnen. Zielbahnhof Győr.

Es ist nur ein kleines Flüsschen, es braucht keine große Brücke, um hinüberzukommen über die Leitha, keinen Fachwerkpomp, keine Schrägseile, ein schlichtes Bauwerk, eine Art Brett mit Schienen reicht. Und doch ist es ein entscheidender Übergang, der bei der Ausfahrt aus dem Bahnhof passiert, nämlich der von Cisleithanien nach Transleithanien, von der österreichischen in die ungarische Reichshälfte der k. u. k. Monarchie.

Seit dem Ausgleich 1867 wurde der Name Österreich für die westliche Reichshälfte tunlichst vermieden, weil sich dadurch vor allem die Böhmen diskriminiert fühlten. Da war die Bezeichnung Cisleithanien für alles, was nicht zu Ungarn gehörte, wesentlich unverfänglicher. Das ganze Reich hätte dann folgerichtig eigentlich Leithanien heißen müssen, aber daran hat niemand gedacht. Dafür hat uns Robert Musil das schöne Wort Kakanien geschenkt, das noch immer für alles steht, was das dem Untergang geweihte Habsburgerreich ausmachte.

Beim Blick aus dem Fenster ändert sich nicht viel, nichts deutet darauf hin, dass man sich jetzt im Burgenland, dem ehemaligen Deutsch-Westungarn befindet. Die Natur hält sich nicht an Grenzen. Die Verwandlung passiert allerdings nur ein paar Kilometer weiter, gleich hinter der Haltestelle Parndorf.

Dort fallen zunächst die vielen Autos der Pendler auf, die aus dem Umland kommen und hier auf die Bahn umsteigen, um zur Arbeit nach Wien zu fahren. Dann ändert sich zuerst der Klang des Zuges. Ist die Strecke von Wien bisher fast schnurgerade verlaufen, legt sich der Zug jetzt in eine Kurve nach der anderen, einmal links, dann rechts, wieder links und so weiter. Und das ist deutlich zu hören. Die Serpentinen braucht es, um den Höhenunterschied von der Parndorfer Platte hinunter zum Neusiedler See zu überwinden.

Und mit jeder Kurve taucht man tiefer ein in eine andere Welt. Die Vegetation verändert sich, Weingärten säumen die Schienen, ein paar Möwen tauchen auf und künden vom nahen See, ja selbst das Licht scheint sich zu verändern. Das ist zwar physikalisch gesehen ein Unsinn, aber gefühlt eine Tatsache. Natürlich bleibt Sonnenlicht Sonnenlicht, aber die Reflexion durch einen anders gefärbten Erdboden spielt sicher eine Rolle, und vermutlich auch der Feuchtigkeitsgrad der Luft. Alles zusammen ergibt das, was Pannonien genannt wird. Es ist ein gutes Wort für das, was diesen Landstrich so besonders macht, auch wenn es etymologische, historische, geografische und sonstige Gründe geben mag, es für das Burgenland nicht in den Mund zu nehmen.

Neusiedl am See. Von Neusiedl, also der Stadt, ist nichts zu sehen, wie so oft liegt der Bahnhof etwas außerhalb. Ein Grund dafür ist die Geruchs- und Rußbelästigung, und nicht zu vergessen die Brandgefahr, die früher von den Dampflokomotiven ausging. Auch der See zeigt sich nicht, vorläufig zumindest. So ist der Bahnhof eine kleine Welt für sich, isoliert von dem, was sein Schild eigentlich verspricht.

Der Zug wird geteilt. Meiner, der vordere Teil, fährt an der Westseite des Sees nach Süden, der hintere an der Ostseite, hinunter in den Seewinkel, in die österreichische Puszta. Für mich beginnt hier die zweite engere Heimat, die erste von M. Als Hälfte eines Paares bekommt man eine zweite Heimat geschenkt, eine völlig unbelastete noch dazu, ganz ohne die Ambivalenzen der eigenen.

Und so kann ich mich ganz eindeutig freuen, als der Zug wieder Fahrt aufnimmt. Über die Menschen in den Weinbergen, die gerade mit dem Winterschnitt beschäftigt sind, über den Feldhasen, der im Hoppelgalopp Reißaus vor dem Zug nimmt, über die Rohrweihe, die mit weit aufgespannten Flügeln neben den Gleisen zur Landung ansetzt. Links, weit hinter den Feldern und dem Schilfgürtel, glänzt silbrig ein schmaler Streifen, eine Lacke, könnte man meinen, wenn man nicht wüsste, wie groß er wirklich ist, der See.

Weithin sichtbar thront die etwas arrogant wirkende Kirche von Jois auf ihrem Feldherrnhügel. Der Ort ist bahntechnisch gesehen eine sogenannte Bedarfshaltestelle. Wer vergisst, auf den Knopf zu drücken, muss weiterfahren. Das lohnt sich, die folgende Strecke ist eine der reizvollsten, die ich kenne.

Rechts gehen die Hänge von Hackelsberg und Jungenberg hinauf, ein Naturschutzgebiet mit weithin einzigartiger Flora. Sie stehen da wie die letzten, die wirklich allerletzten Wächter der Bergwelt. Denn links von den Gleisen übernimmt die Ebene endgültig das Kommando, auch bei bester Sicht kann man nicht einmal die kleinste natürliche Erhebung erkennen. Nur manchmal lassen sich die Kirchtürme von Podersdorf und Frauenkirchen als minimale Irritationen der Horizontlinie erahnen. Es liegt ein Ernst, eine große Ruhe in dieser anscheinend unendlich dahingehenden Landschaft.

Auf dem letzten Hügel, dem Kirchberg, steht wie ein überdimensionales Gipfelkreuz eine Stahlskulptur von Wander Bertoni, die »Sonnenanbeterin«. Sie passt ganz wunderbar auf diesen magischen Platz, wo sich Berg und Ebene, West und Ost begegnen.

Der italienische Bildhauer hat weit mehr als sein halbes Leben hier, in Winden am See, verbracht, dem Heimatort von M. Seine Sonnenanbeterin hat mich auch bei meinem ersten Besuch begrüßt, als sie mich ihrer Familie vorgestellt hat. Ein sehr besonderer Moment in meinem Leben, und auch der Beginn einer bis heute anhaltenden Zuneigung zu dieser Landschaft, die so ganz anders ist als jede andere in Österreich. Ich muss immer an die Savanne denken, wie ich sie aus Filmen über Ostafrika kenne.

Rechts taucht schon die doppeltürmige Kirche von Winden auf, rundherum der Friedhof mit den Gräbern der Vorfahren von M., die Wurzeln von P. Er hat einige Zeit hier verbracht, bei Großeltern, Onkeln, Tanten, und im Führerstand von Traktoren, riesigen Ungetümen mit Rädern so hoch wie ein ausgewachsener Mann. Ich glaube, die bestandene Matura war ihm später nicht annähernd so wichtig wie der Traktorführerschein, den er schon mit sechzehn gemacht hat, um die Maschinen auch auf der Straße lenken zu dürfen.

Nach der Haltestelle, wieder eine bei Bedarf, liegt rechts das Anwesen der Schwiegereltern, und von seinem Hintaus geht ein Feldweg quer über die Gleise, hinunter in den Schilfgürtel, den ich oft gegangen bin und hoffentlich noch oft gehen werde. Ganz selten, dass ich da jemandem begegnet bin, und unten, dort, wo aus dem Dorfbach ein Kanal zum See hinaus wird und wo ein paar Boote liegen, habe ich mich immer hingesetzt, in eines der Boote, oder auf den hölzernen Steg.

Die Klangkulisse ist ein wunderbares Naturkonzert, und je nach Jahreszeit immer anders. Die einzige Konstante ist der Wind, der Ort heißt nicht zufällig so. Zu hören sind unter anderen Rohrsänger, Grasmücken, Meisen, Enten, Gänse, Frösche, Rohrammern und der Rohrschwirl. Der klingt gar nicht wie ein Vogel, eher wie eine Trillerpfeife oder eine Grille auf Dauerton.

Am liebsten ist mir der Frühsommer. Da wird Jahr für Jahr, Anfang Juni, eine unglaubliche Komposition aufgeführt, die einem John Cage zur Ehre reichen würde. Ich weiß nicht, ob er das so hingekriegt hätte, dieses sanfte Hupen in Mikrotonabständen in schwebenden, immer leicht changierenden Rhythmen, wie es eine Schar von liebeshungrigen Unken ins hin und her wogende Schilf haucht. Es sind Rufe wie aus einer anderen Welt, wie von weit jenseits alles Irdischen, wunderschön für mich, beunruhigend, schicksalhaft für viele Menschen.

Die Nummerntafeln der Fahrzeuge beginnen hier noch mit ND für Neusiedl, nicht NS, das ist klar, auch nicht NL, obwohl eine gewisse Verwandtschaft mit den Niederlanden zumindest optisch nicht von der Hand zu weisen ist. Nur drei Kilometer weiter, in Breitenbrunn, bin ich schon im Einflussbereich der Landeshauptstadt, EU für Eisenstadt Umgebung.

Hier gibt es ein Seebad, Touristenunterkünfte, Campingplatz, Segelschule, Kitesurfen, einfach alles, was es in Winden nicht gibt, zum Glück für mich, die Vögel und die Unken. Es ist ein hübscher Platz und der erste der weißen Orte, wie ich sie für mich nenne. Weiße oder hellgraue Kirche, viele weiß gestrichene Häuser, hier noch dazu ein markanter weißer Wehrturm. Mag sein, dass es mit der im Sommer mitunter brütenden Hitze zu tun hat, dass da so viel Weiß ist.

Weiter durch die winterbraune Savanne, am zur Sommerszeit viel frequentierten Radweg entlang, immer wieder Haufen von fantasielosen Einfamilienhäusern, dann Stapel von rosarotem Styropor mitten auf der Wiese, an einer Fabrik für Dämmstoffe. Darf denn so etwas sein, so eine gedankenlose Verunglimpfung dieser einmaligen Landschaft?

Trost kommt von oben, vom mittlerweile etwas weggerückten Leithagebirge, da liegt die perfekt ins Bild passende Bergkirche von Donnerskirchen. Von ihr lasse ich mich jetzt gerne grüßen, das tut gut. Dann Schützen am Gebirge, weit und breit kein Gebirge, so wie bei Neusiedl am See, Winden am See weit und breit kein See zu sehen ist. See und Gebirge lassen sich im Burgenland etwas bitten.

Auf einmal ist der weiße Riese wieder da, der Schneeberg, wie ein Geist des Alpinen steht er da. Hier unten in der Ebene, entlang der Bundesstraße 50, sind hölzerne Barrieren gegen Schneeverwehungen aufgestellt, falls das gefürchtete »Waaweda« doch noch kommen sollte. Es muss sich beeilen, der Winter dauert nicht mehr allzu lang.

Für ein paar Hundert Meter kann ich den Häusern in den Rücken schauen, ins sogenannte Hintaus. Es sind schöne, alte Häuser, die da direkt am Gleis stehen, mit schönen Gärtchen, in denen sich Hühner und Hasen tummeln, aber auch allerhand Unrat lagert, »Graffel«, wie es im Dialekt heißt. Altes Geschirr, Autoreifen, Badewannen, lauter Sachen, die ihren Abtransport in den Müll schon länger verpasst haben. Im Burgenland nimmt man es da nicht so genau, es ist nicht so aufgeräumt wie alpine, westliche Gegenden.

Bedarfshaltestelle Eisenstadt Schule, tatsächlich steigt ein Schüler zu, ein einziger, mitten am Vormittag. Muss er in Corona-Quarantäne, schwänzt er, hat er für heute genug von der Schule? Sehr einladend schaut sie ja wirklich nicht aus, die HTL da gleich hinter dem Haltestellenhäuschen. Wie übrigens die meisten Schulen, das muss man leider sagen. Ein Freund meines Vaters, ein alter Spötter und selbst Lehrer, ist mir noch gut in Erinnerung, als er meinte: »Willst du in einem Ort, den du noch nicht kennst, die Schule finden, musst du nur nach dem hässlichsten Gebäude suchen.« Bei diesem hier kommt noch eine militärische Abschreckung dazu. Über dem Eingang thront eine ausgemusterte Maschine des Bundesheers, schließlich handelt es sich um eine Ausbildungsstätte für Flugtechnik. Na ja.

Ein repräsentatives Entrée gibt er nicht gerade ab für eine Landeshauptstadt, der Bahnhof von Eisenstadt. Aber es ist halt noch immer ein kleines Städtchen von knapp fünfzehntausend Einwohnern, das eine große Rolle spielt. Spielen muss, seit sich die Bewohner der logischen Hauptstadt Ödenburg, heute Sopron, in einer Volksabstimmung 1921 für den Verbleib bei Ungarn ausgesprochen haben. So hat ein durch und durch nichturbanes Bundesland auch eine durch und durch nichturbane Hauptstadt bekommen, und so ist wieder alles in bester Ordnung.

Groß ist Eisenstadt trotzdem, groß wegen ihm, wegen Haydn. Und ihm zuliebe steige ich aus. Nicht nur, eine kleine Stärkung könnte auch nicht schaden.

Durch ein Wohngebiet jüngeren Datums spaziere ich leicht bergan. Ich bin zwar in der Hauptstadt des ganz gewiss flachsten Bundeslands von Österreich, aber Eisenstadt könnte, zumindest was die jeweiligen Stadtzentren betrifft, die Landeshauptstadt mit den größten Höhenunterschieden sein. Keine Ahnung, ob da schon jemand nachgemessen hat.

Links jetzt das Hochhaus, das einzige, das Wahrzeichen der Stadt, zumindest was die Sichtbarkeit betrifft. Ein Hochhaus musste her, damals in den Sechzigern, Siebzigern. Keine Stadt wollte hinten bleiben im großen Rennen namens Fortschritt, nicht einmal Attnang-Puchheim. Und natürlich wurden die Burgen des Fortschritts sogleich von den allerfortschrittlichsten Bürgern bezogen, jenen mit den neuesten Automodellen, jenen, die in den aufkommenden Supermärkten einkauften und die die modernste Partei wählten. Und natürlich waren die Ikonen der neuen Zeit von Anfang an höchst umstritten, natürlich auch in Eisenstadt, was in einem bekannten Bonmot gipfelt: »Der schönste Punkt in Eisenstadt ist ganz oben am Hochhaus. Das ist nämlich der einzige Punkt, an dem man das Hochhaus nicht sieht.«

»Zentralmusikschule«, steht auf einem Haus. Ich muss an das »Zentralkomitee« kommunistischer Parteien denken, und an das »Zentralquartett«, eine famose Jazzcombo in der längst versunkenen DDR, die sich wohl nicht ganz zufällig so genannt hat, in ironischer Anspielung an den kommunistischen Zentralismus, sprich: die Diktatur. Die Partei hat das vermutlich nicht verstanden und war begeistert.

Gleich bin auch ich im Zentrum, natürlich wie überall längst eine Fußgängerzone. Es herrscht die ruhige, aufgeräumte Vormittagsstimmung einer Kleinstadt. Die Menschen kennen einander, grüßen sich, reden ein paar Worte. Pensionisten und Pensionistinnen beim Einkauf, Büromenschen, Handwerker, die sich einen Kaffee und einen Imbiss holen, ein paar Lieferantenfahrzeuge, das gelbe Paketauto der Post.

Konditorei Altdorfer, sieht gut aus, da gehe ich hinein. 2G-Kontrolle, Melange und ein Krapfen, der erste in diesem Fasching. Schmeckt herrlich. Ich frage nach den Haydnrollen, die an der Wand beworben werden. »Die sind so ähnlich wie die Mozartkugeln. Damit wir auch so was haben wie die in Salzburg«, erklärt die freundliche Dame an der Budel. Ich nehme zwei, zum Mitnehmen, und zahle.

Weiter geht es, bergauf zum Schloss Esterházy, einem der drei Arbeitsplätze Haydns in fürstlichen Diensten, neben dem Winterpalais in Wien und Eszterháza auf der anderen Seite des Sees im heutigen Ungarn. Das Schloss mit seinem weitläufigen Park ist nach wie vor die dominante Erscheinung in der Stadt, da kann auch ein Hochhaus nichts ausrichten.

Aber ich will noch weiter hinauf, zur Bergkirche, dort ist einer meiner Götter zu Hause. Ehrlich gesagt habe ich ihn erst vor ein paar Jahren so richtig entdeckt, den Haydn, eine Art Altersliebe. Er hatte immer diese langweilige Aura des Papa Haydn, das hatte er davon, dass er ein liebenswerter, freundlicher Mann war. Da war der schwierige Revoluzzer Beethoven schon ein anderes Kaliber, und natürlich auch der durchgeknallte Mozart.

Der Originellste der drei war aber bei Weitem Haydn, das weiß ich heute. Ich liebe es, mich durch seine Klaviersonaten zu spielen, mit den Fingern durch diese Wunderkammern zu tanzen. Sie sind wie ein Experimentierfeld, ein Labor des Komponierens, in dem jeder Idee nachgegangen wird, und sei sie auch noch so verrückt. Klingt aber aufs erste Ohr gar nicht so, die Konvention bleibt scheinbar gewahrt, wird aber zugleich subtil, aber radikal unterlaufen. Den allermeisten Dumpfbacken am Hof des Fürsten ist das wahrscheinlich gar nicht aufgefallen, der Chef, Nikolaus I., ein Kenner und hochmusikalischer Mensch, dürfte sich jedoch köstlich amüsiert haben.

Oft schon wurde die Frage gestellt, ob denn Musik, absolute Musik ohne Gesang, lustig sein kann, soll, ja darf. Wer Haydn kennt, weiß die Antwort, weiß, dass Musik voller Humor sein kann, voll von geistreichem Witz, ohne an Größe und Würde zu verlieren. Er hat die Quadratur des Kreises geschafft, der Haydn.

Ich bete meine Götter nicht an, ich rede ein wenig mit ihnen und hoffe, dass sie mich hören. Wie jetzt an seinem Grab in der Bergkirche. Und lese auf einer Tafel: »Zur Erinnerung an jenen Menschen, dessen Namen wir nicht kennen und dessen Kopf von 1820 bis 1954 mit den sterblichen Überresten von Joseph Haydn bestattet war.«

Der Kopf von Haydn wurde nach seiner Beisetzung in Wien 1809 gestohlen, um ihn gemäß einer kruden Theorie, der sogenannten Gall'schen Schädellehre, zu untersuchen. Offenbar glaubte man, so dem Geheimnis des Genies auf die Schliche zu kommen. Es ist ja auch schwer zu begreifen, wie ein Mann aus einem kleinen Dorf, aus einfachsten Verhältnissen, Vater Wagner, Mutter Köchin, der große Haydn werden konnte. Als die Esterházys 1820 den Leichnam exhumieren ließen, um ihn in Eisenstadt beizusetzen, offenbarte sich das Desaster. Ein Ersatzschädel wurde gefunden, als der des Meisters ausgegeben und mit dem Körper bestattet. Der echte Kopf ging dann durch viele Hände, ehe er bei der Gesellschaft der Musikfreunde in Wien landete, die ihn dann dem Burgenland überließ. 1954 wurde er mit viel Pomp ins Grab gelegt. Der Haydn war wieder komplett.

Ich gehe zurück, immerzu bergab, vorbei am Krankenhaus der Barmherzigen Brüder, an der Filiale der Nationalbank, am Schloss. Hier ist er wohl auch herumgegangen, sehr viel hat sich seit damals nicht verändert, das sieht man den Häusern an. Kann mir vorstellen, dass ihm da einiges eingefallen ist, beim Gehen.

Der Besuch hat mir gutgetan. Schön, dass manchen Menschen die Unsterblichkeit geschenkt wird, auch wenn sie längst in ihren Gräbern liegen. Wir wären um so vieles ärmer ohne sie. Die Glocken läuten zu Mittag, es wird Zeit, wieder aufzubrechen. Schön war es da, in Eisenstadt.

Hinaus geht es durch die übliche Wüste der Baumärkte und Autohäuser. Dann die Autobahn, wieder der Schneeberg. Da hinten, das muss das Rosaliengebirge sein, die Rosalia, mit Mattersburg, Wiesen, dem Erdbeerparadies. Kebap, Pizza, Stöße von Brennholz, Birken, Felder, Kleinhäusler. Ein Auto mit Wunschkennzeichen, VIKI 1.

In Wulkaprodersdorf sind die Masten der Oberleitung türkis. Da steckt keine politische Botschaft dahinter, sondern die Raab-Oedenburg-Ebenfurter Eisenbahn AG, oder Győr-Sopron-Ebenfurti Vasút Zrt., kurz: GYSEV/Raaberbahn, zu der der Bahnhof gehört. Auf dem Gleis gegenüber steht auch schon der grün-gelbe Triebwagen bereit, mit dem ich gleich zurück nach Wien fahren könnte. Ich lasse ihn fahren und schaue mich lieber noch ein wenig um.

Nichts ist zu sehen von den Krähen, über die ich neulich gelesen habe. Angeblich haust eine ganze Kolonie hier, an die zweitausend Tiere, direkt am Bahnhof, eine echte Landplage. Man hat auch schon versucht, sie zu vertreiben, auf sie zu schießen. Aber die Tiere merken sich den Schützen, sogar sein Auto, und nehmen gleich Reißaus, wenn sie ihn sehen. Er hat sich auch schon umgezogen, ein anderes Auto genommen, aber das funktioniert natürlich nur einmal. Wie gesagt, nichts von ihnen zu sehen, wahrscheinlich kommen sie erst in der Dämmerung, um ihre Schlafplätze auf den Masten zu beziehen.

Ich kann den Kirchturm sehen, in Weiß, wieder einmal. Dort muss Wulkaprodersdorf sein. Ich nehme die Sportplatzstraße, komme zum Sportplatz, zum Tennisplatz. Ein Schüler kommt mir entgegen, grüßt mich. Ach ja, ein Uhr mittags, Schule aus, Landleben. Ein Traktor überholt mich, neugierige oder misstrauische Blicke, bin mir nicht sicher, ist hinter der Glasscheibe schwer zu erkennen.

Hinüber über den Bach, vermutlich die Wulka, und schon bin ich bei der Kirche. Gleich daneben die Schule, nicht zu übersehen. »VOLKSSCHULE«, steht da an der Hauswand in riesengroßen Lettern, und gleich darunter, genauso groß, »OSNOVSA ŠKOLA«. Der Ort ist zweisprachig, habe ich nicht gewusst. Im Burgenland ist das seit jeher ganz normal, im Gegensatz zu anderen Gegenden im Land.

Auf dem Kriegerdenkmal kroatische und deutsche Namen, oft in einer Person. Erschreckend viele Namen, vor allem unter 1914–1918. Dragšić Pave, Dragšić Miho, Eberl Robert, Engelić Jive, Horvath Tome, Kain Albert, Kaiser Franc, Krojer Jive, Krojer Stefe, Marinić Jandre, Mezgolić Ferdinand, Mezgolić Rudolf, Nabinger Jive, und so weiter, und so weiter.

Ich gehe ein Stück die Hauptstraße entlang, die Obere Hauptstraße, um genau zu sein. Typisches Straßendorf, elendslang, aber sehr dünn. Es erschreckt mich immer wieder, wie leblos diese Orte sind, geworden sind, seit alle Wege mit dem Auto zurückgelegt werden. Während der etwa zwanzig Minuten im Ortszentrum begegnet mir genau ein Mensch zu Fuß, eine mittelalte Frau, diesmal ganz eindeutig misstrauisch dreinblickend. Und ein Fahrradfahrer, Blick stur geradeaus. Dazu ein paar Autos, die meisten von ihnen Väter oder Mütter, die ihre Kinder von der Schule abholen.

Zurück an der Kirche drehe ich noch eine Runde auf dem Friedhof, die Namen lesend. Das mache ich immer, wenn ich wo neu bin. Gleich an der Friedhofsmauer spielen die Kinder im Hort der Volksschule. Tod und junges Leben, das gehört zusammen. Würde nicht gestorben, wäre kein Platz da für die Jungen, das gehört schon so.

Am Bahnhof noch eine Viertelstunde Zeit. Ich setze mich

hin, blinzle in die schon wieder tiefer stehende Sonne. Ein Verschieber geht vorbei, aus seinem Walkie Talkie tönt eine fremde Sprache. Kroatisch, Ungarisch? Ich weiß es nicht, es sind nur zwei, drei Wörter, zu wenig, um den Klang, die Sprachmelodie zu erfassen. Drüben auf dem Inselbahnsteig gehen zwei blutjunge Soldaten auf und ab. Rot-weiß-rote Armbinde, Pistole im Halfter. Die Grenze ist nicht weit, gleich kommt der Zug aus Sopron.

Schade, es ist kein grün-gelber Triebwagen der Raaberbahn. ÖBB Cityjet, rot-weiß, wie gehabt. Aber wenigstens der Schaffner ist Ungar, beiges Gilet, grüne Krawatte, freundliches Wesen.

Der Zug ist gut gefüllt mit Schülerinnen und Schülern, die von Eisenstadt zurück in ihre Heimatorte fahren. Ich sitze wieder rechts, schöner Blick zurück auf die Stadt, daneben Kleinhöflein und Großhöflein, alle ganz weiß hingelehnt an den Abhang des Leithagebirges. Dazu oberhalb von Müllendorf ein Steinbruch, ein strahlend weißer Riss, eine Schrunde mitten im Bergwald. Kein Wunder, hier wird Kreide abgebaut und im Ort auch gleich verarbeitet.

Es geht dahin durch sanft gewelltes Land, schön, ruhig, aber nicht mehr pannonisch. Dann der Neufelder See, lokales Ferienparadies mit großem Parkplatzangebot. Und gleich bin ich wieder zurück in Cisleithanien, also am anderen, am linken Ufer der Leitha. Die ist hier ein eher trauriges Rinnsal, immer wieder wird ihr mithilfe von Kanälen Wasser für alle möglichen Zwecke abgezapft.

In Ebenfurth sind die Oberleitungsmasten wieder grau, die Raaberbahn ist zu Ende. Der Zug wird gestürzt, ich muss mich auf den gegenüberliegenden Sitz bequemen, um in Fahrtrichtung zu bleiben. Mit gefühlt doppelter Geschwindigkeit geht es jetzt auf der Pottendorfer Linie durch das Wiener Becken.

Ein Friedhof mitten in der Ebene, ohne Kirche, ohne Ortschaft, mit einer Steinmauer rundherum und ein paar Zypressen, mediterrane Fata Morgana für Sekunden. Immer wieder Stationen mit Unmengen von parkenden Autos. Pendlerland. Dann Ebreichsdorf, bekannt durch das Magna Racino, ich sehe seine Flutlichtmasten. Alles, was Frank Stronach in Österreich angefasst hat, hat er ruiniert. Seine Partei, die Wiener Austria und den Galopprennsport in Wien. Die historische, wunderschöne Bahn in der Freudenau siecht seither dahin, und das Racino hier liegt auch in einer Art Wachkoma. Die Alte Welt ist anders, Frank!

Immer wieder queren wir einen Bach, das Wiener Becken ist voll von Wasserläufen, deren Namen eine besondere Sprache sprechen: Schwarza, Pitten, Kalte Fischa, Warme Fischa, Kalter Gang, Schwechat, Piesting, Triesting, Mödlingbach, Leitha. Der kurioseste unter ihnen ist zweifellos der Wiener Neustädter Kanal, ursprünglich als Wasserstraße von Wien nach Triest geplant. Gekommen ist man dann nur bis Wiener Neustadt, aber allein dafür waren fünfzig Schleusen nötig.

Der Zug hat es jetzt eilig, es zieht ihn förmlich hinein in die Stadt. Die Skyline auf dem Wienerberg ist schon zu sehen, links der Wienerwald mit dem Anninger, große Felder, immer wieder Rehe. Aber ich bekomme sie immer weniger zu sehen, der Zug verschwindet immer öfter zwischen hohen Lärmschutzwänden. Und schließlich geht es in einer endlosen, lang gezogenen Linkskurve endgültig hinein nach Wien.

Meidling. Die meisten Fahrgäste verlassen den Zug. Ich bleibe sitzen, mir ist eine Idee gekommen. Ich mache noch einen Abstecher zum Leberkas-Pepi am Hauptbahnhof. Die Frage ist nur: Klassisch oder Pferd? Süßer oder scharfer Senf? Brezel oder Mohnflesserl? Auf jeden Fall ein Bier dazu.

COPILOT

WIEN–BRATISLAVA–WIEN

Es ist so weit: Ich darf nach vorne, ganz nach vorne, in den Führerstand eines rot-weißen ÖBB Cityjet, als Beimann, wie die Eisenbahner sagen. Allerdings ohne Portefeuille, das muss ich schon anmerken. Ich werde mich hüten, irgendeinen der Hebel und Knöpfe anzurühren.

P. hat mich angerufen, gefragt, ob ich Lust auf einen kleinen Ausflug hätte. Ich steige ein, bei der ersten Tür, und gehe vor zum Allerheiligsten, wo er mich schon in Empfang nimmt. Gerade, auf der kurzen Fahrt von Meidling zum Hauptbahnhof, sei ein technisches Problem aufgetreten, das die Weiterfahrt zwar nicht behindert, aber doch zu einer Leistungseinschränkung führt. Das ist schade, denn normal wäre der Cityjet ein ziemlich flinker Kerl, vor allem, was die Beschleunigung betrifft.

Es beginnt genauso wie bei meiner Fahrt nach Eisenstadt, Grillgasse, Gramatneusiedl, Bruck an der Leitha, und sieht doch völlig anders aus. Stellt man sich die Windschutzscheibe als ein Bild vor, dann sind die Schienen dessen bestimmendes Element, das alles andere zu Beiwerk degradiert. Die Häuser, die Kirchen, die Sträucher und Bäume, die Wiesen und Felder, der Himmel, die Windräder, die Hochspannungsleitungen, die Wege und Straßen, alles Kulisse.

Der Zug frisst die Schienen auf, Meter für Meter, und damit er nicht zu gierig wird und sich verschluckt oder gar etwas erwischt, das ihm nicht guttut, gilt es für den Lokführer unheimlich viel zu beachten. Die Vorsignale, die Hauptsignale mit ihrer Geheimsprache aus Lichtkombinationen, Signale, die auf die Signale hinweisen, leuchtende Buchstaben, jede Menge Tafeln, die alles Mögliche bedeuten, zum Beispiel Geschwindigkeitsbeschränkungen, die Anhaltepunkte auf den Bahnsteigen und vieles mehr. P. bemüht sich redlich, mir vieles davon zu erklären. Ich staune hauptsächlich darüber, wie viel er in kürzester Zeit davon erfassen muss. Dazwischen der Blick auf das Tablet vor ihm, der Informationen über den Fahrplan liefert, und natürlich immer wieder das Betätigen der Sicherheitsfahrschaltung vulgo Totmannknopf.

Bei Kledering muss der Zug kurz mittels eines Schalters von der Stromversorgung getrennt werden, um stromlos über eine Baustelle zu rollen, weitere Schalter gibt es noch jede Menge, ich habe mir nur einen gemerkt, einen, mit dem Sand vor die Antriebsräder gestreut wird, um die Reibung zu verbessern, bei Regen, Schnee, Eis. Ich lerne, dass es neben den normalen Bremsen, die wie bei anderen Fahrzeugen auf die Räder wirken, auch noch sogenannte Magnetschienenbremsen gibt, die in erster Linie für den Notfall gebraucht werden, auch dafür gibt es einen Schalter.

Unter allen Bedienelementen sticht ein massiver roter Knopf hervor, der deutlich signalisiert: Rühr mich nicht an. »Da musst du aber ohnehin ordentlich draufhauen«, meint P., »aber wenn, dann stehen wir. System heruntergefahren.« Ein anderes, relativ unscheinbares Knöpfchen, immerhin auch in Rot, hat noch schwerwiegendere Folgen. Es handelt sich um den Notruf des Funkgeräts. Damit werden alle Züge im Umkreis von etwa zwanzig Kilometern angehalten, wegen Oberleitungsbruchs, Hindernissen auf den Gleisen, Weichenbruchs, Menschen auf der Strecke oder ähnlich schwerwiegenden Vorkommnissen.

Ich habe nicht vor, mir die Finger zu verbrennen. Ich genieße lieber die Fahrt. Wieder geht es über die Leitha hinüber nach Transleithanien. Nach Parndorf müssen wir nach links abbiegen, ohne Blinken, ohne Lenken, das erledigen die Weichen, sofern sie richtig gestellt sind. Aber der Fahrdienstleiter, der in Parndorf noch in Fleisch und Blut und roter Kappe seinen Dienst versieht, wird schon dafür gesorgt haben. Und so ist es auch, einmal nach links auf das Gegengleis, noch einmal nach links, und wir sind auf dem richtigen Ast, wie man sagt. Geradeaus wäre es nach Hegyeshalom und weiter nach Budapest gegangen.

»Jetzt wird es gemütlich«, sagt P., und er hat recht. Nach dem langen Geradeaus gibt es wieder Kurven, die eingleisige Strecke schlängelt sich durch eine urtümliche Landschaft voller Wildtiere. Feldhasen, Rehe, Fasane am laufenden Band. Greifvögel aller Art, darunter sogar Adler, wären hier keine Seltenheit, auch einen ausgewachsenen Hirschen habe er schon gesehen, sagt P. Ich erinnere mich, vor vielen Jahren in einem der Dörfer hier eingekehrt zu sein. Im Gasthaus waren Jäger, ihre Büchsen hingen an Riemen über ihre Schultern. Ein Teil von ihnen sprach Italienisch, sie hatten offenbar die Jagd hier gebucht, wie Wellness oder eine Tageskarte zum Skifahren. Jedenfalls wechselten ganze Bündel von Tausendschillingnoten an den Wirtshaustischen den Besitzer. Draußen auf dem Parkplatz wartete auf einem Traktoranhänger die sogenannte Strecke aus erschossenen Tieren.

Eine riesige Schottergrube, ein paar Stationen. Sie heißen Neudorf, Gattendorf, Pama. Ungewöhnlicher Name, stellen wir beide fest. »Wahrscheinlich slawisch«, sage ich. Wikipedia weiß es besser: Pama ist tatsächlich ein zweisprachiger Ort, der kroatische Name ist aber Bijelo Selo, was so viel wie »Weißes Dorf« bedeutet. Auch dass sich auf dem Gemeindegebiet ein Trappenschutzgebiet befindet, erfahre ich da, und dass die jüdischen Familien, die hier gelebt haben, von den Nazis vertrieben und auf einer einsamen Insel in der Donau ausgesetzt wurden. Und weiter?

Rechts ein Gefechtsstand des Bundesheers, Grenzschutz, was sonst. Nur ein Soldat zu sehen, der liegt auf einer Böschung in der Sonne, neben sich sein Sturmgewehr, Blick in unsere Richtung, also nach Westen. Liegt die Grenze von hier aus gesehen nicht im Osten?

Kittsee ist laut Selbstbeschreibung die größte Marillenanbaugemeinde Österreichs, was man so oder so verstehen kann. Ist es nun die Gemeinde mit der größten Marillenanbaufläche oder die größte Gemeinde von all jenen, in denen Marillenanbau betrieben wird? Außer Zweifel steht jedenfalls, dass die Kittseer Marille, zumeist von der Sorte Ungarische Beste, ganz wunderbar schmeckt. Wir holen uns jedes Jahr ein paar Steigen, die hauptsächlich in die Marmeladeproduktion wandern, die von M. mit Hingabe betrieben wird. Vermutlich die größte ihrer Art in unserem Wohnblock in Wien-Margareten.

Direkt gegenüber von Kittsee liegt Bratislava, unser Ziel, die Hauptstadt der Slowakei. Es war gespenstisch, damals zu Zeiten des Eisernen Vorhangs, diese große Stadt buchstäblich vor Augen zu haben im Bewusstsein dieser praktisch unüberwindlichen Barriere. Wie hinter einer Wand aus Panzerglas, dieses Gefühl hat sich eingebrannt, es stellt sich noch immer ein, wenn ich hierherkomme.

Auch hier ist noch ein Fahrdienstleiter vor Ort, hauptsächlich für die Abwicklung des Grenzverkehrs. Er grüßt, wir grüßen zurück. Durch Marillengärten, noch schwarz und unbelaubt, geht es dahin. P. sagt: »Jetzt sind wir drüben.« Ich habe es nicht bemerkt, er schon. Die Signale senden andere Zeichen. »Die kommen mit weniger Licht aus«, sagt er. Und der Unterbau sei nicht mehr ganz so, wie er sein soll.

Nach ein paar Hundert Metern sind wir da, in einer Sackgasse. Direkt vor uns nur mehr ein Prellbock, da geht es definitiv nicht mehr weiter. Die Oberleitung für dieses und noch ein weiteres Gleis steht unter österreichischem Strom, 15 KV anstatt der hier üblichen 25 KV. So kann der kleine Grenzverkehr schnell und problemlos vonstattengehen. Eine halbe Stunde in der Slowakei liegt vor uns.

Während P. den Zug für die Rückfahrt herrichtet, wie es im Fachjargon heißt, drehe ich eine kleine Runde. Wir sind im Stadtteil Petržalka südlich der Donau, keine Nobelgegend, viel realsozialistischer Charme zwischen Plattenbauten. Der Bahnhof ist hübsch, hell, gegenüber ein kleines Einkaufszentrum für Dinge des täglichen Bedarfs. Mütter schieben Kinderwagen, Pensionisten erledigen ihre Besorgungen, Busse fahren in die Stadt. Der Klang einer fremden Sprache, aus den Lautsprechern, zwischen den Menschen. Immer wieder erstaunlich, wie gut Grenzen funktionieren.

Auf dem Bahnhof stehen zwei Lokomotiven, vereinsamt, ohne Anhang. Ganz taufrisch wirken sie nicht mehr, dürften noch aus Zeiten der Tschechoslowakei stammen, als der Bahnbetreiber ČSD hieß. Jetzt tragen sie das Emblem der Slowakischen Staatsbahn ŽSR. Bei Jaroslav Rudiš habe ich so einiges über tschechoslowakische Lokomotiven gelernt, in seinem so überaus sympathischen Buch über das Bahnreisen. Da gibt es Schweine, Orangen, Hummeln, Kater, und, besonders delikat, eine Bardotka, benannt nach Brigitte Bardot. Eine Fotografie der Maschine macht klar, warum.

Ich schaue nach. Bei der E-Lok hier dürfte es sich um eine ES 499.1 handeln, Kosename unbekannt. Aber ein wenig schaut sie der sogenannten Brillenschlange ähnlich, Baureihen 750, 753, 754. Bei der Diesellok fällt die Bestimmung leichter. Eindeutig ein Großer Hektor, Velký Hektor, Baureihe 721.

So, der Zug ist fertig, es kann wieder losgehen. Fehlt nur

noch, dass das Signal umspringt, schon eine Minute drüber. »Hat uns der slowakische Kollege etwa vergessen?«, fragt P. Nein, jetzt ist Grün. »Ist aber schon vorgekommen«, sagt er. »Was machst du dann?« – »Anfunken. Was sonst.«

Jetzt alles von der anderen Seite, sieht oft ganz anders aus, wenn man vorne sitzt. Die Hasen, die Rehe natürlich nicht. Leider wieder kein Adler, kein Hirsch. Aber die Leitha vor Bruck zum Beispiel, die sieht man richtig, da hat man wirklich das Gefühl, einen Fluss, gut, einen größeren Bach zu überqueren.

Gleisarbeiter in oranger Schutzkleidung, dreimal. P. hebt jedes Mal die Hand zum Gruß, sie grüßen zurück. Haltestelle Neudorf, wieder ein Gruß. »Wen hast du da gegrüßt?« – »Den Mann da auf dem Bahnsteig.« – »Kennst du den?« – »Nein. Wir machen das öfters, einige Kollegen und ich. Ist witzig, eine Art Sport. Und eine nette Geste. Grüßt er oder sie zurück oder nicht?« Dieser Mann grüßt zurück, wirkt aber ein wenig verwundert. Dürfte ihm noch nie passiert sein, dass er aus dem Führerstand gegrüßt worden ist.

Ab Parndorf, wo die Strecke wieder zweigleisig wird, gibt es viel Gegenverkehr. Und natürlich wird jeder der entgegenkommenden Kollegen gegrüßt. Oder war es eine Kollegin? Ist nicht immer leicht zu erkennen, bei dem Tempo. Aber es gibt sie, die Kolleginnen. Leider noch immer viel zu wenige, Frauenquote unter zehn Prozent.

Es ist zu sehen, ja fast zu spüren, wie man der Stadt näher rückt. Alles wird immer dichter, voller. Und der Blick auf den Zvbf Kledering ist von dieser Seite eine Wucht, da liegt alles da wie auf dem Serviertablett, alle fünfundvierzig Gleise, und noch ein paar mehr, zum Beispiel das, auf dem wir fahren.

Bei der Einfahrt in den Hauptbahnhof schaue ich auf jede Weiche. Fahren wir geradeaus, nach links, nach rechts? Das kann man sehen, wenn man genau hinschaut. Und kommt uns dort, wo wir hinfahren, wirklich nichts entgegen, steht dort auch nichts? Kein Zug, kein Waggon, keine einsame Lok? Ich schätze, man gewöhnt sich das ab mit der Zeit, vertraut den Fahrdienstleitern, den Sicherheitssystemen.

P. weiß genau, wo er am Bahnsteig anhalten muss. Auch dafür gibt es Signale. So, hinaus mit uns, der ungarische Kollege wartet schon. Er fährt jetzt weiter nach Deutschkreuz. Über Wulkaprodersdorf und Sopron. Gute Fahrt!

TOTALE ENTSCHLEUNIGUNG

ST. PÖLTEN–LILIENFELD–ST. PÖLTEN–HERZOGENBURG–TULLN–HEILIGENSTADT

Gut eine halbe Stunde habe ich Zeit nach der Ankunft meines Railjets aus Wien. Jetzt kann ich endlich einmal ein wenig hineinschnuppern in die Stadt, ins richtige St. Pölten, nicht nur in den Regierungsbezirk. Und das beginnt direkt am Hauptbahnhof, natürlich mit einer Fußgängerzone.

Schöne Häuser in der Kremser Gasse, Barock, Biedermeier, Gründerzeit bunt gemischt. Das Stöhr-Haus fällt auf, nicht nur weil seine Fassade ein Stück weiter in die Gasse ragt als seine Nachbarn. Wie ich lese, stammt es von Joseph Maria Olbrich, Architekt der Wiener Secession, und zählt zu den bedeutendsten Jugendstilhäusern der Stadt.

Schräg gegenüber ein Gasthaus, sieht einladend aus. Nur der Name schreckt ab, mich zumindest: »Mein Gasthaus«. Welches Ich steckt dahinter, dass es »mein« sagen kann? Der Wirt? Dann habe ich da drinnen nichts verloren. Die Gäste? Ein einziger Gast, alle Gäste? Sollte ich damit gemeint sein, würde ich mir so etwas verbitten. Was ich zu meinem Gasthaus erkläre, entscheide noch immer ich. Ist sicher originell gemeint, genauso, wie ich schon Lokale gesehen habe, die sich »Wia z'Haus« nennen. Da frage ich mich immer, wieso ich sie besuchen soll, wenn es so ist wie zu Hause. Geht man nicht zum Wirten, weil es dort anders ist als zu Hause? Also Finger weg von solchen Kreationen, liebe Wirte, ihr tut euch damit nichts Gutes. Ein Gasthaus hat den Namen der Wirtsfamilie zu tragen, oder ein zum oder zur: zur Sonne, zum Hirschen, zum Bären, zum Roten Hahn, zur Post, zum Schwarzen Adler und so weiter, da ist noch Platz für viele Variationen.

Ein Stück weiter die Schaumspitz-Manufaktur. Herrliche Auslage, Schaum in allen möglichen Ummantelungen und Formen. Da wird man neidisch, wir armen Wiener haben nur die Schwedenbomben, mit oder ohne Kokosraspel. Damit hat es sich schon.

Links hinein in die Domgasse. Die »Stadttrafik« wirbt mit »Pfeifen Zigarren Klimaraum«, der Stadt-Trödler mit »Kaufe Goldschmuck, Geweihe, Antiquitäten, Ansichtskarten«. St. Pölten hat einiges zu bieten, das muss ich sagen.

Der Dom ist groß, der Turm hoch, aber die ganze Erscheinung bleibt von außen gesehen ziemlich blass. Das Tor ist verschlossen, aber ich hätte ohnehin nicht die Zeit, mich näher mit dem Inneren zu befassen. Mein Zug ruft schon recht laut. Also muss ich wiederkommen, wieder einmal.

Erst jetzt, auf dem Rückweg, sehe ich das Bahnhofsgebäude in seiner vollen Größe. Ein Prachtbau, was soll ich sagen, eine Kirche des Eisenbahnwesens. Oben unter dem Dach ein Schriftzug neueren Datums: »Ihr Name ist Europa, sie kam über das Meer«. Kunst, aber können die Leute damit etwas anfangen?

In Wien gibt es sie nicht mehr, die imposanten Künder einer neuen, jetzt alten Zeit, die mit der Klimakrise eine Renaissance erleben könnte, ja sollte. Westbahnhof, Südbahnhof, Nordbahnhof, Nordwestbahnhof, alle weg, im Krieg zerstört, abgerissen, teilweise wieder aufgebaut. Schade drum, einerseits. Andererseits ist eine Stadt nie fertig, entwickelt sich ständig weiter. Und die Neubauten von Westbahnhof, Hauptbahnhof und Praterstern können sich schon sehen lassen.

Er steht schon bereit, mein Zug mit Destination Hainfeld. Zwei zusammengehängte Dieseltriebwagen der Reihe 5047, eigentlich zwei Waggons mit Antrieb. Sitzbezüge braun in einer Art Pepitamuster, Gepäckträger in Rot, direkt über den Sitzen. Das ist praktisch und war früher die Regel, aber vermutlich auch nicht ganz ungefährlich für die daruntersitzenden Fahrgäste. Dazu fast schon eine Sensation heutzutage: Die Fenster lassen sich öffnen. Schade, dass es kalt ist, trüb noch dazu und bald auch nass, wie es aussieht.

Der Diesel ist schon an, ein mittlerweile seltenes Geräusch in einem Zug. Es besteht im Leerlauf eigentlich aus zwei Komponenten, aus einer Art von Schnurren und darüber aus einem gleichbleibenden Ton, einem G, wie mir scheint. Ich besitze kein absolutes Gehör, habe aber die zwanghafte Angewohnheit, alle Töne, die ich höre, ihrer Höhe nach schätzen zu wollen. Staubsauger, Baumaschinen, Straßenbahnen, Autobusse, Klingeltöne, Bohrer aller Art.

Jetzt ziehen beide stufenlos nach oben, das Schnurren und der andere Ton. Der Zug setzt sich in Bewegung. Ein kleines Stück geht es noch parallel zur Westbahn, rechts am schon beschriebenen Spielzeugtunnel der Mariazellerbahn vorbei. Dann nach links, den Hügel hinauf, den die Schmalspurbahn durchtaucht. Nun geradeaus, nach Süden, den Alpen zu.

Natürlich konnte auch St. Pölten nicht widerstehen, eine riesige Fläche mit Konsumtempeln aller Art zuzumüllen. Gibt es eigentlich irgendeine größere österreichische Gemeinde, die diesen Versuchungen nicht erlegen ist, die den Einflüsterungen des Teufels entgegnet hat: Ich widersage? Ich würde für solche Fälle die Verleihung einer Tapferkeitsmedaille vorschlagen.

Bei der Haltestelle Porschestraße geht es los mit der obligaten Wüstenei. Großtankstellen, Baumärkte, Kfz-Werkstätten, Möbelhäuser, Autohäuser, Supermärkte, von jeder Kette einer, Fliesen, Großapotheken mit Alternativmedizin, Großdrogerien, Unterhaltungselektronik, Sanitär, Sport, Sex und alles, was es sonst so gibt. Restaurants, manche in den Märkten, manche extra, meistens Fast Food, von jeder Kette eines. Dort sitzen die Menschen bei superhellem künstlichem Licht, essen Schnitzel mit Pommes um sagenhafte fünf Euro und freuen sich darüber, wie gut es ihnen geht. Ich fürchte, ihre Kinder werden gar nichts anderes mehr kennen, kein Gasthaus, kein Kaffeehaus, kein Geschäft am Hauptplatz, für sie wird es das Normalste auf der Welt sein, mit dem Auto hierherzukommen, zum Shoppen, dazwischen einen Energydrink, Dose in der Hand, und weiter, zum Abschluss auf einen Burger mit Colabegleitung. La vita e bella.

Weiter Richtung Süden, es dauert, bis ich die ärgsten Zumutungen überstanden habe. Aber Augen zu und durch geht auch nicht, ich schaue zu gern aus dem Fenster. Und das Hässliche zieht mich genauso an wie das Schöne. Nur die Mitte, das Weder/Noch, beginnt mich schnell zu langweilen.

Schrebergärten, Industrie, ein paar Wohnhäuser, Haltestelle Wörth. Gleich an der Bahn ist das Bildungszentrum der ÖBB, hier hat auch P. für ein paar Wochen die Schulbank gedrückt. Schaut auch nicht mehr ganz frisch aus in seiner gelben Eternitverkleidung. Offenbar ist gerade Pause, eine Gruppe angehender Fahrdienstleiter, Lokführer steht rauchend am Eingang.

St. Georgen am Steinfelde, das e am Schluss gefällt mir. Verbreitet einen Hauch von alter Zeit, von Schumann-Liedern und Loewe-Balladen. Die Haltestelle, ein Baum, ein Gasthaus, endlich ein schöner Anblick. Wir sind der Hölle doch noch entkommen.

Schon seit der Abfahrt telefoniert ein Mann irgendwo hinter mir, in einer mir völlig fremden Sprache, die ich überhaupt nicht einordnen kann. Kein Germanisch, Romanisch, Slawisch, aber auch kein Ungarisch oder Türkisch, das könnte ich erkennen. Wie auch immer, sein Redebedarf ist groß. Das Gegenüber hat keine Chance, vielleicht hin und wieder ein »Ja gut«, »Wirklich?«, »Aha«, mehr kann unmöglich Platz haben in den paar Lücken seiner Suada. Gut, dass ich kein Wort verstehe, ich müsste immer mit einem Ohr zuhören. So ist es eine mehr oder minder gleichbleibende Klangtapete. Erinnert mich ein wenig an eine Sequenz in der Verfilmung von »Der Tod in Venedig«. Da fährt der Komponist Gustav von Aschenbach in einer Gondel hinüber zum Lido. Während der ganzen Fahrt hört man das unverständliche Flüstern des Gondoliere, der offenbar Selbstgespräche führt oder Beschwörungsformeln spricht, was auch immer.

Ende der Ebene, Anfang der Berge. Schnee auf den Kuppen, es trübt sich immer mehr ein. Eine Pferdekoppel, eine Schottergrube, ein Hallenbad. Obwohl die Fenster geschlossen sind, riecht es nach Chlor, bilde ich mir ein. Lustige Kinder da drinnen, stelle ich mir vor, sehr laut wahrscheinlich. Ob das geht, in Corona-Zeiten? Wahrscheinlich eher Grabesruhe, fürchte ich.

Wir sind in Wilhelmsburg. Links wieder einmal ein Friedhof mit Zypressen und einer Steinmauer rundherum, wieder Gedanken an Italien. Ich kann die Traisen sehen, Auland, Poebene sozusagen. Es beginnt zu schneien, schöner Moment. Jetzt ist das Traisental endlich das, was sein Name verspricht, ein Tal. Und ich bin mittendrin, in einem schön geheizten Zug.

Zwei Männer bei der Holzarbeit, Streuobstwiesen, Stapel von Brennholz, eine alte Keusche, sichtlich mitgenommen vom Lauf der Zeit, aber immer noch bewohnt, ein alter Kleinwagen und ein Moped auf der Wiese davor. Es ist ein armes Land, nirgendwo große Häuser, oder gar Villen. Was machen die Leute eigentlich hier, wie verdienen sie ihr Geld?

Einfahrt in den Bahnhof Traisen, ich muss umsteigen, mein

Zug fährt nach Hainfeld, ich will nach Lilienfeld. Ich gehe einfach den anderen nach, angesagt wird hier nichts. Im Zug ist die Ansage unverständlich, maskiert vom Klang des Dieselmotors, Anzeige gibt es nicht, Schaffner auch keinen. Hier ist der Fahrgast noch gefordert, aber mir kann nichts passieren, ich habe mir das Fahrplanbild ausgedruckt.

Unter den Umsteigern ist auch der Telefonierer, jetzt kann ich ihn sehen. Ein Afrikaner, zumindest der Hautfarbe nach. Sehr afrikanisch klingt er für meine Ohren nicht, aber was heißt das schon bei den Hundertschaften von Sprachen und Dialekten auf dem Kontinent. Auch im Gehen telefoniert er unverdrossen weiter, es ist nicht weit zum Anschlusszug. Wieder ein 5047er, diesmal Solo.

Flussquerung, das muss die Gölsen sein. Schöne grüne Bogenbrücke, schöner grüner Fluss. Weit kann er es nicht mehr haben, bevor er von der Traisen in Empfang genommen wird und dann in ihr aufgeht. Das wird es dann gewesen sein mit der Gölsen, und natürlich auch mit dem Gölsental, das mit dem Fluss einmündet ins Traisental. Es sind besondere, bewegende Momente in einer Landschaft, die Vereinigungen, oder, von der anderen Seite betrachtet, die Verzweigungen. Jeder Bach, jedes noch so kleine Rinnsal ist Teil des mächtigen Stammbaums der Donau. Oder, je nachdem, der Elbe, des Rheins, der Wolga, der Seine, des Po, des Ebro, der Themse und so weiter.

Rechts, entlang eines weiten Schienenbogens, der die Räder zum Singen bringt, eine große Sportanlage: Fußballplatz, Tennisplätze. Die Traisen kommt ins Bild, dann immer mehr Mietskasernen, und gerade als ich mich frage, warum man die hier denn braucht, bekomme ich die Antwort serviert. Am gegenüberliegenden Ufer der Traisen ziehen sich die Industrieanlagen der voestalpine, der Georg Fischer AG und einiger anderer, kleinerer Betriebe dahin, kilometerlang. Es handelt sich hauptsächlich um Gießereien von Stahl, Weicheisen.

Das südliche Niederösterreich ist voller Industrie. Das hat einerseits mit dem Wasserreichtum der vielen Täler zu tun, mit den großen Niederschlagsmengen im Nordstau der Gebirge, und andererseits mit der Nähe zum steirischen Erzberg, zu dem es eine Vielzahl an Straßen- und vor allem Eisenbahnverbindungen gibt, oder vielmehr gab. Heutzutage könnte man die meisten dieser Anlagen wahrscheinlich irgendwo auf die grüne Wiese stellen, Wasser spielt kaum mehr eine Rolle für den Antrieb von Maschinen, und auch der Erzberg hat seine große Zeit schon lange hinter sich. Aber man hat gelernt, mit der Industrie zu leben, sie als Arbeitgeber und damit als Lebenselixier zu schätzen. Was es heißt, in sogenannten strukturschwachen Regionen zu leben, davon können die Waldviertler, Mühlviertler, Südburgenländer ein Lied singen. Das Lied vom täglichen, stundenlangen Pendeln in die Ballungszentren zum Beispiel.

Bezaubernd ist der Anblick nicht gerade, grasende Kühe wären schöner, keine Frage. Beeindruckend aber durchaus, besonders, wenn man ein Faible für Industriearchitektur hat so wie ich. Kommt wahrscheinlich noch von meinen beiden Sommern als Schichtarbeiter in der VOEST-Alpine Linz. Seltsam nur, dass Traisen nicht zum Industrieviertel, sondern zum Mostviertel gehört. Gut, wie gesagt, ein paar Obstbäume habe ich schon gesehen. Und schwere Arbeit schließt Most nicht aus, eher im Gegenteil.

Haltestelle Marktl. Der Telefonierer ist ausgestiegen, er steht jetzt in der Wiese am Ufer der Traisen, noch immer gestikulierend das Handy am Ohr. Ich frage mich, ob er überhaupt einen Gesprächspartner hat, das kann man doch unmöglich so lange aushalten. Vielleicht gibt es tatsächlich Leute, die das

Telefon nur als Tarnung für Selbstgespräche benützen. Ist der schwarze Mann da draußen eine Art Verwandter des Gondoliere im »Tod in Venedig«?

Und heißt der Geburtsort von Joseph Ratzinger vulgo Benedikt XVI. nicht auch Marktl, Marktl am Inn? Was wäre wohl aus ihm geworden, wenn er hier, in Marktl an der Traisen, zur Welt gekommen wäre? Ein Arbeiter bei der voestalpine, Vorarbeiter, Meister, Direktor? Oder doch ein Priester, wir sind praktisch schon in Lilienfeld mit seinem herrlichen Stift und dem angeschlossenen Gymnasium. Wäre er als Zisterzienser, also als Ordensmann, auch Bischof und Papst geworden?

Lilienfeld, ich steige aus. Der Zug fährt noch weiter, lächerliche zwei Stationen bis Schrambach, dort ist jetzt Schluss. Früher ging es noch weit hinein ins Gebirge, bis Freiland und weiter nach Türnitz oder Kernhof. Unrentabel, klar, aber wenigstens Lilienfeld ist mir noch vergönnt.

Das Erste, was mir ins Auge springt, ist der Schriftzug »Tischlerei Bestattung«. Schöner Empfang. Dann das Bahnhofsgebäude, mit dem hat man auf den kleineren Stationen als Fahrgast nur noch selten etwas zu tun. Es steht einfach da, ein Relikt aus vergangenen Zeiten. Dieses hier ist aus groben Blöcken von dunklem Fels, wie viele andere im Gebirge, am Arlberg, am Semmering. Jetzt wird es ernst mit den Bergen, das will es mir sagen, finde ich. Und die Berge dräuen auch ordentlich herein in den Ort, bedrängen ihn von allen Seiten. Allen voran der Muckenkogel mit seinem weithin sichtbaren Richtfunkturm. Da geht ein Sessellift hinauf, ich kann die Schneise sehen. Immer nur ein Sessel, ein Einserlift, so wie früher, Vintage, würde man heute sagen. Kurz stelle ich mir vor, da oben zu hängen, ganz oben, dort, wo die Nebelfetzen ziehen, wo es gewiss jetzt schneit. Ich mag solche Tage beim Skifahren, wo nur wenig los ist und wo man den Winter richtig spürt.

Hier unten ist es wieder trocken, trüb, aber trocken. Dass es direkt neben dem Bahnhof ein Wirtshaus gibt, das noch dazu sehr einladend aussieht, beruhigt mich ungemein. Ich mache mich auf den Weg in die Stadt, tatsächlich, in die Stadt. Lilienfeld ist die kleinste Bezirkshauptstadt Österreichs, zweitausendsechshundert Einwohner, Autokennzeichen LF. Gleich nach dem Wirtshaus auch noch eine Konditorei, ein Fähnchen mit »Frische Krapfen«, das beruhigt mich noch mehr.

Durch ein breites, aber niedriges Tor kann ich schon die Stiftskirche sehen. Da will ich hin. Sehr ruhig ist es hier, nur wenige Menschen zu sehen. Sie kümmern sich nicht um mich, sind Fremde, Touristen offenbar gewohnt. Rechter Hand am Platzl die »Engel Bar«, da könnte ich mir jetzt einiges zusammenfantasieren. Will nicht so recht gelingen, bin schon im Bannkreis des Klosters.

Durch ein weiteres Tor geht es in den Stiftshof, direkt auf die Kirche zu. Durch die fünfzehn hintereinander angeordneten Bögen des Portals werde ich förmlich in sie hineingezogen. Das Innere der frühgotischen Herrlichkeit wird von drei Farben geprägt: vom Weiß des Marmors der in die Höhe strebenden Rippen und vom Schwarz und Gold der Einrichtung, also des Altars, der Kanzel, der Orgel und so weiter. Das ist prunkvoll und schlicht zugleich, gefällt mir ganz außerordentlich.

Draußen treibe ich mich noch ein wenig in den Höfen herum, ganz ruhig ist es, nicht ein einziger Mensch. Oben am Muckenkogel hat es jetzt endgültig zugezogen, hier unten fallen ein paar Graupeln, ein feines Rieseln in der Stille, auf meiner Jacke, auf den Blättern der Sträucher, auf den Pflastersteinen.

Ich gehe noch in den Park hinauf, ein Naturgarten, wie ein Schild verspricht. Ich kann von oben hinuntersehen auf die kleine Stadt, das Stift. Klöster, die unten im Tal liegen, sind mir lieber als die oben auf den Hügeln wie Göttweig oder

Melk, die mächtigen Repräsentanten der Ecclesia triumphans. Dieses hier braucht die große Geste nicht. Es liegt da, wie wenn es hierhergehörte, wie in einem schon zu Urzeiten gemachten Nest in den Bergen.

Das ist natürlich kein Zufall, hier sind die Zisterzienser zu Hause, die einst aus der Reformbewegung von Cluny hervorgegangen sind. Ich mag es eigentlich gar nicht, wenn von mystischen Orten, Kraftplätzen und Ähnlichem die Rede ist, aber dieser Ort ist tatsächlich ein besonderer. Einer, so denke ich, der die mystische Versenkung erleichtert, ermöglicht. Die ist ja, soweit ich sie verstehe, alles andere als die esoterische Schläfrigkeit, die heute als eine Art Hobby von jedermann/-frau praktiziert wird, sondern vielmehr ein Mittel der Erkenntnis, eine Schwester der Wissenschaft. Gerade bedeutende Naturwissenschaftler haben immer wieder von luziden Momenten berichtet, die ihnen nach langer Vertiefung in ihren Gegenstand, einer Art Versenkung, schlagartig Zusammenhänge bewusst gemacht und so das Tor zu einer neuen Theorie geöffnet haben. Für die einen eine Gotteserfahrung, für die anderen der Nobelpreis.

Die Konditorei gegenüber dem Stift ist schon lange zu, das sieht man ihr an. Das Schild »Zu vermieten« hat noch niemanden angelockt. Eigentlich eine gute Lage, sollte man meinen, die Adresse ist allerdings ungewöhnlich. Die Gasse heißt Klosterrotte.

Schön langsam geht es auf Mittag zu, ich könnte eine kleine Stärkung vertragen. Gasthaus oder Konditorei, das ist jetzt die Frage. Gasthäuser sind für mich immer mit Alkohol verbunden, und dafür ist es eindeutig zu früh, und mein Appetit hält sich auch noch in Grenzen. Also Konditorei Felbermayr, frische Krapfen, ich erinnere mich, ist ja noch immer Fasching.

Wie es scheint, bin ich der einzige Gast. Ich kann mir den Tisch aussuchen. Nachdem ich abgelegt habe, Jacke, Haube,

Schal, entdecke ich im Halbdunkel des letzten Winkels im Gastraum doch einen Besucher, oder vielmehr das kleine graue Männlein, wie es in Märchen und Sagen vorkommt. So ähnlich habe ich es mir vorgestellt. Graue Haare, graues Gesicht, graues Hemd, grauer Pullunder, graues Sakko, graue Hose, schaut es mich aus seinen grauen Augen unentwegt an, ohne sich auch nur einen Millimeter zu bewegen. Kurz kommt mich ein Schauer an, die Flasche Bier auf dem Tisch vor ihm beruhigt mich. Und erst recht die freundliche Dame, die meine Bestellung aufnimmt. »Ein Krapfen, eine Melange.« – »Mit Schlag oder mit Milchschaum?« Was für eine Frage an einen Wiener, also wirklich!

Es kommen doch noch andere Gäste. Ein Mann, offenbar in einer Arbeitspause, bestellt Melange und Krapfen wie ich, bleibt aber an einem der Stehtische, halb sitzend, halb angelehnt. Ein paar Blicke in die Zeitung neben dem Essen und Trinken, und schon ist er wieder weg. Eine Gruppe von vier Damen und Herren, Konversation. Jetzt ist es schon richtig belebt. Aber ich stehe noch immer unter Kuratel, der Blick des grauen Männleins lässt nicht ab von mir.

Ich muss woanders hinschauen, ist mir ja schon unangenehm, diese stumme, regungslose Musterung. Erst jetzt entdecke ich die im Raum verteilten Vitrinen, voll mit Modellbahnlokomotiven, Waggons, Lkws, Baggern und anderen Fahrzeugen. »Ist ein Hobby vom Chef«, sagt die Kellnerin, während ich in meiner Geldbörse krame, »schöne Sammlung.« Lächerlich, was ich zahle, in Wien müsste ich fast das Doppelte berappen. Dabei war es richtig gut.

Ich sage laut »Auf Wiedersehen« zum Männlein, es sagt ziemlich laut »Auf Wiedersehen«. Erstaunlich, das habe ich nicht erwartet. Noch ein Gruß zur Kellnerin hin, und schon stehe ich draußen auf der Straße, im Regen, das hätte ich auch nicht erwartet. Auf der Zdarsky-Straße, um genau zu sein, benannt nach Mathias Zdarsky, einem der Pioniere des alpinen Skilaufs. Er ist, obwohl im mährischen Kožichovice geboren, so etwas wie der große Sohn von Lilienfeld und organisierte am 19. März 1905 auf dem Muckenkogel den ersten Torlauf der Skigeschichte, mit vierundzwanzig Teilnehmern und Teilnehmerinnen.

Da oben wäre jetzt sicher auch genug Schnee für ein Rennen, hier unten herrscht richtiges Sauwetter. Ich flüchte mich unter das Dach des Fahrradständers, dem einzigen Unterstand am Bahnhof, und teile mir den Platz mit ein paar Rädern und genau drei wartenden Fahrgästen. Ist schon ein Witz, denke ich, da steht dieses schöne Stationsgebäude und wir müssen hier draußen bleiben. Aber ich freue mich auf die Rückfahrt, schließlich herrscht bestes Bahnwetter. Was gibt es Schöneres, als im Warmen zu sitzen und durch die Schlieren des herabrinnenden Wassers in eine impressionistisch verwischte Landschaft zu schauen.

Gleich in Marktl ist es aus mit der Beschaulichkeit. Eine Schulklasse stürmt den Waggon. Ein paar besonders gut aufgelegte Buben reißen sofort drei Fenster auf. So, jetzt bin ich in der Zwickmühle: entweder den alten Deppen geben und mir vielleicht eine freche Retourkutsche einhandeln, oder mich zähneknirschend in mein Schicksal fügen. Die wirken sehr ländlich, sage ich mir, vielleicht steigen sie ohnehin gleich wieder aus. Und früher wäre ich wahrscheinlich auch einer von den Fensteraufreißern gewesen. Die junge Frau eine Reihe vor mir zieht bereits ihren Anorak an, ich schiele auch schon nach meiner Jacke. Die Lehrer hinter mir reden über ihre Vorhaben in den kommenden Ferien und tun so, als würden sie nicht dazugehören.

Nein, so geht das nicht. Jetzt geh hin und zeig ihnen, dass du einmal ein guter Lehrer warst. Gedacht, getan. Ich bitte sie, die

Fenster zu schließen. Augenblickliche Ruhe. Ich kann spüren, wie es in einigen von ihnen rumort, wie ihr Widerstandsgeist erwacht. Ich lasse ein leises, aber bestimmtes »Bitte!« folgen. Schweigend knallen die Fenster zu. Na also. »Danke.« Erstaunte Gesichter.

Drei Stationen weiter, in Kreisbach, steigen sie aus. Eine Lehrerin schaut mich eine Spur zu lange an. Jetzt kann ich spekulieren, warum. Als der Zug wieder anfährt, bemerke ich, dass zwei der drei Fenster wieder offen sind, aber nur einen ganz kleinen Spalt. Ihr Lauser, denke ich mir, echt netter Konter. Ich gehe hin und mache sie zu. Ganz zu.

Diesmal habe ich keinen Umstieg gebraucht. Ich sitze in einem Direktzug nach St. Pölten. Jetzt müssen die Fahrgäste aus Hainfeld in meinen Zug umsteigen. Nur eine Mappe ist umgestiegen in Traisen. Die hat der Fahrdienstleiter vom Lokführer meines Zuges bekommen und dem Lokführer des Gegenzugs durchs Fenster hindurch gereicht. Aber wieso hat er dann noch eine Mappe in der Hand, die er jetzt hineinträgt in sein Kabäuschen? Verwirrend. Geheimnis des Eisenbahnwesens.

In St. Pölten ist der Bahnsteig voll mit Schülerinnen und Schülern, die hereindrängen, als die Tür aufgeht. Ich habe Mühe, hinauszukommen. Die werden jetzt alle von meinem Zug wieder schön übers Land verteilt, dorthin gebracht, wo sie in der Früh eingestiegen sind, nach Wilhelmsburg, Kreisbach, Traisen, Marktl, Lilienfeld, Schrambach. Gute Reise!

Ich könnte jetzt natürlich den nächsten Railjet zurück nach Wien nehmen, dauert gerade einmal eine halbe Stunde. Aber ich habe einen anderen Plan, bei dem bleibe ich, trotz des schlechten Wetters. Aber was sage ich: wegen des idealen Bahnwetters. Das Fahrplanbild 112 verspricht dazu noch einiges: Abfahrt St. Pölten 13.12, Ankunft Wien-Heiligenstadt

15.17. Gute zwei Stunden, da bekomme ich also eineinhalb Stunden Bahnzeit als Zuwaage geschenkt. Das kann ich mir nicht entgehen lassen.

Ich lasse mich fallen in die blau gesprenkelte Polsterung einer alten S-Bahn-Garnitur der Baureihe 4020 und atme tief durch in Erwartung einer längeren Eisenbahnmeditation. Vor dem Fenster döst eine knallrote Diesellokomotive der Baureihe 2016, genannt Hercules, im Regen vor sich hin, mein Zug summt leise den von vielen Wiener Schnellbahnfahrten vertrauten Leerlaufton. Kaum Fahrgäste außer ein paar Schülerinnen, die mit ihren Handys beschäftigt sind. Die Entzugserscheinungen nach dem Vormittagsunterricht verlangen nach Linderung, das muss man verstehen. Ein kleiner Ruck, es geht los.

Auf einer Anhöhe links hebt sich ein hübsches Ensemble gegen die grau dahinfliegenden Wolken ab, eine Art Schloss mit Kirche. Rechts dann eine seltsam fremde Szenerie: lichte Laubwälder, Pappeln, Erlen, durchsetzt mit unzähligen Wasserläufen und Teichen. Erinnert mich an den Spreewald, den ich von einer Krimiserie im Fernsehen kenne. Hier betreibt die bei Kennern wohlbekannte Firma Fishken Estate einen Fischzuchtbetrieb. Forellen, Lachsforellen, Seeforellen, Saiblinge, Störe, Seesaiblinge und Huchen wachsen da ihrer finalen Bestimmung entgegen, wie ich lese.

Links stehen zwei Haflinger mit gesenkten Köpfen ruhig in ihrer Koppel im Regen. Sie erinnern mich, obwohl Pferde, an den wunderbaren Buchtitel »Kühe in Halbtrauer« von Arno Schmidt. Eine ziemlich sensationslose Landschaft da draußen, die lässt einen Dinge sehen, die vor spektakulären Bergen oder glitzernden Seen keine Chance auf Beachtung hätten.

Dann allerdings, in Unterradlberg, ein ziemlich spektakulärer Industriebetrieb, Egger Holzverarbeitung, und, mehr oder minder daneben, die Egger Privatbrauerei. Letztere erzeugt auch Limonaden, vielleicht erklärt das den Zuckerrübenberg gleich nach dem Bahnhof.

In Herzogenburg gibt es den ersten etwas längeren Aufenthalt. Ein Gegenzug, was sonst. Ein Containerzug, ein leerer Waggon nach dem anderen, Containerwaggons ohne Container sehen komisch aus, sind fast nichts, nur eine Auflagefläche. Später, in der zweiten Zughälfte, dann doch Container. Der Zug kommt vom Donauhafen in Krems, denke ich. Auf der anderen Seite, rechts von mir, stehen Tankzüge, an den waagrecht liegenden Zylindern rinnt das Regenwasser in dunklen Streifen herab. Züge in Halbtrauer, sozusagen.

Es geht weiter. Links das Stift Herzogenburg mit seinen steilen roten Ziegeldächern und dem seltsamsten Kirchturm, den ich kenne. Bis zur Turmuhr ist er ein ganz normaler Barockturm. Aber genau dort, wo üblicherweise das Dach ansetzt, oft in Zwiebelform, fängt ein neuer, viel kleinerer Turm an, der auf den alten gleichsam aufgepfropft ist. Sieht einer Kapelle ähnlich, vier Säulen, eine Kuppel. Wenn der Baumeister wollte, dass man sich den Kopf darüber zerbricht, was das soll, dann ist es ihm gelungen. Vielleicht ist es auch nur eine Spielerei am Ende einer Epoche, die Kirche gilt als die letzte bedeutende des Barock in Österreich. Wenn ich ehrlich bin, möchte ich auch gar nicht so genau wissen, was dahintersteckt, es würde das Geheimnis zerstören, das mich jedes Mal beschäftigt, wenn ich hier vorbeikomme.

Ich habe wieder einen Telefonierer, diesmal eindeutig auf Türkisch. Auch sein Gegenüber hat keine Chance, zu Wort zu kommen. Vielleicht brauchen manche Männer dieses viele Reden besonders an Regentagen, als Anreden gegen eine drohende Depression. Ich gehöre nicht zu ihnen, so viel steht fest, mir reicht das Schauen.

Links in einiger Entfernung liegen die Hügel des Weinbaugebiets Traisental, ich kenne ein paar wunderbare Veltliner und Rieslinge von hier. Immer wieder Teiche, dann eine Art Kanal auf einem Damm, ein Schwarm Saatkrähen auf einem Feld. Wir überqueren die Traisen, dann der Bahnhof Traismauer. Wieder entern einige Schülerinnen und Schüler den Zug, es ist 13.45, endgültiges Ende des Vormittagsunterrichts. Das Dezibelniveau steigt, diesmal bleiben die Fenster aber zu. Hat was mit der höheren Schulstufe der Kinder zu tun.

Sehr flach wird es jetzt, wir sind endgültig im Tullnerfeld angekommen. Links zeichnet sich die Silhouette der Atomkraftwerksruine Zwentendorf ab, etwas später die des Gaskraftwerks Dürnrohr, beide Symbole einer zu Ende gehenden Epoche. Dafür rotieren die Windräder da drüben fleißig für die neuen Zeiten.

Immer wieder Variationen vom Einfamilienhaus, weitab der Siedlungen da und dort niedrige Hallen, vermutlich Tiermastbetriebe, bei einem sind schemenhaft größere schwarze Rinder zu erkennen, vielleicht Wasserbüffel, die kommen jetzt in Mode.

Moosbierbaum-Heiligeneich, typischer Bahnhofsdoppelname. Ist auch tatsächlich ein richtiger Bahnhof, mit vielen Gleisen. Der Zug ist jetzt fast wieder leer, 14.00, klassische Totehosenzeit. Der Telefonierer hat mich verlassen, nur mehr vereinzelt Schüler, ganz ruhig hier drinnen. Der Zug steht, wartet, vermutlich auf den Gegenzug. Aber da kommt keiner, fünf, zehn Minuten nicht. Keine Ahnung, was da los ist. Und wie immer, wenn man länger irgendwo steht, beginnt man Teil der Landschaft zu werden, als Gast sozusagen. Ein Gleis ist jetzt mein Nachbar, die paar armseligen Halme, die aus dem Schotter zwischen den Schwellen wachsen und sich schütteln im Wind, sind meine Begleiter, die Vögel da draußen sitzen in meinem Garten, das Haus dort drüben schaut mich an, als wollte es mich etwas fragen, die Uhr auf dem Bahnsteig wird meine Küchenuhr. Es ist nicht unbedingt ein schönes Zuhause, aber ich beginne mich mit ihm zu arrangieren.

Doch, da schau, es geht wieder weiter. Sogar schneller als vorher, bilde ich mir ein. Atzenbrugg. Bei Schönwetter wäre ich hier ausgestiegen und hinüberspaziert zum Schloss. Ich war noch nie da, eigentlich eine Schande für einen bekennenden Schubertianer. Da sind sie herausgefahren, von Wien, auf eine Landpartie. Da haben sie musiziert, gespielt und getrunken miteinander, der Schober, der Spaun, der Kupelwieser, der Schwind und all die anderen, und natürlich er selbst, der Schwammerl, um den sich alles gedreht hat, der Ärmste und der Kleinste unter ihnen, der Kunst nach aber der Reichste und Größte.

Retortenbahnhof Tullnerfeld. Jetzt könnte ich meinen Plan noch ändern, und ab durch den Tunnel nach Wien rauschen, dauert keine fünfzehn Minuten. Aber ich bleibe sitzen, ich habe mich gewöhnt an das Summen des Triebwagens, die wohlige Wärme.

Der Zug steht wieder, fünf, zehn Minuten lang. Stehende Meditation würde ich es nennen, im Gegensatz zur fahrenden. Dauert aber schon lange, habe ich übersehen, dass der Zug hier endet?

Alles in Ordnung, sagt mir mein Fahrplanbild, planmäßiger Aufenthalt. Aber dieser Zug ist eigentlich mehrere Züge in einem. Und den paar Fahrgästen, die das nicht so sehen, erspart er das Umsteigen. Ich frage mich, ob ich nicht überhaupt der Erste bin, der ihn von Anfang bis Ende durchgesessen hat, der Erste, der nicht irgendwo aufgelesen und an irgendeinem anderen Ort wieder ausgespuckt wird wie die Schülerinnen oder der Telefonierer. Und wenn schon, ich brauche mich nicht zu schämen dafür. Andere geben viel Geld aus, um herunterzukommen, sich zu entspannen. Die Eisenbahn tut's auch, finde ich.

Langsamer Übergang zur fahrenden Meditation, mit ein paar zusätzlichen Fahrgästen, die die Railjets im Bahnhof Tullnerfeld angespült haben. Wie flach es hier doch ist, so flach, dass man ganz weit sehen kann, sogar bei diesem Wetter. Schon eine ganze Zeit lang steht die Schrägseilbrücke bei Tulln am Horizont, wie ein futuristisches Spinnennetz. Offiziell heißt sie Rosenbrücke, keine Ahnung warum. Einer Rose sieht sie am allerwenigsten ähnlich, finde ich.

Die Zuckerfabrik der Agrana sieht einer Fabrik sehr ähnlich. Eine Fabrik ist eine Fabrik ist eine Fabrik. Ja. Nur dass hier ganz groß »Wiener Zucker« draufsteht, ist schon ein wenig Etikettenschwindel, oder? Schließlich sind wir fast in Tulln. Aber offenbar ist Wien für die Vermarktung besser als Tulln. Die Wiener Mehlspeisen, die süßen Mädels und so. »Tullner Zucker« haut auch vom Sound nicht so recht hin, zwei Wörter, zwei u's, das ist eines zu viel, einfach zu dunkel für Zucker, weißen Zucker noch dazu.

Tulln Stadt, dann Tulln an der Donau. Hier beginnt sozusagen wieder eine neue Strecke, der Zug wird zur S-Bahn von Tulln nach Heiligenstadt. Das muss er natürlich erst einmal begreifen, daher muss er ein wenig stehen bleiben, um sich in seine neue Rolle einzuüben. Auf dem übernächsten Gleis links von mir wird gerade eine Verschublok an ein paar Güterwagen mit Zuckerrüben angehängt. Erst als sie anzieht, sehe ich, dass es ein ganzer Zug ist, ein ganzer langer Zug voller Zuckerrüben, der da an mir vorbeizieht. Der Wiener Zucker wird uns so schnell nicht ausgehen.

Ach, es geht doch schon wieder weiter. Gerade hatte ich begonnen, mich am Bahnhof ein wenig einzuleben. Ziemlich geschwind geht es sogar dahin, zumindest zwischen den Stationen. Rechts hält sich der Krieg einen Unterstand warm, den Fliegerhorst Brumowski in Langenlebarn. Sehr stylish, das Stationsgebäude der Bahn, muss ich sagen, in Hochglanz-Militärgrau. Erinnert ein wenig an die Klötze, die sich Promi-Winzer von Promi-Architekten in die Weinberge stellen lassen. Von rechts rückt jetzt der Wienerwald schön langsam näher, an seine Abhänge schmiegt sich ein Dorf nach dem anderen, Wilfersdorf, Katzelsdorf, Tulbing, Königstetten. Hübsch sieht das aus. Kurz kann ich auch schon die Silhouette der Ruine Greifenstein als Irritation der Horizontlinie an einem Steilabfall erkennen.

Die größere Irritation sitzt allerdings rechts von mir am Vierersitz gegenüber, keine Ahnung, wo der eingestiegen ist. Vom Outfit her ein Künstlertyp. Braune Schiebermütze, Tweed-Sakko, einen Seidenschal beiläufig um den Hals geworfen, eine Kette um den Hals, Ketten um die Handgelenke, helle Leinenhose, bunte Schuhe. Er mustert mich, unentwegt. Kennt er mich, kenn ich den? Wieso sagt er nichts, wenn er mich kennt. Ich tu mir schwer, ihn zu erkennen, im Fall, ich wäre ihm schon einmal begegnet, wegen der schwarzen Gesichtsmaske. Sein Blick ist ganz anders als der vom grauen Männlein in Lilienfeld, ein wenig so, als würde er mich nicht mögen, so, als würde er mir etwas vorwerfen. Oder bilde ich mir das nur ein? Ich schaue aus dem Fenster, demonstrativ, versuche, ihn zu ignorieren. Aber sobald ich wieder einen Blick riskiere, ist da noch immer dieses Flackern in seinen Augen, dieses Gefühl, dass sein Blick keine Sekunde von mir abgelassen hat während meines Versuchs, aus dem Fenster zu schauen.

Eine lärmende Schülergruppe wäre mir jetzt geradezu willkommen, das muss ich sagen. Soll ich den Platz wechseln? Nachgeben? Also wirklich, nur weil mich einer blöd anglotzt? Oder schaue ich so blöd, dass ich eine Zumutung für ihn bin?

Oder erinnere ich ihn an jemanden, an eine böse Geschichte? Aber was kann ich dafür? Oder will er mich gar provozieren, einen Streit beginnen, einfach aus einer schlechten Laune heraus? Es sind schon Leute attackiert worden, wildfremde Leute, nur weil sie angeblich blöd dreingeschaut haben. Man liest so etwas, immer wieder. Bin ich jetzt auf einmal einer von denen, die sich immer und überall bedroht fühlen, von Ausländern, Drogendealern und sonstigem Gesocks? Dabei habe ich mir immer etwas darauf eingebildet, nicht besonders ängstlich zu sein, nicht einmal in den schlechteren Vierteln fremder Städte.

Schluss jetzt, schau aus dem Fenster, lass dir deine Meditation nicht von irgendeinem dahergelaufenen Kerl verderben. Links liegt wie glatt poliert der Altarm der Donau bei Greifenstein da, an dem es sich so schön sitzen lässt. Gleich sausen wir direkt am Gasthaus Brauner Bär vorbei, früher ein beliebtes Ausflugsziel. Soll aber auch nicht mehr das sein, was es einmal war. Es ist wirklich ein Jammer mit den Gasthäusern am Land, viele bangen um ihre Existenz, nicht nur wegen Corona. Wollen die Leute nicht mehr zusammensitzen, essen, trinken, reden, feiern? Ist es schon so weit, dass jeder und jede lieber für sich bleibt vor einem flackernden Display, und sich ab und zu von einem Lieferservice-Sklaven bedienen lässt?

Endlich: Die Donau hat ihren ersten großen Auftritt. Ganz ruhig geht sie dahin, ein Schubschiff müht sich stromaufwärts in Richtung Kraftwerksschleuse. Da drüben am anderen Ufer liegt die große Au bei Spillern, wo wir mit P. immer Schneeglöckchen gepflückt haben. Weiß war der Waldboden, so weit man schauen konnte, und er hat sich so bemüht, die größten, schönsten Blumen zu erwischen. Das ist jetzt auch schon wieder lange her, aber es zaubert noch immer ein Lächeln in meine Gedanken. Da kann der Typ da drüben noch so blöd glotzen.

Schön langsam beginnt es zu wienern, die Landschaft, die Häuser, die Luft. Auch die etwas gehobene, nasale Sprachmelodie der Menschen steigt mir ins Ohr. Das alte Stationsgebäude von Kritzendorf mit seiner eisernen Fußgängerbrücke verströmt eine Art Fin-de-Siècle-Stimmung, die Häuschen stehen zum Teil auf Stelzen, um bei Hochwasser im Trockenen zu bleiben. In den kahlen Pappeln der Auwälder sitzen die Kugeln der Misteln wie riesige Vogelnester, da drüben ist der Altarm, an dem das Strandbad von Klosterneuburg liegt.

Die Landschaft weitet sich, links steht ein trauriger Zeitzeuge, das Haus des Essl Museums, geschlossen seit 2016. »Kunst bringt die Seele zum Schwingen«, so steht es noch immer auf drei Transparenten. Wie wahr. Die rosarote Penis-in-Vagina-Plastik auf dem Dach, der »Wusten im Ring« von Franz West, lässt meine Seele ziemlich kalt, verstärkt eher die Trostlosigkeit des Anblicks.

Bald wird es wieder eng zwischen Berg und Strom, gerade einmal Platz für Straße und Schiene. Ganz nah am Wasser geht es da dahin, die Schiffe zum Greifen nah. Kahlenbergerdorf, Nussdorf, Heiligenstadt, meine Reise ist zu Ende.

Kaum habe ich in der U-Bahn Platz genommen, setzt sich er wieder hin, links von mir. Das kann kein Zufall sein, er verfolgt mich. Er macht fahrige Bewegungen, führt Selbstgespräche, da ist kein Handy, kein Kopfhörer zu sehen. Er spinnt tatsächlich, das habe ich mir gleich gedacht. Irgendeine Rolle ist mir zugedacht in seinem Wahnsystem, ich werde nie erfahren, welche. Am Schwedenplatz steigt er aus, nicht ohne mir einen letzten Blick zuzuwerfen.

CHOMOLUNGMA

WIEN–WIENER NEUSTADT–PUCHBERG

Wien Hauptbahnhof, Railjet nach Klagenfurt. Mitten am Vormittag, Platz genug. Hinaus Richtung Süden, jede Menge Lärmschutzwände am Wegesrand, die meisten von ihnen schon randvoll mit Graffiti. Die Sprayer können dankbar sein, dass man ihnen um gar nicht wenig Geld so tolle Leinwände hingestellt hat. Das Bedürfnis, auf Wände zu malen, ist offenbar seit Lascaux und Altamira ungebrochen, trotz Instagram, TikTok und Konsorten. Aber was ist schon so ein Handy-Display gegen eine richtige Wand! Das kann ich schon verstehen.

Meidling, Hetzendorf, Atzgersdorf, Liesing, das war viele Jahre lang mein Weg zur Arbeit. Nicht nur einmal habe ich mir vorgestellt, nicht auszusteigen, einfach weiterzufahren ins Blitzblaue. Nur zweimal ist es mir gelungen, aber nicht aus Absicht, sondern weil ich einen Zug erwischt hatte, der in Liesing nicht hält. Ziemlich unangenehm. Jetzt rausche ich durch, als ob es die selbstverständlichste Sache der Welt wäre, erst weit nach Liesing denke ich überhaupt daran, dass das vor kurzer Zeit noch eine Utopie gewesen wäre, jedenfalls an einem Dienstag, am Vormittag.

Die Stadt will nicht aufhören, obwohl sie längst zu Ende ist. Wien, Perchtoldsdorf, Mödling, Maria Enzersdorf, nichts ist davon zu bemerken, dass das eine aufhört und das andere anfängt. Das Tier namens Flächenfraß ist unersättlich, Speckgürtel sagt man dann dazu, wenn es vollgefressen ist. Endlich, bei Thallern, ist dann Land in Sicht, ein sehr schönes noch dazu.

Rechts und links ist hier nicht zu verwechseln. Ziehen sich da die Osthänge des Wienerwalds hinauf, liegt dort die Ebene des Wiener Beckens, der einstige Meeresgrund. Genau an dieser magischen Grenze rast mein Zug entlang, vor Jahrmillionen hätte ich den Kalmaren zuwinken können, die ungefähr in solchen Tiefen hausen.

Da ist der Anninger und an seinem Fuß das schöne Gumpoldskirchen, wo wir gerne einkehren beim Hofer Hannes, und meistens auch ein paar Flaschen seines herrlichen Weins mitnehmen. Hier im Thermenland gedeihen Sorten, die es nirgends sonst gibt. Rotgipfler, Zierfandler, gehaltvolle Gewächse, die man früher gerne »lieblich«, also halbsüß ausgebaut hat. Das ist spätestens mit dem Weinskandal ordentlich in Verruf geraten, zum Glück, muss ich sagen. Die heutige Stilistik steht den Weinen wirklich gut.

Ein Tunnel, vielleicht zwei, drei Sekunden lang. Früher, mit Dampflokomotiven, womöglich doppelt so viel. Oder länger? Es muss schon seinen Grund haben, dass er bis heute Busserltunnel heißt. Wie bereits gesagt, es war stockfinster damals, auch im Inneren der Züge. Und küssen in der Öffentlichkeit, das ging gar nicht. Ein Ausflug mit der Liebsten, zum Heurigen mit der Bahn, hin und vor allem retour, mit Rotgipfler im Blut: Mein lieber Mann, viel mehr hat es wohl nicht gebraucht.

Links liegt Traiskirchen, weithin bekannt für sein Flüchtlingslager, das eigentlich Bundesbetreuungsstelle Ost heißt, rechts taucht Baden auf, bekannt für sein Spielcasino. Wiener Becken, Land der Gegensätze, so würde es in einem Tourismusprospekt stehen.

Kurorte führen immer ein »Bad« im Namen, das ist praktisch, da weiß man, woran man ist. Bad Ischl, Bad Aussee, Bad Gastein, oder hintendran, Karlsbad, Marienbad, Franzensbad. Mir fallen nur zwei Städte ein, die nur Bad sind, ohne irgendwas vorne oder hinten, ganz so, als ob sie ihre ganze Identität allein aus dem Bad gewinnen würden: Baden bei Wien und Baden-Baden in Baden-Württemberg. Beide sind das, was man ein Mekka für Spieler nennt. Hier waren Mozart und seine Frau Constanze zu Gast, dort Dostojewski. Beiden haben ihre Aufenthalte nicht gutgetan. Mozart starb kurz darauf, nachdem er in Baden noch an der Zauberflöte gearbeitet hatte, Dostojewski verspielte Geld, das er gar nicht hatte.

Noch ein Bad, Bad Vöslau, im Hintergrund der Harzberg, ich kann die Aussichtswarte sehen. Dort gibt es im Berg die sogenannten Reibsandlöcher, die durch den Abbau von Dolomitsand entstanden sind. Der wurde in die ganze Welt exportiert und bei uns im Haushalt als Scheuermittel zur Reinigung von Töpfen und Schüsseln verwendet.

Leobersdorf. In einem langen Bogen geht da ein Gleis nach rechts hinein ins Triestingtal. Da bin ich noch nie gefahren, das schaue ich mir einmal an. Aber gleich darauf gibt es nur mehr einen Blick, man kann gar nicht anders, als gebannt von ihm zu sein, dem weißen König dieser Landschaft. Heute ist er besonders imposant, eine Mischung aus Erhabenheit und erratischer Fremdheit. Ich kenne viele Bilder vom Mount Everest, schaue sie mir an, weil ich das Wesen dieses Berges begreifen, seinem Mythos nahekommen möchte. Der Schneeberg, von dem hier die Rede ist, schaut ihm ähnlich, finde ich. Oben ist er heute seltsam verschleiert, wie hinter wabernden Theaterprospekten. Chomolungma, der tibetische Name des Everest, würde gut zu ihm passen, rein klanglich, meine ich.

Wiener Neustadt, ich muss hinüber zum Bahnsteig acht. Schon auf den Stufen hinauf höre ich das Schnurren meines Dieselkätzchens, eines Triebwagens Desiro der Baureihe 5022 im Cityjet-Look. Es dauert nicht lange, da nimmt er wie in einem langen Rülpser Anlauf und zieht los. Bevor es hineingeht ins Alpine, muss einmal das Wiener Becken durchquert werden. Eine Schottergrube folgt der anderen, ist der Abbau erschöpft, wird ein See daraus. Wie zum Beispiel der Anemonensee, die erste Haltestelle der Schneebergbahn. Rund um den See hat man eine Siedlung gebaut, Zweitnutzung, sozusagen, Wohnen am See. Sieht ziemlich trostlos aus. Ein paar Baumärkte gibt es auch hier, was sonst. Einer heißt »Holzwurm«. Ich weiß nicht, was sich die Leute dabei denken. Die verkaufen Holz und nennen sich Holzwurm?

Bahnhof Bad Fischau-Brunn. Der Zug steht um eine Idee zu lange, finde ich, als müsste er überlegen, wo er hingehört. Hier gabeln sich die Schienen, links nach Puchberg, rechts ins Piestingtal, nach Pernitz, Gutenstein. Ferdinand-Raimund-Land. Draußen muss es ordentlich stürmen. Die schwarzästigen Bäume, ja sogar die Lichtmasten am Bahnsteig wackeln gehörig.

Bad Fischau hat eine historische Badeanlage mit hölzernen Kabinenreihen in dieser Laubsägeoptik der vorletzten Jahrhundertwende, herrlich altmodisch und zugleich höchst erfrischend. Das Wasser, das hier beständig durch die steinernen Becken fließt, kommt aus einer Thermalquelle, hat stets knappe neunzehn Grad und braucht keinen Chlorzusatz. Im Abfluss stehen die Forellen, ein gutes Zeichen für die Wasserqualität, wie mir scheint. Wir kommen gerne hierher, besonders, wenn uns die Hitze in der Stadt zu erschlagen droht. Da heißt es lang, lang im Wasser bleiben und gut durchfrieren, damit die Abkühlung vielleicht auch zu Hause noch ein wenig vorhält.

Mein Zug hat seine Nachdenkpause beendet und sich entschlossen, weiterzufahren. Ich schaue in gepflegte Gärten mit Gemüsebeeten, Obstbäumen und Gartengrill, die dazugehörigen Häuser scheinen gut in Schuss zu sein, manche könnte man fast eine Villa nennen. Solide Mittelschicht, würde ich sagen, womöglich Wiener Zweitwohnsitzer aus Spital, Amt und Oberschule.

Jetzt geht es die Fischauer Berge entlang, keine Riesen, aber hübsch anzuschauen. Fast ausschließlich Föhrenwälder, durchsetzt mit Sprenkeln aus rötlichem Stein. Die hellen Stämme wirken wie Hundertschaften von Bleistiften, aber nur im Winter, wenn kein Schnee liegt. Wenn das Unterholz wieder austreibt, ergibt sich eine reizvolle Textur aus Nadelgrün, Blattgrün und Fels. Die Stämme spielen dann keine große Rolle mehr, sie haben ihren nächsten Auftritt im kommenden Winter.

In Winzendorf bekommen die gutmütigen Fischauer Berge auf einmal einen Zug ins Dramatische. Der Wald zieht sich zurück, der nackte rostrote Fels tritt auf und liefert die Kulisse für die Karl-May-Festspiele im Sommer. Passen gut hierher, die Apatschen, Komantschen, Old Shatterhand und Sam Hawkens, finde ich. Heuer steht Winnetou II auf dem Programm, wäre schön, wenn der Bösewicht Covid diesmal nicht dazwischenfährt.

Irgendetwas scheppert hinter mir im Waggon, immer bei einer bestimmten Drehzahl des Dieselmotors. Sonst ist es vollkommen ruhig, keine Gespräche, keine Telefonate. Auch die Landschaft da draußen gibt sich unaufgeregt, Weideflächen, Pferdekoppeln, kleine Wasserläufe, die man gut erkennen kann an den sie begleitenden Weiden, Pappeln, Seggen. Jedes Bächlein ein kleiner Nil, Mäander der Fruchtbarkeit übers Land ziehend. Manchmal taucht im Hintergrund er auf, weiß, immer größer, mächtiger, Chomolungma.

Bei Rothengrub passieren wir die Schneegrenze. Es liegt nicht viel, aber es reicht, um den Charakter der Landschaft zu verändern. Auf einem Hügel steht einer Erscheinung gleich eine Barockkirche wie aus dem Bilderbuch. Es ist die Pfarrkirche Maria Kirchbüchl-Rothengrub, auch Wallfahrtskirche Allerseligste Jungfrau Maria. Der Glaube treibt gar wundersame Blüten.

Die Bahntrasse ist jetzt in den Hang geschnitten, mitten durch einen Fichtenwald. Fühlt sich fast so an, als wäre man zu Fuß unterwegs. Nur das ständige Blinken der Sonne zwischen den Baumstämmen ist anders. Forststraßen, Stapel von Rundhölzern, ein Traktor mit Frontlader, später ein Harvester, eines dieser Ungeheuer, die heute in der Forstarbeit statt Menschen und Pferden zum Einsatz kommen. Ich bin endgültig im alpinen Milieu angekommen, in einer Welt, in der es nach Nadeln und Baumrinde, nach Hausbrand, Schweiß und Schnee riecht.

Der Wald ist zu Ende, eine freie Fläche, es bläst ganz fürchterlich. Der Sturm treibt Fahnen von Schnee übers Land, an Geländekanten bilden sich kleine Wechten. Hier herrscht tatsächlich das, was die Burgenländer ein Waaweda nennen, ein ziemlich heftiges sogar. Jetzt wird mir auch klar, woher die wabernden Theaterprospekte am Schneeberg kommen, die ich schon aus der Ferne gesehen habe. Sie machen ihn noch ein Stück weit mehr zu Chomolungma, einem Berg im Himalaya.

Grünbach am Schneeberg, drei Bahnstationen: Grünbach, Grünbach Schule, Grünbach Kohlenwerk. Von hier aus kann man eine Bergtour en miniature unternehmen, fast im Handumdrehen ist man oben auf der Geländehütte, am »G'länd«, wie die Hiesigen sagen. Aber steil ist es schon da hinauf, man kommt ordentlich ins Schwitzen. Die Belohnung ist auch ordentlich, wunderbare Aussicht, Berghütten-Essen und -Trinken, wie es sich gehört.

Das Bergwerk war seinerzeit das größte seiner Art in Österreich. Bis zu hundertsiebzigtausend Tonnen Steinkohle wurden hier jährlich zutage gefördert. Der Schlusspfiff kam im Jahr 1965. Der SV Grünbach, früher Glück Auf Grünbach, kickt noch immer und führt die gekreuzten Hämmer im Vereinswappen. Und auch die Bergknappenkapelle musiziert fleißig, bei festlichen Anlässen natürlich im schwarzen, goldbeknöpften Bergkittel. Einer der Fördertürme steht noch, und für Interessierte gibt es ein Bergbaumuseum.

Puchberg am Schneeberg, Endstation. Es stürmt wie in Dokumentarfilmen über Arktis-Expeditionen. Sollte ich nicht besser sitzen bleiben und gleich wieder zurückfahren? Es wäre das erste Mal, dass ich so etwas machen würde. Kommt gar nicht infrage. Es gibt kein schlechtes Wetter, nur schlechte Kleidung, das habe ich schon so manchem Weichei ins Gesicht gesagt. Bin ich vielleicht schon selber eines geworden? Ich habe meine wärmste Jacke an, also hinaus mit mir.

Es ist eisig, nach ein paar Minuten brennen meine Wangen. Ich gehe weg vom Bahnhof, die Bahnstraße entlang in die Richtung, wo ich den Schneeberg vermute. Gleich rechts das Café Orchidee, da könnte ich mich hinsetzen und schauen, ob der Sturm nicht doch bald nachlässt. Ach was, ein Stündchen oder so werde ich schon durchhalten. Der Gehsteig ist verdammt rutschig, eine fatale Mischung aus Eis, angewehtem Schnee und trockenem Asphalt. Man weiß nie, worauf man beim nächsten Schritt landet, also aufpassen, in meinem Alter ist ein Sturz tabu.

Das war einmal das Urlaubsparadies des kleinen Mannes, sieht schon etwas abgewohnt aus. Pensionen, ein Gasthof, eine Tankstelle, die Gleise der Schneebergbahn, ich meine die, die hinaufgeht auf den Berg, in der warmen Jahreszeit. Geh doch ein Stück mit uns, scheinen die Gleise zu sagen. Ja warum eigentlich nicht?

Es geht einen ersten Anstieg hinauf, manchmal verschwinden die Schmalspurschienen im Schnee, dann liegen sie wieder wie ausgeapert da, hie und da schaut nur die etwas höhere Zahnstange heraus, an der sich die Züge nach oben ziehen. Vom Steigen wird mir warm, im Windschatten des Hügels ist es halbwegs erträglich. Aber kaum bin ich oben angelangt, trifft mich die Wucht des Sturmes mit voller Kraft. Nein, alles, was recht ist, jetzt drehe ich um, ich muss nicht den Helden spielen, für wen auch, ist ja niemand da.

Ein paar Augenblicke noch, ich muss noch den Berg anschauen, der jetzt in voller Größe direkt vor mir liegt. Herrlich, das Toben der Elemente da oben. Aber wehe dem, der jetzt dort ist in einer der Rinnen, in der Breiten Ries, der Lahning Ries, der Krummen Ries, der Roten Schütt oder wie sie sonst noch heißen mögen. Ich hoffe, es war niemand so unvorsichtig, ja so dumm, bei diesem Wetter einzufahren.

Sehr gut, die Fleischerei Rhabek hat noch offen, kurz nach Mittag, am Land weiß man nie. Eine Leberkässemmel und eine kleine Dose Bier: Manchmal ist das Glück wirklich billig zu haben. Ich setze mich auf eine Bank am kleinen Teich im Kurpark, der Wind ist jetzt schwächer, und sogar die Sonne lugt wieder ein wenig hervor zwischen den Wolken.

Mein Triebwagen, der Desiro, steht schon da am Bahnhof. Wirklich ein passender Name heute, muss ich sagen.

Die Anfahrt wird zurückgespult. Der Fichtenwald mit seinen Holzstößen, das Ende des Schnees, der stürmische Himmel, jetzt mit mehr Blau durchsetzt, die Bächlein, ein Teich mit Holzhütte, zwei, drei Birkenwäldchen, die hölzernen Telegrafenmasten, die im Takt vorbeihuschen, und schon bin ich wieder draußen in der schäbigen Ebene des Wiener Beckens. Jetzt kann ich ihn sehen, den Anemonensee, ein einziger Jammer. Erinnert mich an den großen See in Kalifornien, das Trinkwasserreservoir von Los Angeles. Ganz tief unten ist der Grundwasserspiegel, wie soll das denn weitergehen?

Halb zwei, Bahnhof Wiener Neustadt, viele Schülerinnen und Schüler, wieder einmal. Viel zu früh, um schon nach Hause zu fahren. Die Stadt ist ohnehin eine Terra incognita für mich, das kann ich jetzt ändern.

Neustadt ist eine Schwester von Neusiedl, also eine Neugründung. Und irgendwie haftet für mich diesen Orten ein gewisser Hautgout an. Es ist paradox, aber den größten Avantgardisten ist das Alte am liebsten, Altstädte, Altbauten, da treiben sie sich gerne herum. Das hat ganz gewiss viel damit zu tun, dass das Neue im Städtebau nach dem Krieg jahrzehntelang abgrundtief hässlich war, nur zum Teil aus der Notwendigkeit heraus, in zerstörten Städten schnell Wohnraum aus dem Boden stampfen zu müssen. Irgendwann hat sich diese Hässlichkeit verselbstständigt, ist zu einer Art Stil des neuen Bauens geworden, siehe Großfeldsiedlung, Rennbahnweg, Nordrandsiedlung.

Die Gründung von Nova Civitas, also Neustadt, erfolgte allerdings schon im Hochmittelalter, und das sieht man ihr auch an, im guten Sinn, finde ich. Dabei ist es allerdings nicht mit rechten Dingen zugegangen, wie wir wissen. Der Babenberger Herzog Leopold V., der Tugendhafte, ließ unter Bruch der damals geltenden päpstlichen Schutzbestimmungen Richard Löwenherz wegen einer durch ihn auf dem dritten Kreuzzug erlittenen Kränkung verhaften. Die Engländer mussten für ihn ein geradezu astronomisch hohes Lösegeld entrichten, das unter anderem für die Errichtung von Wiener Neustadt verwendet wurde. Gute alte Zeit, kann ich nur sagen.

Ich gehe vom Bahnhof einfach geradeaus hinein, die Bahngasse entlang, da ist eine ziemlich alt wirkende Kirche zu erkennen, das kann nicht ganz falsch sein. Ist es auch nicht, alt ist es auch, das Kapuzinerkloster. Jetzt kann ich auch schon das Eck einer großen Anlage sehen, da bin ich schon einmal vorbeigekommen, ich erinnere mich. Ist auch nicht zu übersehen, die Theresianische Militärakademie, die ehemalige Burg, neben Wien, Graz und Innsbruck eine der Residenzen der Habsburger. Eine Zeit lang, im 15. Jahrhundert, war sie unter Kaiser

Friedrich III. sogar das Zentrum des Heiligen Römischen Reiches Deutscher Nation.

Ich schlendere hinüber zum Hauptplatz mit seinen gotischen Arkaden, dann zum Dom. Weiß ist er, mächtig, man wird ganz klein, wenn man vor den beiden Türmen steht. Sie sind allerdings ziemlich neu. Das gesamte Westwerk der ursprünglich spätromanisch/gotischen Kirche wurde 1886 abgetragen, weil die Türme baufällig geworden waren, und bis 1899 genau nach dem Original wieder aufgebaut wurden. Sehr beeindruckende Kirche, auch im Inneren. Da kann die niederösterreichische Hauptstadt nicht ganz mithalten, muss ich sagen.

Es wird Zeit für einen Kaffee, also zurück zum Hauptplatz, meist ein gastronomieverdächtiger Ort. Wenn ich wo neu bin, suche ich nach dem Alten, nach alten Gasthäusern, Kaffeehäusern. Da bin ich ziemlich konservativ, das muss ich zugeben. Pizzeria, nein, Steakhouse, nein, Bowls, nein, Thai, nein, Espresso, nein, Caffè Latte, nein. Da drüben, bei den Arkaden, ist ein Schild: Gastwirtschaft zum Weißen Rössel, das wäre was. Hat längst zu, nur mehr Folklore, schade. Aber da, gleich neben mir, Café Ferstl, seit 1913, hätte ich fast übersehen.

Ganz hinten ist noch ein freier Tisch. Kaum habe ich abgelegt, werde ich auch schon nach meinen Wünschen gefragt. »Eine Melange und einen Krapfen, bitte.« Was sonst. Am Nebentisch drei Damen im mittleren Konditoreinachmittagsalter, also um die achtzig. Sie reden übers Essen, oder genauer, darüber, was sie zu Mittag gekocht haben. Die eine beklagt sich, so wenig Zeit zu haben, so habe es heute nur Aufgewärmtes von gestern gegeben. Die andere sagt: »Saftschnitzel.« Die dritte: »Saftschnitzel? Kenne ich nicht. Sind das Pariser Schnitzel?« – »Ja, so ähnlich. Mit Reis.« Die erste: »Also meiner möchte jeden Tag Fleisch.« Die dritte: »Also das kann ich nicht sagen. Meiner schafft sich hie und da was Süßes an. Einen

Kaiserschmarrn, oder einen Topfenstrudel.« Die zweite: »Ja, meiner ist da auch nicht so. Grad gestern hat er sich Krautfleckerl angeschafft.« Die erste: »Aber Veganer seid's ihr noch keine, gell?« Gelächter. »Aber wo«, sagt die dritte, »da müsst' ma ja sporteln.« Zustimmendes Nicken.

Als Veganer muss man also sporteln. Das ist mir neu. Dass sich die Männer das Essen anschaffen weniger. Aber ich habe es schon ewig nicht mehr gehört. Gibt es eigentlich einen Denkmalschutz für historische Redewendungen?

»Eine Melange, ein Krapfen, bitte sehr.« Ah, genau der richtige Moment. »Dankeschön.« Schmeckt herrlich, immer wieder. Die Leute wissen schon, wo es gut ist. Sonst wäre es wohl kaum so voll hier. Nur der andere Nebentisch ist leer, reserviert. Aber es dauert keine fünf Minuten, da wird er auch schon besetzt. Ein alter Herr im Rollstuhl wird hereingeschoben. Schlohweißes Haar, schwarze Kleidung, ehrwürdige Erscheinung. Kurz darauf eine ziemlich alte, ziemlich auffällig gekleidete Dame, früher hätte man es eine Modetorheit genannt, sich so herzurichten. Hat aber Klasse, finde ich, setzt sich zu ihm. Sie fragt ihn, wie es denn jetzt so sei im Kloster, mit Corona und so. Ein Priester also, ja, das passt. Plötzlich ein Gitarrenriff, ziemlich laut, AC/DC, »Highway to Hell«. Ich glaub es nicht, es ist ihr Handy. Sie hebt ab, freundlich, bitte später, bin im Kaffeehaus. Könnte ihr Bruder sein, der Priester, denke ich. Ob er weiß, wie der Song von ihrem Klingelton heißt?

»Zahlen bitte!« Die Kellnerin nennt eine Summe, reicht die Rechnung. Kann das stimmen? Ja, tatsächlich. Gutes Trinkgeld. »Danke vielmals.« Es lebt sich günstig in der Kleinstadt.

Ich schlendere zurück zum Bahnhof, jetzt kann ich den Heimweg antreten. Das Wetter ist viel besser geworden, fast ein Hauch von Frühling. Die Meisen läuten in den paar Bäumen entlang der alten Stadtmauer, meine Laune könnte besser nicht sein.

AUF GRANIT

WIEN FRANZ-JOSEFS-BAHNHOF–GMÜND

24. Februar 2022. Frühstück, Zeitungslektüre, kurzer Blick ins Internet, wie jeden Tag. Ein Schlag in die Magengrube, ganz kalt wird es im Sonnengeflecht, Übelkeit, schwache Beine. Er hat getan, was viele für unmöglich gehalten haben. Ja, haben sie denn nicht hingeschaut? Wochenlanger Truppenaufmarsch an den Grenzen rundherum, zum Spaß, für eine Übung?

Erinnerungen kommen hoch, an den Tag, an dem mein Vertrauen in eine gute Zukunft einen ersten Kratzer bekommen hat, Erinnerungen an den 21. August 1968. Auch diesem Überfall ging ein langes Vorrücken sowjetischer Truppen voraus, auch damals war von Manövern die Rede, von einer notwendigen Hilfe für den Bruderstaat. Der gleiche Zynismus, die gleichen Lügen.

Seit ein paar Tagen warte ich auf gutes Wetter für einen Ausflug ins Waldviertel, ganz hinauf an die Grenze. Heute ist es so weit, das Wetter herrlich, der Tag jedoch finster, wie 1968. Niemand wäre damals auf die Idee gekommen, nur aus Lust und Laune zum Eisernen Vorhang zu fahren. Ich beschließe, dabei zu bleiben, schließlich ist der Vorhang längst Geschichte. Aber ich weiß, dass ich viel öfter als sonst auf mein Handy schauen werde, so wie mein Großvater immer gefragt hat, ob er nicht ein paar Minuten Radio mithören dürfe, seinerzeit, bei unserem Ausflug nach Hallstatt.

Eigentlich wollte ich in Heiligenstadt in den Zug steigen, das ist für mich bequem zu erreichen. Der Franz-Josefs-Bahnhof ist zwar eine einzige Scheußlichkeit, und im Moment noch dazu eine Baustelle, aber er ist auch eine Erinnerung an eine Zeit, da Teile der Ukraine, Galizien und die Bukowina, zur Habsburgermonarchie, also »zu uns gehört haben«, wie das heute oft so locker dahingesagt wird. Das hatte hauptsächlich strategische Gründe, aber die Folge war doch eine starke westliche Prägung, die heute noch spürbar ist. Das konnte ich vor ein paar Jahren auf einer Reise nach Lwiw/Lemberg selbst feststellen.

Also fahre ich zur Friedensbrücke, das gibt mir ein wenig Hoffnung, und gehe hinüber zum Franzlbahnhof, wie er im Volksmund heißt. Das Café Brioni vorn an der Ecke, ehemaliges Stammlokal von Heimito von Doderer, ist heute ein Koreaner. Allein das Franz-Josef-Stüberl verbreitet noch ein wenig Altwiener Flair. Der Bahnhof selbst wurde in der Gründerzeit als prunkvoller Verkehrspalast errichtet und mehrmals renoviert, bis die Bomben des Zweiten Weltkriegs sein Schicksal besiegelten. In den siebziger Jahren erfolgten sein endgültiger Abriss und seine sogenannte Überplattung. So hocken jetzt Büro- und Universitätsgebäude auf den Gleisen, der Bahnhof wurde, so wie heute allgemein üblich, zum Nebendarsteller degradiert.

Das kleine Portal wirkt wie ein Höhleneingang, drinnen im Halbdunkel wartet schon mein Zug auf einem der wenigen Gleise. Bürogebäude und Bahnhof werden gerade einer gründlichen Renovierung unterzogen, in der Bahnhofshöhle herrscht ohrenbetäubender Lärm. Wie in einem Bergwerk, denke ich mir. Dann fällt mir der Krieg ein, und plötzlich klingen die Presslufthämmer wie Maschinengewehrsalven.

Noch zehn Minuten bis zur Abfahrt, Platz ist genug im Doppelstockwagen. Ein wahrer Luxus heutzutage, so ein Kopfbahnhof, man kann es sich schon vorher gemütlich machen. Wenn nur nicht dieser Gefechtslärm da draußen wäre.

Zum Glück, es geht los. Aber es dauert, bis wir ins Licht hinauskommen. Erst nach der Station Spittelau ist es so weit. Rechts tauchen die Glaspaläste der österreichischen Meinungsmanufakturen in der Muthgasse auf, hier werden die sogenannten Kleinformate gefertigt, die in ihrer Gratisversion die U-Bahn-Stationen und ganz allgemein die Menschengehirne zumüllen.

Bahnhof Heiligenstadt. Nostalgie im Jugendstil, eine Dampflokomotive rostet in der Sonne vor sich hin. Baureihe 50, Schnellzuglok. Auf dem Nebenbahnsteig steigt eine Kindergruppe in eine alte S-Bahn-Garnitur ein, erste Klasse Volksschule, schätze ich. Die Lehrerinnen helfen den Kleinen über die Stufen hinauf, manche tun sich schwer. Da funkt wieder der Krieg herein. Werden dort, im Osten, bald Kinder in Züge verfrachtet werden, um sie in Sicherheit vor den Kämpfen zu bringen? Ach, ihr Heiligenstädter Kinder, ihr wisst ja gar nicht, wie gut ihr es habt.

Da, endlich die Donau. Wasser beruhigt. Und auch die wie eh und je um Kundschaft buhlenden Schilder der Gasthäuser tun gut: Käpt'n Otto, Donaufritzi, Flamingo. Schönes, normales Leben.

Die »Princess Sophie« ist in der Corona-Krise, schon seit zwei Jahren liegt sie in der Kuchelau vertäut an der Donaulände. Der Eigentümer ist in Konkurs gegangen, seither wartet die Prinzessin auf den Prinzen, der sie wachküsst. Geputzt wird sie laut Masseverwalter regelmäßig, und auch ihr Herz, der Motor, wird von Zeit zu Zeit gestartet, um den Kreislauf in Schwung zu bringen. Man kann schon ein wenig melancholisch werden, wenn man sie so träge im Wasser liegen sieht. Homeoffice ist nichts für Schiffe.

Klo'burg und Krido, pardon, Klosterneuburg und Kritzendorf ziehen vorbei, erste Radfahrer bevölkern den Donauradweg. Vorfrühlingserwachen. Der Zug fährt links auf der zweigleisigen Strecke, ein Relikt aus der Anfangszeit des Eisenbahnwesens in Österreich. Im Osten des Landes waren damals britische Eisenbahningenieure im Einsatz, und somit wurde der Linksverkehr obligat. Es dauert, in dieser Hinsicht sind West und Ost noch immer nicht ganz vereint. Aber meines Wissens ist die Franz-Josefs-Bahn die letzte Bastion des Brit-Tech in Österreich.

Höflein an der Donau. Wieso heißen so viele Orte Höflein, Betonung auf der zweiten Silbe? Geht es um einen kleinen Hof, also eigentlich Betonung auf der ersten Silbe, altdeutsch Hoevilin? Oder um einen Hof allein? Oder um das angeblich keltische Hovilin, das sich auch finden lässt und so viel wie »ein Hof im Tal« bedeutet? Die Herkunft von Ortsnamen lässt sich oft nicht eindeutig bestimmen, oder kann sich nach dem Auftauchen bisher unbekannter Quellen auch verändern. Die Geschichte ist, wie alle anderen Wissenschaften, die diese Bezeichnung verdienen, in Bewegung und nie im Besitz einer endgültigen Wahrheit. Das ist die Stärke der Wissenschaft, nicht ihre Schwäche. In der Schule, aber auch an der Universität habe ich davon nie etwas gehört.

Ein Feld mit den für den Spargelanbau typischen Zeilen aus kleinen Erdwällen, die mit Folien aus Kunststoff bedeckt sind. Bald werden die ersten Spitzen dieses wunderbaren Gemüses aus der Erde schauen und wie jedes Jahr eine kulinarisch besonders intensive Saison eröffnen. Sie endet traditionell am 24. Juni, dem sogenannten Johannistag. Ich kann mich nicht erinnern, in meinem Elternhaus je Spargel auch nur gesehen zu haben. Das war damals etwas für die oberen Zehntausend. Heute koche ich ihn mit Begeisterung in verschiedensten Varianten, auch wenn ich von den oberen Zehntausend vermutlich noch viel weiter weg bin als damals. Danke, es geht uns gut. Noch.

Wie heißt es doch in dem alten Hit von Jurmann/Rotter: *Die ganze Welt ist wie verhext. Veronika, der Spargel wächst.* Ja, es kommt der Frühling, es kommt eine schöne Zeit. Wirklich? Oder sollte es nicht vielmehr heißen: *Goodbye my friend it's hard to die, when all the birds are singing in the sky, now that the spring is in the air* wie in der bekannten Coverversion von Jacques Brels »Le Moribond«?

Ein Blick aufs Handy: Der Vormarsch der russischen Truppen geht unvermindert weiter. Ich habe nichts anderes erwartet.

Greifenstein, Zeiselmauer, Langenlebarn, Tulln: Das hatten wir schon, nur in umgekehrter Reihenfolge. Aber jetzt geht es hinüber über die Donau, auf einer eisernen Fachwerkbrücke wie aus dem Bilderbuch. Eigentlich sind es zwei Brücken, eine für die Bahn, eine für den Autoverkehr, die nebeneinander herlaufen. Sehr schön, so stelle ich mir die würdige Überquerung eines großen Stroms vor. Könnte auch der Dnjepr oder der Dnjestr sein. Vermutlich werden dort bald Brücken gesprengt, das bringen Kriege mit sich.

Der Wagram ist ein lang gestreckter Höhenzug nördlich der Donau, eigentlich eine Geländestufe, die an ihrer höchsten Stelle nur vierzig Meter hoch und doch von großer Wirkung ist. Zum einen ist alles, was auf ihr sitzt, weithin sichtbar, zum Beispiel jetzt die Kirche von Hausleiten am rechten Zugfenster. Zum anderen sind die nach Süden gerichteten Abhänge mit ihren Lössböden geradezu ideale Weißweinlagen, in die praktischerweise auch gleich die Keller für die Lagerung gegraben werden können, was noch dazu für pittoreske Kellergassen sorgt. Kleine Ursache, große Wirkung: Als klein gewachsener Mensch muss ich einfach von Zeit zu Zeit darauf hinweisen, auch wenn sich hinter dieser Binsenweisheit große Pferdefüße verbergen. Kleinwüchsige Diktatoren zum Beispiel.

Äcker, Wiesen, gerade noch im Winterschlaf, bald wird ihnen ein sattes Grün aufgehen. Da, zwei Kiebitze, leicht zu erkennen an ihrem torkelnden Balzflug. Sehr früh, denke ich mir, die sind eigentlich erst im März an der Reihe. Hat wohl auch etwas mit dem Klimawandel zu tun. Aber diesen schönen Vögeln mit ihrem extravaganten Haarschopf geht es schon seit längerer Zeit an den Kragen. Sie teilen ihr Schicksal mit anderen Bodenbrütern wie Feldlerchen, Schnepfen, Wachteln und Rebhühnern. Die intensive Landwirtschaft frisst ihren Lebensraum zusehends auf. Sogar die Raine zwischen den Feldern, früher oft letzte Zufluchtsorte, verschwinden immer mehr, fallen der Gier der Bauern zum Opfer.

Absdorf-Hippersdorf, das ist halt ein Name für einen Bahnknotenpunkt. Da blättert ja sogar von Attnang-Puchheim der Edelrost ab. Von da ab geht es unaufhaltsam bergauf, es sei denn, man steigt um, nach Krems oder nach Stockerau. Der Wagram wird auf einem Art Durchlass Richtung Norden mehr durch- als überquert, und bald stellt sich dieses sehr spezielle Weinviertel-Flair ein. Schwer zu sagen, was es eigentlich ausmacht. Die Weinberge, ja, das Auf und Ab der Hügel, ja, Dörfer, die immer unten, in den Senken liegen, ja, die Erdfarben, ja, die ruhigen Menschen, ja. Aber das Allerwichtigste an ihm ist, dass es sich nicht wichtigmacht, dass es sich nicht aufdrängt, dass es so ganz und gar ohne Ehrgeiz ist, das Weinviertel.

Ein paar schlagen immer aus der Art, der Ex-El-Ha zum Beispiel, der Erwin Pröll. Der wohnt da gleich um die Ecke von Ziersdorf, wo wir gerade anhalten, den monströsen Lagerhausturm mit dem Raiffeisen-Giebelkreuz im Blick. Wenn es so etwas wie ein schwarzes Kernland gibt, dann ist es Niederösterreich, und im Speziellen dieses Viertel hier unter dem Manhartsberg, wie es früher hieß. Es ist noch immer so etwas wie ein Geheimtipp unter Reisenden, ich sag es eh nicht weiter.

Dann lässt auf einmal der Wein aus, keine Rebstöcke mehr zu sehen. Woran das wohl liegt? Wahrscheinlich sind es die Böden, die müssen auch mitspielen, nicht nur das Klima. Ein paar Kilometer weiter nördlich geht es nämlich wieder los, herrliche Weinberge, so schöne Kellergassen, dass einem das Herz aufgeht.

Wir sind in Limberg und warten auf den Gegenzug. Die Station heißt Limberg-Maissau, Letzteres ist aber doch ein paar Kilometer entfernt. Dort gibt es reiche Vorkommen von Amethyst und ein eigenes Museum, das sich diesen Edelsteinen widmet. In Limberg springt vor allem die romanische Steinkirche ins Auge, die dem Ort ein wenig französisches Flair verleiht, zumindest bilde ich mir das ein. Sie liegt so, wie Kirchen liegen sollen, der Chor mit dem Altar Richtung Sonnenaufgang, also Auferstehung, der Haupteingang Richtung Sonnenuntergang. Man sagt, so eine Kirche ist geostet, schönes Wort. Mein Vater hat mir beigebracht, eine Wanderkarte mit dem Kompass einzunorden, das hatte wieder diesen seltsamen militärischen Beigeschmack.

Der Fahrdienstleiter tippt sich an seine rote Kappe, der Zug fährt an. In großem Bogen geht es nach rechts um den Ort herum, eine Geländestufe hinauf auf die nächste Ebene, auf die Platte des Manhartsbergs. Am Hang rechts von den Gleisen liegen die letzten Rebzeilen, das Weinviertel verabschiedet sich mit schöner, vornehmer Geste. Schon passieren wir die ersten dunklen Granitfelsen, die heitere Leichtigkeit des Weins ist vorbei. Ab jetzt wird Bier gebraut.

Eggenburg, stolzer Bahnhof, zwei Türmchen rechts und links am Gebäude, die Giebel den Gleisen zugewandt, als würden sie salutieren zur Begrüßung der Fahrgäste. Im Weiterfahren kommt die Stadt in den Blick. Sieht interessant aus, vor allem die eigenwillig konstruierte Kirche. Muss ich mir einmal anschauen. Das nächste Mal steige ich aus, sicher.

Braune Felder warten auf die Aussaat, die Linie einer Allee geht im rechten Winkel von den Gleisen ab. Zuerst Föhren, dann immer mehr Fichten und Tannen, die sich unter die Laubbäume mischen. Es ist verblüffend, wie schnell sich der Wechsel zum Waldviertel vollzieht. Damals, als ich mit einem guten Freund zu Fuß ans Meer gegangen bin, ist es mir ähnlich ergangen. Schon tief im ehemaligen Jugoslawien, und es war ewig nichts zu sehen und zu spüren von einer Mediterranità. Im Gegenteil, es sah aus und fühlte sich an wie im Waldviertel, bis kurz vor Rijeka auf wenigen Kilometern eine radikale Metamorphose vor sich ging. Der übliche Seufzer, »Ah, das Meer!«, war dann nur mehr eine Formalität.

Von rechts kommt ein Gleis herein, sicheres Vorzeichen eines nahenden Bahnknotenpunkts. Die Strecke nach Laa an der Thaya ist aber stillgelegt, eine andere, die von links aus Krems und Horn einmündet, wird noch befahren. Sigmundsherberg hat also seinen Status als Umsteigebahnhof behalten, wäre auch schade darum, bei dem prächtigen Bahnhof. Er hat nicht nur zwei Türmchen rechts und links wie der in Eggenburg, sondern auch einen, und zwar den höchsten, in der Mitte. Das macht schon was her, wie man so sagt.

Angeblich wurde Kaiser Sigismund hier gastfreundlich aufgenommen, als er sich bei strömendem Regen auf der Jagd verirrt hatte. 1389 soll das gewesen sein, allerdings wurde der Ort schon 1281 urkundlich erwähnt, als Simonsherberg. Aber wer sonnt sich nicht gerne in kaiserlichem Glanz? Sigismund, bekannt durch das Konzil von Konstanz und die Verbrennung von Jan Hus, war 1389 erst einundzwanzig Jahre alt und noch lange nicht römisch-deutscher Kaiser. Aber natürlich könnte er auch als König von Ungarn, der er damals war, auf der Jagd in einen Platzregen geraten sein.

Wie auch immer, heute frönt man in Sigmundsherberg der

Aufbewahrung von allem, was sich bewegt, oder vielmehr bewegt hat. Eisenbahnmuseum, Kraftfahrzeugmuseum, Motorradmuseum zeugen vom ungebrochenen Willen, eine Herberge zu sein.

Wieder Eintauchen in den Hochwald, mittendrinnen und doch fremd. Was sich die Tiere des Waldes wohl denken, wenn von Zeit zu Zeit dieses rot-weiße Ungetüm bei ihnen auftaucht? Haben sie sich daran gewöhnt, schauen sie ihm in sicherem Abstand nach?

Immer wieder Felder im Wald, wie Zimmer in einem großen Haus. Dann wieder nichts, kein Baum, der Horizont auf einer Hügelkuppe ganz nah, gleich darauf weit weg, großer Blick übers Land. Jetzt sind wir endgültig oben auf der Ebene, die mir nicht so flach zu sein scheint wie das Tiefland im Osten. Vielleicht liegt es daran, dass man zu spüren glaubt, auf einer Hochebene zu sein, auch ohne einen Höhenmesser. Oder liegt es am Licht, an den paar Hundert Metern, die man näher am Himmel ist? Irrationaler Schwachsinn. Hochebene bleibt Hochebene, und Tiefebene Tiefebene. Das muss man nicht erklären.

Weite Flächen, durchsetzt mit kleinen Baumgruppen, Hochstände, ein paar Windräder, Bildstöcke an den Straßen, Stromleitungen auf Holzmasten mit weißen Keramikisolatoren, zwei kreisende Bussarde. Es liegt eine große, stille Poesie über diesem Landstrich.

Bahnhof Göpfritz. Ein ganzer Wald ist mein Nachbar, geschnitten, geschält und auf Eisenbahnwaggons gepackt. Ein paar Minuten Stehzeit, wahrscheinlich Gegenzug, ich kann mich in die Struktur des Holzes vertiefen. Bei der Weiterfahrt schiebt sich ein Holzlagerplatz ins Blickfeld, riesig, dahinter Hallen, ein Sägewerk, vermute ich, genau ist es nicht zu erkennen. Ich muss an den Typus Sägewerksbesitzer denken, der in der österreichischen Nachkriegsliteratur immer wieder auftaucht: groß, dick, brutal, reich, Herrscher über ganze Talschaften, so will es das Klischee. Stimmt es?

Die Textur der Landschaft ist bezaubernd: hoch, nieder, Wiese, Feld, Wald, Bach, Fels, weit, nah, Weg, Straße, Dorf, Kirche, alles in wunderbar rhythmischer Abfolge. Da stürzt plötzlich, direkt von meinen Augen, ein großer Greif herab, öffnet die Flügel, spreizt die Fänge, landet auf dem Feld. Hat er sie erwischt, die Maus? Nein, friedlich ist sie nicht, die Natur.

Und schon ist der Krieg wieder im Kopf, ich hatte ihn schon vergessen. Am Bahnhof Allentsteig ist er sehr präsent, befindet sich hier doch der größte Truppenübungsplatz Österreichs. Er wurde gleich nach dem »Anschluss« Österreichs 1938 angelegt und diente der Wehrmacht als Spielwiese für den richtigen Krieg, der nicht lange auf sich warten ließ. Dafür wurden zweiundvierzig Ortschaften aufgegeben und sechstausendachthundert Menschen zwangsweise abgesiedelt, viele von ihnen nur dürftig oder gar nicht entschädigt.

Mein Vater hat immer wieder von Döllersheim gesprochen, ohne uns zu erklären, was er dort genau zu tun hatte. Es blieb immer hinter einer Art von Nebel und hatte irgendetwas mit seiner militärischen Karriere zu tun, in der er es bis zum Offizier gebracht hatte. Erst später habe ich entdeckt, dass dieser Truppenübungsplatz hier ursprünglich nach einer anderen Ortschaft, eben Döllersheim benannt wurde. Der Vater von Hitler wurde dort geboren.

Der Platz wurde nach Kriegsende vom Bundesheer übernommen und umbenannt. Er ist heute auch ein Rückzugsgebiet für viele seltene und bedrohte Vogelarten, unter anderem für den Wendehals.

In Schwarzenau ist rechts das Wasserschloss zu sehen, ein schöner Renaissancebau. Jetzt wird die Franz-Josefs-Bahn zur

Flussstrecke, genau zwei Stationen lang, bis Hirschbach, ist die Thaya eine sprudelnde Begleiterin, die Deutsche Thaya, um genau zu sein. Da ist nämlich auch noch die Mährische Thaya, die sich dann mit ihrer deutschen, eigentlich österreichischen Kollegin in Raabs auf einen gemeinsamen Lauf einigt. Einen Fluss entlangzufahren, ist immer ein besonderes Erlebnis, gerade wenn er noch so natürlich dahinmäandern darf wie die Thaya in diesem Abschnitt. Zumindest sieht es so aus. Wir wünschen uns doch immer die sogenannte unberührte Natur, aber indem wir in ihr herumfahren so wie gerade ich in meinem Zug, berühren wir sie doch, und das nicht zu wenig. Unberührte Natur ist die, die wir nie zu sehen bekommen.

In Vitis gibt es die Pizzeria Evita, in Pürbach das Waldviertler Hoftheater, beide schön vom rechten Zugfenster aus zu sehen. Hier ist Schrems nicht weit, bekannt für sein Hochmoor und ein exzellentes Bier, das ich immer dort trinke, wo es zu haben ist. Das ist nicht allzu oft.

Mein Zug setzt zum Schlusssprint an, die Landschaft liefert dazu eine würdige Kulisse. Wieder geht es durch den Wald, aber immer wieder blitzt zwischen den Stämmen Wasser auf. Das Land ist durchsetzt mit Teichen und kleinen Wasserläufen, kein Werk der Natur, wie man meinen möchte, sondern vom Menschen geschaffene Kulturlandschaft, vor allem zum Zweck der Fischzucht. Der Waldviertler Karpfen ist heute ein Begriff und erfreut sich gerade in den letzten Jahren wieder einer zunehmenden Wertschätzung, Stichwort Nachhaltigkeit. Ich mag vor allem den Geschmack und habe ihn schon lange im Repertoire meiner Gerichte, gedämpft als Wurzelkarpfen, serbisch mit Paprika und Knoblauch oder gebacken, goldgelb, wie könnte es anders sein, in Wien.

Gmünd, Endstation. Fast. Der Zug fährt noch weiter, hinüber nach České Velenice, ein paar Hundert Meter, lächerlich, sollte man meinen. Ja, seit dem Beitritt Tschechiens zur EU und zum Schengenraum herrscht wieder reger Austausch zwischen hüben und drüben in der geteilten Stadt. Dass das für lange Zeit nicht so war und das Gegenteil die Normalität, ist allgemein bekannt. Dass die Grenzziehung schon 1920 aufgrund der Verträge von Saint Germain und der damit verbundenen Gründung der Tschechoslowakei erfolgte, sollte für einen Historiker eigentlich klar sein, wird mir aber jetzt so richtig bewusst.

Also gut, ich steige aus und spaziere vielleicht später noch über die Grenze hinüber. Es schaut nicht gerade mondän aus hier, ein Supermarkt, gesichtslose Häuser. Keine Kirche, keine Burg, kein Schloss zu sehen. Auch sonst keine Indizien, wo das Zentrum sein könnte. Ich schaue nicht auf die Karte auf dem Handy, frage niemanden und gehe einfach los, in die für mich wahrscheinlichste Richtung. Auf einer Hausnummer lese ich Bahnhofstraße. Das ist gut, Bahnhofstraßen, Bahnstraßen, Bahngassen, Bahnwege führen oft vom Zentrum zum Bahnhof. Also muss es auch umgekehrt funktionieren, vom Bahnhof ins Zentrum.

Aber es dauert, Gmünd gibt sich verschlossen wie eine Auster. Es geht bergauf, noch immer nichts zu sehen von einer Altstadt. Eine Reihe von Zinshäusern, alte Frauen am Gehsteig, ein Mann auf dem Balkon einer praktisch ebenerdigen Wohnung direkt neben mir. Fast bin ich erschrocken. Dann bin ich oben, auf dem Scheitelpunkt der Straße. Ja, ich bin richtig, da unten ist die Kirche.

Sie sind in einem Hotel am Bahnhof abgestiegen, am Samstag, dem 14. August 1920. Es gab nur einen Bahnhof damals in Gmünd/Cmunt v Čechách, nämlich die heutige Endstation der Franz-Josefs-Bahn České Velenice. Also müssen sie einen anderen Weg genommen haben, als sie, Hand in Hand(?), Arm in Arm(?) oder nebeneinander her in die Stadt spaziert sind. Er, der deutschsprachige Prager, war aus Prag angereist, sie, die tschechischsprachige Pragerin, aus Wien. Dort hatten sie einander zum ersten Mal Ende Juli getroffen und ein baldiges Wiedersehen vereinbart, sozusagen auf halbem Weg.

Die äußeren Umstände waren geprägt von der gerade erfolgten Teilung der Stadt entlang des Laufes der Lainsitz. Der Bahnhof, obwohl jetzt in der Tschechoslowakei gelegen, gehörte formal noch zu Gmünd, also brauchte Franz Kafka ein Visum, Milena Jesenská hingegen war damit auf einer Inlandsreise und brauchte keine Papiere. Kafkaesk, könnte man sagen.

Als sie tags darauf wieder abreisten, war klar, dass ihre Liebe keine Zukunft hatte. Das frisch geschiedene Gmünd hatte ihnen traurige Gewissheit gebracht, dass die in ihren Briefen so innige Beziehung der Realität nicht standhalten würde. Der damals schon schwer kranke Kafka stirbt keine vier Jahre später in Klosterneuburg, die brillante Journalistin und Widerstandskämpferin Jesenská hilft nach 1939 verfolgten Menschen auf der Flucht, wird von der Gestapo mehrmals verhört und schließlich ins Frauenlager Ravensbrück gebracht. Dort stirbt sie 1944.

Ein grünes Schild mit der Aufschrift »Palmenhaus« weist nach links. Das schaue ich mir auf dem Rückweg an. Ein kleines Stück noch, dann bin ich auf dem Stadtplatz. Zwei Sgraffitohäuser sind ein erster Blickfang, eines davon mit Darstellungen von Szenen aus Ovids »Metamorphosen«. Solche Häuser gehören zum fixen Inventar der Plätze im Norden, im Mühl- und im Waldviertel, aber auch jenseits der Grenze in Tschechien. Meistens sind es nur ein, zwei Exemplare, ich frage mich warum. Und auch wie Stadtplätze aussehen würden, wenn dort ausschließlich Fassaden mit diesen Wandmalereien zu sehen wären. Vermutlich schrecklich. Gab es ein Gesetz, das diese frühen

Graffiti auf ein gewisses Flächenhöchstmaß beschränkte? Und wem war es erlaubt, sein Haus solcherart zu schmücken und damit aus der Menge hervorzutreten? Oder war die Anzahl einfach dadurch beschränkt, dass man sich so etwas leisten können musste, wie einen Ferrari oder einen Bentley?

Ungewöhnlich ist der Renaissancebau in der Mitte des Platzes, das Alte Rathaus, heute das Stadtmuseum. Ungewöhnlich, weil es noch immer steht. Eigentlich hätte es nach einem Gemeinderatsbeschluss in den fünfziger Jahren abgetragen werden und einem Parkplatz weichen müssen. Gut, dass es das Denkmalamt gibt, die Leute dort denken in größeren Zeiträumen. Da muss ich mir gleich einen Lottoschein kaufen, in dem Bau ist auch eine Trafik untergebracht.

Ungewöhnlich ist zudem, dass ich bei den paar Schritten, die ich bisher auf dem Platz gemacht habe, schon drei Fleischhauereien gesehen habe. Fakt, Fake oder Geschichte, ich kann es nicht überprüfen, es ist Mittagszeit. Egal, ob sie noch existieren oder nicht, auf dem Land haben die meisten Geschäfte um diese Zeit geschlossen.

Die öffentliche Toilette zum Glück nicht, und das ist ein doppeltes Glück, sonst hätte ich wohl kaum diesen Durchgang und die Reste der alten Stadtmauer entdeckt, ein Stückchen Ruinenromantik à la 19. Jahrhundert, aber echt, kein Fake.

Mein Chemielehrer am Gymnasium war eine Persönlichkeit, wie man so sagt. Er hat nicht nur mein Interesse für sein Fach geweckt, sondern durch seine häufigen Extempores über die Chemie hinaus seine Spuren hinterlassen. Einen seiner Ratschläge befolge ich bis heute. Ich glaube nicht, dass er besonders gläubig war, und gerade deswegen suche ich in Orten, die ich noch nicht kenne, immer die Kirche auf, wie er es uns empfohlen hatte. Kirchen würden viel über die Geschichte erzählen, also darüber, warum ein Ort so ist, wie er eben ist.

Natürlich drängen sich Kirchen durch ihre meist gut sichtbaren Türme geradezu auf, die Pfarrkirche zum heiligen Stefan gibt sich da vergleichsweise bescheiden, zumindest vom Stadtplatz aus gesehen. Auch aus der Nähe wirkt sie ziemlich nüchtern, leider ist das Tor verschlossen wie heutzutage bei vielen Kirchen auf dem Land. Das Plätzchen davor ist nach Clemens Holzmeister benannt, der die Pläne für eine Erweiterung lieferte. Ich lese auch, dass ein Pfarrer aus Gmünd in der Zwischenkriegszeit gleichzeitig Abgeordneter zum Nationalrat war. Das sagt ziemlich viel aus über die Verfasstheit der damaligen Gesellschaft, finde ich.

So, jetzt möchte ich zur Grenze, vielleicht finde ich drüben ein hostinec mit gutem tschechischem Bier. Auf einer Brücke geht es hinüber über die Lainsitz, idyllisches Flüsschen mit badenden Enten. Dahinter eine unförmige, hässliche Dachkonstruktion, das muss der Grenzübergang sein. Nicht viel los. Ein paar Autos herüber und hinüber, ich bin der einzige Fußgänger. Keine Kontrollen, ein paar Schritte und ich habe mein Land verlassen. So einfach, so normal, danke EU, danke Schengen. Wird P. genauso hinüberspazieren können, wenn er einmal so alt ist wie ich?

Im rechten Winkel nach links, so, jetzt kann ich sehen, wie die Straße weitergeht, leider. Da ist nichts, kein gemütliches Wirtshaus, wo ich mir ein velké pivo bestellen könnte. Da müsste ich schon ziemlich weit gehen, und dann ist vielleicht noch immer nichts. Nein, ich drehe um.

Wieder zurück in Österreich. Erst jetzt entdecke ich das Gleis einer Schmalspurbahn, ich gehe es ein Stück nach links entlang, da ist ein ziemlich auffälliger Bau, mit Turm, fast wie eine Kirche. Davor ein Plakat. Wirbt für die Ausstellung eines Fotokünstlers, am Gebäude ein großes Transparent, »die fabrik«, steht da. Das muss das Kulturzentrum sein, davon habe ich schon gehört. Ursprünglich ein Betrieb des Samuel Eisenberger, seines Zeichens Seidenfabrikant. Ob er wohl derjenige war, der im Wienerlied »D'Hausherrnsöhnl'n« besungen wird? *Wann von arbeiten g'redt wird, da kieg'n ma an Grant, denn unser Vater is' a Hausherr und a Seidenfabrikant,* so heißt es da. Wohl eher nicht, das Lied dürfte schon um 1880 geschrieben worden sein, die Fabrik wurde 1924 errichtet.

Jetzt wird es aber Zeit für eine Stärkung. Die Lust auf ein Bier ist verflogen, ich glaub', ich werde alt. Kaffee und Süßes werden mir immer lieber. Auf dem Platz finde ich das Café Pilz, schaut gut aus. Kellnerin mit tschechischem Akzent, den mag ich sehr. Hatte früher nicht den besten Ruf, das sogenannte Böhmakeln. Damals kursierten auch so schöne Sprüche wie: »Kommt in Böhmen ein Kind auf die Welt, wird es entweder ein Dieb oder ein Musikant.« Heute wäre nicht nur die Gastronomie in den Grenzregionen arm dran ohne die tatkräftige Unterstützung der »Böhmen«. Die dürfen, je nach Gegend, gerne auch aus Mähren, der Slowakei, Ungarn oder Slowenien kommen.

Kaffee und Krapfen, ein letztes Mal für dieses Jahr. Wir haben den Donnerstag vor dem Faschingsonntag, in normalen Jahren der Tag des Opernballs. Ich habe mir nie etwas aus ihm gemacht, heute würde ich ihn gerne eintauschen gegen den Krieg. Was wären das doch für schöne Bilder im Fernsehen gegen die, die mich am Abend erwarten.

Gleich um die Ecke liegt das Schloss, das am Anfang eine Burg war, wie viele andere Schlösser auch. Der Erbauer war Hadmar II. von Kuenring, jener Hadmar, der Richard Löwenherz gefangen nahm und nach dem heute ein sehr spezielles Bio-Bier aus der Bierwerkstatt Weitra benannt ist. Was mit dem erpressten Lösegeld geschah, wissen wir ja schon, was mit dem Bier passiert in der Regel auch. Bei mir hält es sich jedenfalls nicht lange im Kühlschrank.

Es ist viel zu warm für Ende Februar. Ich setze mich auf eine Bank im schönen Schlosspark und döse eine Weile in der Sonne. Ja, bald kommt die schönste Zeit im Jahr, aber so richtig freuen kann ich mich heute nicht darauf.

Zeit aufzubrechen, hinüber zur Bahnhofstraße. Das muss das Palmenhaus sein, da links. Ein klassizistisches Kleinod mit rechtwinkelig abgezirkelten Wegen davor, natürlich längst seiner Palmen und anderen exotischen Grünzeugs beraubt. Kann man mieten, für Hochzeiten, Kerzenlichtkonzerte und alles das, was sich heute Event nennt. Einfach Palmen schauen, atmen, sitzen, denken, das fällt nicht darunter.

Am Bahnhof drehe ich noch eine Runde. Da stehen die Garnituren der Waldviertelbahn in ihrer Remise und warten auf den Einsatz in der warmen Jahreszeit. Zwei sogenannte Äste der Schmalspurbahn gibt es, einen nach Groß Gerungs und einen nach Litschau. Touristische Nachnutzung nennt man das, was da heute noch läuft, normalerweise die letzte Phase, bevor die Gleise herausgerissen werden und aus der Strecke ein Radweg wird. Aber wer weiß, die Zeiten ändern sich schnell. Ich könnte mir eine würdigere Aufgabe für eine Bahn vorstellen, als an Wochenenden Gäste zum Zeitvertreib durch die Gegend zu kutschieren.

Aber mache ich denn etwas anderes, als mir meine Zeit mit Bahnfahren zu vertreiben? Besser, eine Bahn bleibt so erhalten als gar nicht, oder? Was sollte man denn sonst anfangen mit dem ganzen alten Kram, den eigentlich niemand mehr braucht, als ihn touristisch nachzunutzen? Den Dogenpalast, die Prokuratien in Venedig, die Uffizien in Florenz, die Festung in Salzburg, Schönbrunn in Wien, Versailles in Paris?

Es sind doch schon ein paar Menschen auf dem Bahnsteig. Die fahren nicht nur, weil ihnen nichts Besseres einfällt, das sieht man ihnen an. Ich schaue in Richtung des alten, des richtigen Bahnhofs, České Velenice. Da quert eine Straße die Schienen, noch fahren die Autos hin und her. Nach ein paar Minuten ist Schluss, der Schranken ist unten. Gleich darauf schiebt sich der Doppelstockzug herein, ziemlich imponierender Anblick in dieser kargen Umgebung. Früher hießen diese Garnituren »Wiesel«, seit Kurzem sind die meisten von ihnen umlackiert oder neu beklebt, mit »Cityjet«, was sonst. Es bleibt ein Rätsel, um welche Citys es sich auf dieser Strecke wohl handeln könnte. Hirschbach, Vitis, Göpfritz, Irnfritz, Hötzelsdorf-Geras? Egal, ich gönne ihnen gerne urbanes Lebensgefühl, wenn ihnen danach ist, dem Zug und seinen Fahrgästen.

Auf welcher Seite ist wohl Milena Jesenská gesessen, als sie wieder nach Wien zurückgefahren ist? Hat sie aus dem Fenster geschaut, gelesen, geschrieben? Gesehen hat sie vermutlich kaum anderes als ich, allzu viel kann sich in dem Jahrhundert seither nicht verändert haben in der Gegend.

Ich sitze auf derselben Seite wie auf der Hinfahrt, also jetzt links. Mir hat es da gefallen. Der Wald, die Teiche, die Thaya, Eggenburg, Limberg, der Wagram, der Wein. Es hat sich ein wenig eingetrübt, aber gerade so, als hätte man einen dünnen Schleier vor die Sonne gezogen. Es herrscht die milchige Unentschlossenheit vor dem Umschlagen des Wetters, morgen wird es kalt sein, da bin ich mir sicher, vielleicht gibt es sogar noch einmal Schnee.

Viel geschaut heute, viel gedacht. Die Bilder beginnen zu verschwimmen, eins ins andere, nur ein paar bleiben hängen. Ein Mann in einem Sulky von einem Pferd gezogen, wie beim Trabrennen in der Krieau, aber auf einem Feldweg am Fluss. Im oberen Stock eines Bahnhofsgebäudes eine rauchende junge Frau am Fenster. Erste Liebestollheiten auf dem Feld, Fasanen stellen ihren Hennen nach, Hasen hoppeln unruhig kreuz und quer. Ein vierschrötiger Fahrdienstleiter, breitbeinig dastehend, die Arme verschränkt. Ein paar Reihen weiter wird schon wieder telefoniert, zum Glück in einer fremden, slawischen Sprache. Ich verstehe nichts, das ist gut. So kann ich ein wenig schlafen.

INTERMEZZO: DIENSTREISEN

MÄNNLICHKEIT UND ANDERE STÖRFEUER

Natürlich bedeutet Bahnfahren für mich auch, notwendige Wege zu erledigen. Ich nenne solche Fahrten, die nicht allein dem Reisen selbst dienen, für mich der Einfachheit halber Dienstreisen, egal ob es sich um Besuche von Verwandten, Freunden oder Kollegen, Besorgungen aller Art, Anfahrten zum Sommer- oder Wintersport, zu Konzert- und Museumsbesuchen, oder tatsächlich um berufliche Engagements und Verpflichtungen handelt.

Auf solchen Fahrten bin ich eher geneigt, die Landschaft in die zweite Reihe zu stellen und mich, wie die meisten Fahrgäste auch, anderen Tätigkeiten zu widmen, also meiner Arbeit, einem Buch, einer Zeitung oder meinen Kopfhörern. Trotzdem ist mir ein guter Platz am Fenster in Fahrtrichtung auf der für die Strecke besten Seite genauso wichtig wie auf reinen Vergnügungsfahrten. So kann ich jede Dienstreise nach Belieben in eine Vergnügungsreise umwidmen, immer wieder für Minuten oder auch länger aus dem Fenster schauen, und anschließend wieder zu meiner Arbeit, Lektüre oder Musik zurückkehren. Bisweilen ergeben sich so geradezu magische Momente, wenn etwa der Blick hinaus eine eben gelesene Stelle perfekt zu illustrieren scheint oder Musik wie geschaffen für einen bestimmten Landstrich klingt.

Wenn ich mich so nach einer gewissen Fahrzeit schön langsam in mein eigenes Tun und Schauen eingesponnen habe, kann mich nicht allzu viel erschüttern. Keine Gesichter, auch nicht die besonders schönen, gescheiten, oder die besonders groben, einfältigen, keine Outfits, und mögen sie noch so geschmacklos sein, kein dümmliches Headbangen zu stummer Musik, keine barbarischen Essgewohnheiten, kein peinliches Herumgeschmuse. Sogar die Telefonierer klingen wie in Watte gebettet, es sei denn, ihre Stimmen sind von außergewöhnlich hoher Frequenz oder fallen sonstwie grob aus dem Rahmen.

Ja, und Kopfhörer, die so laut gedreht sind, dass ständig das Schlagzeug durchkommt, vor allem die Becken, die Hi-Hat, das Zischen, wenn man so will. Das bekomme ich einfach nicht aus dem Fokus, da kann ich machen, was ich will. Und jedes Mal muss ich dann mein eigenes Klagelied anstimmen über die Armut einer Musik, die einer ständigen Rasterung, einem unaufhörlich durchratternden Diktator unterworfen ist. Die prometheische Scham und die daraus folgende Anbetung der Maschine hat das Günther Anders genannt und damals den Jazz gemeint, womit er natürlich komplett danebenlag. Aber für einen Gutteil heutiger Musik liest sich das wie eine in Erfüllung gegangene Prophezeiung.

Dabei ärgert mich auch noch meine eigene Empfindlichkeit, eine beruflich bedingte Störung. Musik ist der größte Feind des Musikers, wenn sie ungefragt irgendwo kaum wahrnehmbar im Hintergrund läuft und sich dabei breitmacht wie ein Käse, der im Mund immer mehr wird.

Aber das ist alles nichts gegen Männergruppen mittleren Alters, die ihre reservierten Sitzplätze entern wie den Stammtisch in ihrem Dorfgasthaus, wie unlängst wieder geschehen im Railjet Express in den fernen Westen, am Bahnhof Meidling um halb acht in der Früh. Kaum sind die Plätze gefunden, besetzt, die Koffer verstaut, macht sich diese zart schweißige Stimmung breit, wie sie für einfache Männer in der zweiten Hälfte ihres Berufslebens und für pubertierende Mädchen so typisch ist. Eine dünnhäutige Aufgekratztheit, die in jedem noch so müden Sätzchen die geniale Pointe nicht nur wittert, sondern auch entdeckt und mit hysterischem Gelächter quittiert. Motto der Fahrt, wo immer sie auch hingeht und warum man sie auch macht: Lustig samma, sehr lustig werma.

Schon vor St. Pölten wird aus dem Speisewagen Bier geholt, der ist praktischerweise nebenan, das wurde natürlich bei der Reservierung bedacht. Kurz vor Salzburg hält man bei Runde drei und fragt sich, welcher See das da draußen wohl wäre. Einer, dessen Stimme ich selten höre und der noch nie gelacht hat, sagt leise: Wallersee. Dieser Mann bin ich. Dieser Mann wäre ich, wenn ich in dem Dorf wie sie alle aufgewachsen und nie von dort weggekommen wäre wie er, der gerade »Wallersee« gesagt hat.

Das ist es, was mich so hineinzieht in solche Männergruppen, auch wenn sie mich gar nichts angehen. Die Möglichkeit, dass ich einer von ihnen sein könnte, weil ich einmal einer von ihnen war, aber nie sein wollte. Weil ich nicht noch ein Bier haben wollte, aber eines wollen musste, um doch irgendwie dazuzugehören. Weil mich ihre Bohrmaschinen, Kärcher, Stichsägen, Flexe und alles, was sie damit in ihren Häusern anstellten, überhaupt nicht interessierten. Weil ich ihre Antworten auf alle möglichen Fragen viel zu simpel fand. Weil ich überhaupt nicht lachen konnte, wenn sie sich wie die Kinder zerkugelten. Dabei mochte ich die meisten von ihnen, das war wahrscheinlich überhaupt das Schlimmste.

Ich kann sie nicht sehen, aber hören. Nur einer geht hin und wieder vorbei mit einem Strauß Bierflaschen. Jetzt spielen sie Karten. »Weiter. Gang. Gespritzt. Bettler. Bauernschnapser. Zwanzig. Vierzig. Farbenringerl.« Ich habe es gehasst. Diese Wörter! Ich war ja so schlecht, habe immer alles verbockt. Ich konnte, ich wollte nicht spielen. Einem scheint es ähnlich zu ergehen. Sie sind nett zu ihm, mitleidig nett. Sicher der Wallersee-Sager. Sie fahren zu einem Fußballmatch nach Innsbruck, so viel ist klar. Mit Übernachtung, sonst hätten sie ja keine Koffer dabei. Da könnte, da sollte sich auch was anderes ergeben, zusätzlich, meine ich. Ich freue mich auf Innsbruck, dann bin ich wieder in meiner Blase. Aber so muss ich immer mit einem Ohr hinhören, wie bei einem verdammten Schlagzeug im Kopfhörer.

Hoffentlich kriegen sie alles, was sie wollen, was sie sich erwarten. Ich wünsche es ihnen, und ich wünsche es ihren Nachbarn bei der Heimfahrt. Weil Männer, die betrunken und frustriert von so einem Ausflug nach Hause fahren, habe ich schon erlebt.

Sie sind damals in St. Pölten eingestiegen und nach Linz zurückgefahren. Alte, böse, dumme, gefährliche Männer. Sie haben rüde die Reisenden, die auf ihren reservierten Plätzen saßen, vertrieben, darunter einen sogenannten Ausländer, einen jungen Mann mit feinen Zügen und einem Laptop auf dem Schoß. Es war, als ob sie sich gefreut hätten, endlich so ein Exemplar in die Finger zu kriegen, buchstäblich. Sie haben ihn nicht nur beschimpft, sondern gestoßen, regelrecht weggerempelt. »Was ist denn los?«, habe ich damals gesagt. Viel zu wenig, ich weiß, das geht mir noch heute im Kopf herum.

Meine Innsbruckfahrer von heute, wären die dazu fähig, auf der Rückreise? Angenommen ihr Verein verliert und das Zusatzprogramm läuft auch nicht nach Wunsch. Ich kann es mir nicht vorstellen, das sind keine schlechten Burschen. Alles Familienväter, mit fast erwachsenen Kindern, nehme ich an. Die tun so etwas nicht, denke ich mir. Aber ich weiß es nicht. Wissen sie es?

Auf der Rückfahrt werde ich entschädigt in puncto Männergruppen. In Bludenz steigen drei Skitourengeher nach getaner

Arbeit ein. Alle um die vierzig, gestandene Mannsbilder aus dem Pinzgau und dem Pongau, wie ich später erfahre. Sie fragen höflich, ob die drei Plätze bei mir noch frei sind, und ob es mich auch wirklich nicht stört, wenn sie sich hersetzen. Sie besprechen, analysieren ihre Touren vom Wochenende, nicht ohne Stolz, aber ohne Angeberei. Sie fragen mich, ob ich etwas dagegen hätte, wenn sie ein Bier trinken, ob mich der Geruch nicht belästigt. Sie sind keine Intellektuellen, normale Männer vom Land mit normalen Berufen. Sie reden dahin in ihren Dialekten, ein wenig auch mit mir, entspannt, aber auch mit Emotionen, wenn es um Privates geht. Kein blödes Gekudere, keine Gockeleien. Ist das die neue österreichische Männergeneration? Ich würde es gerne glauben, ich habe mich schon oft genug geschämt für meine Geschlechtsgenossen.

ENDSTATION PRELLBOCK

LEOBERSDORF–WEISSENBACH-NEUHAUS–BERNDORF

Ich kann mich nicht erinnern, je einen Zug verpasst zu haben. Auch sonst komme ich nie zu spät, sondern, im Gegenteil, so gut wie immer zu früh. Das zwingt mich meistens zu einer Ehrenrunde am Ort der Verabredung, um mich nicht der Unhöflichkeit des zu frühen Erscheinens schuldig zu machen. Aus diesem Grund sind mir Gasthäuser als Treffpunkte lieber als Wohnungen, dort fällt einem das Warten vor allem in der kalten Jahreszeit leichter. Andererseits habe ich bei meinen Verlegenheitsrunden in mir unbekannten Wohngegenden auch schon Dinge entdeckt, die mir nie aufgefallen wären, wenn ich pünktlich oder zu spät gekommen wäre.

Das Zufrühkommen wurde mir schon in Kindheitstagen gründlich antrainiert. Für die Strecke von meinem Elternhaus zum Bahnhof in Attnang-Puchheim brauchte man zu Fuß eine knappe Viertelstunde. Wir haben das Haus allerdings immer schon eine halbe Stunde vor Abfahrt des Zuges verlassen, ja verlassen müssen. Es hätte ja sein können, dass wir an den Bahnschranken, die wir zwangsläufig passieren mussten, aufgehalten würden. Und das konnte, wie schon einmal gesagt, seine Zeit dauern. Trotzdem kamen wir so gut wie immer viel zu früh, sodass das Warten auf dem Bahnhof zu einem essenziellen Bestandteil meiner Kindheit wurde.

Heute habe ich es tatsächlich geschafft, meinen Zug zu verpassen. Nach dem ersten Ärger macht es mich fast ein wenig stolz, endlich den lebenslangen Zwang zur Überpünktlichkeit wenigstens einmal überwunden zu haben. Schließlich ist es ja nur ein Zug, den ich versetzt habe, bei Menschen würde ich mir das nicht verzeihen. Zuspätkommen ist für mich pure Respektlosigkeit, die ich, wenn ich sie selbst erleide, auch Freunden schwer nachsehen kann.

Kein Problem, nehme ich halt den nächsten. Die Südbahnstrecke ist dicht besiedelt mit Zügen aller Art. Ich muss nur aufpassen, dass ich einen erwische, der in Leobersdorf hält. Dort will ich nämlich umsteigen. Was ich allerdings nicht bedacht habe, sind die längeren Intervalle der Regionalzüge, die von dort abfahren. Also bin ich erst recht wieder zum Warten verurteilt, was mich aber nicht weiter stört. Warten ist ein Teil jeder Reise, die diesen Namen verdient. Wer nicht warten kann, sollte das Reisen sein lassen.

Warten beim Zahnarzt, im Krankenhaus, auf Hilfe bei Unfällen, im Krieg, Warten auf Regen, auf das Ende eines Feuers, eines Vulkanausbruchs, Warten kann schrecklich sein, zermürbend, vernichtend, wenn das, was erwartet wird, Schmerz und Unheil verheißt oder nicht und nicht kommen will. Warten auf Reisen hingegen sollte man annehmen, als willkommene Auszeit, als Innehalten, als Gelegenheit, Erlebtes zu verarbeiten, sich auf Zukünftiges einzustellen. Oder einfach als ein Angebot, sich näher mit dem Ort des Wartens, seinen Menschen, Tieren, Pflanzen, Gebäuden zu beschäftigen.

Von der sogenannten Wirtschaft wird Warten als Gelegenheit zur Verführung gesehen, Verführung zum Konsum in den Läden, Bars, Imbissstuben auf Flughäfen und Bahnhöfen. Die früher allgegenwärtigen Wartesäle gibt es kaum mehr, aus gutem Grund, wie man sich denken kann. Auch mit sonstigen Sitzgelegenheiten wird gegeizt, wer will schon Obdachlosen und anderen Problembären ein Angebot machen.

Auf dem Bahnhof in Leobersdorf lässt es sich noch richtig warten, völlig unbehelligt von den Sirenen des Konsums. Ich sitze direkt auf dem Bahnsteig in der Vormittagssonne auf einer dieser unwirtlichen Eisenbänke mit Sitzgitter, die ich im Winter fröstelnd meide. Ich weiß nicht, was sich die Bundesbahnen dabei gedacht haben, etwa, dass die Fahrgäste ihre eigenen Sitzpölster mitführen, um sich hier halbwegs schmerzfrei und nierenschonend niederlassen zu können?

Nun, es ist einer der ersten wirklich warmen Frühlingstage, da verliert die metallische Bank ihren Schrecken. Vier Gleise liegen vor mir, dann wieder ein Bahnsteig. Auf den zwei Gleisen in der Mitte rauscht alle paar Minuten ein Zug durch, sodass die ältere Dame, die genau mir gegenüber auf dem anderen Bahnsteig sitzt, immer wieder hinter einer Wand aus Waggons, Fahrtwind und Lärm verschwindet. Ist der Zug durch, herrscht wieder Stille, durchsetzt mit ein wenig Vogelgezwitscher.

Ich komme mir vor wie die Kamera in Michael Hanekes »Caché«, die minutenlang in einer einzigen Einstellung verharrt. Der Eingang eines Hauses in Paris: hin und wieder ein Passant, ein Auto, sonst nichts. Oder der Hof eines Bauernhauses: pickende, scharrende, gackernde Hühner, sonst nichts. Plötzlich ein Auto, in dem ein schreiendes Kind verschwindet, dann wieder nichts, lange nichts, außer die Hühner natürlich.

Die Dame vor mir im Sonnenlicht, sie schaut in meine Richtung. Kostüm, Hut, Sonnenbrille, die Beine in Pumps, parallel auf den Boden gestellt. Ein Zug, Dame weg. Zug weg, Dame wieder da, völlig unverändert. Sie bewegt sich offenbar überhaupt nicht. Wieder ein Zug. Sie sitzt immer noch genauso da wie vorher. Lebt sie überhaupt? Was, wenn sie nach dem nächsten Zug nicht mehr da wäre? Hätte sie jemand hinuntergestoßen oder weggezerrt? Hätte ich das nicht sehen müssen?

Gottlob, sie sitzt da wie immer. Aber für mich wird die Szenerie immer unwirklicher, filmischer. Aha, sie hat eine Zeitung ausgepackt. Sie lebt, so viel ist sicher. Wieder ein Zug. Mein Handy vibriert. Ich erwarte eine Nachricht, schaue nach. Ich lese, schreibe zurück, Handy zurück in die Hosentasche. Wieder ein Zug. Sie ist weg. Herzklopfen, das gibt es ja nicht. Ich suche mit den Augen den Bahnsteig ab. Nach links hinab bis zum Ende, nach rechts, wo die Überdachung beginnt, weiter zum Abgang in die Unterführung, noch weiter. Da ist sie, vertritt sich einfach die Beine. Na so was, da bin ich aber beruhigt.

In der Ferne, gerade noch hörbar, eine Feuerwehrsirene. Dreimal auf und ab, das bedeutet Einsatz. Heutzutage eher ein Verkehrsunfall als eine Feuersbrunst. Die Südautobahn ist nicht allzu weit entfernt, das fällt mir ein. Ich möchte nicht hinmüssen. Alles Gute, Leute.

Mein Zug ist da, wieder ein schnurrendes Dieselkätzchen der Reihe 5047. Noch fünf Minuten, ich steige ein, setze mich in Fahrtrichtung rechts. Keine Ahnung, was mich erwartet, ich kenne die Strecke nicht. Auf dem Bahnhofvorplatz eine Bank, selbe Bauart wie die meine gerade eben. Ein Mann steuert auf sie zu, setzt sich hin und packt seine Jause aus. Langsam, vorsichtig, um nur ja nichts zu zerstören. Als das gute Ding, eine Art gefülltes Weckerl, in seiner ganzen Pracht vor ihm liegt, hält er inne, schaut es an und atmet mit einem Lächeln im Gesicht einmal tief durch. Pure Vorfreude auf den kommenden Genuss.

Das schon bekannte Aufheulen der Maschine aus der Tiefe, dann geht es los, mit leichtem Wackeln die Kurve nach rechts und dann Richtung Westen. Erste Station Wittmannsdorf, mit Fahrdienstleiter. Das ist hier kein Job mit Burnout-Gefahr. Blühende Forsythien, ein mächtiger Handy-Funkturm, Sträucher mit weißen Knospen. Schlechte Sicht heute, ganz diesig. Eigentlich müsste man von hier aus den Schneeberg sehen, aber der Dunst verschleiert schon den nächstgelegenen Hügel. Ein stattlicher Fluss, eingerahmt von zwei Reihen Säulenpappeln. Das muss die Triesting sein.

Enzesfeld-Lindabrunn, der zweite Name sagt mir etwas. Nach ein wenig Grübeln in den Windungen der Erinnerung taucht Leopold Stastny auf, Trainer der österreichischen Fußball-Nationalmannschaft vor Jahrzehnten, in meiner Gymnasialzeit, schätze ich. Da kamen vor den Länderspielen im Fernsehen immer Berichte vom Trainingslager mit ein paar Interviews. Wichtige Spieler und natürlich der Trainer. Er war eine markante Erscheinung. Schlohweißes Haar, Adlernase, slowakischer Akzent, staubtrockene Sätze, bisweilen durchsetzt mit hintergründigem Humor. Trainiert wurde, wenn ich mich recht erinnere, hier, in Lindabrunn. Daher kenne ich den Namen. Jetzt bin ich das erste Mal da, und gleich wieder weg.

In Hirtenberg beginnt dann das Triestingtal, mit Abhängen links und rechts, so, wie man sich ein Tal halt vorstellt. Es ist eines von mehreren Tälern, die von West nach Ost ins Wiener Becken laufen, und wird gern mit dem ähnlich klingenden Piestingtal verwechselt, das parallel dazu im Süden verläuft. Die Piesting fließt schon durch die Voralpen, hier an der Triesting sind wir gerade noch im Wienerwald, in seiner südlichen Variante. Die hat mit ihren schroffen Kalkfelsen und den mediterran wirkenden und auch genauso duftenden Kiefernwäldern einen ganz anderen Charakter als ihr nordwestliches, mit Buchen und Eichen bewachsenes Pendant. Es gibt Leute, die mögen nur eines von beiden, nur den Süden oder nur den Westen. Ich freue mich über die Abwechslung und kann beiden etwas abgewinnen. Der Süden ist, oh Wunder, hell, heiter, der Norden und der Westen dunkel und nachdenklich. So will es das Klischee, so ist aber auch der ganz reale Wienerwald. Ein Mikrokosmos, Pars pro Toto.

Hirtenberg verbinde ich mit Waffen, vermutlich Reste aus dem Geografieunterricht. Ich muss nachschlagen. Ja natürlich, die Patronenfabrik, mit unrühmlicher Zwangsarbeitervergangenheit im Dritten Reich. Hätte ich mir denken können, habe ich aber nicht gewusst. Den Betrieb gibt es noch, produziert werden hauptsächlich Komponenten für die Autoindustrie.

Die Bahn schlängelt sich anmutig dahin wie ein Bächlein, einmal eingerahmt von Felsen, dann am Rand eines Föhrenwäldchens. Das hölzerne, grün gestrichene Häuschen der Haltestelle St. Veit grüßt aus längst versunkenen Eisenbahnzeiten, der separat stehende Toilettenpavillon kennt keine Damen, HERREN und FRAUEN steht da. Ein Zeitzeuge für die einst völlige Selbstverständlichkeit der Ungleichbehandlung der Geschlechter. Sehr lehrreich, bitte nicht entfernen.

Eine Siedlung mit Einfamilienhäusern, mittendrin ein Felsen. Den kann nur ein früherer Gletscher hierhertransportiert haben, denke ich mir. Eine Gruppe von Wohnwagen rund um einen Teich, sogenannte Dauercamper, nehme ich an. Freiheit für den kleinen Mann, etwas trister Anblick am Ende des Winters.

Haltestelle Berndorf-Fabrik. Großes Industrietheater. Moderne Fertigungshallen neben alten Schornsteinen und Backsteinarchitektur. Das Triestingtal ist Teil des Industrieviertels von Niederösterreich, das ist nicht zu leugnen. Dann Berndorf-Stadt, die hebe ich mir für die Rückfahrt auf. Jetzt will ich einmal bis zur Endstation, das ist nicht mehr weit.

Ausgedehnte Kleingartensiedlungen entlang des Gleises, wahrscheinlich für Beschäftigte der Bundesbahnen. Hin und wieder Trauerweiden, hängendes zartes Grün, erste Botschafterinnen des Frühlings. Dann wieder alte Industrie in Pottenstein, und ein Fußballplatz direkt am Bahnhof. Auch hier könnte man ein Match vom Zug aus verfolgen, nicht nur in

Bad Ischl, das ich bisher diesbezüglich für einzigartig gehalten habe.

Unglaublich, was sich kurz danach abspielt. Für Minuten fahren wir an einer riesigen Baustelle entlang, Bagger, Lastkraftwagen, ein schier endlos scheinender Damm. Ich denke an ein Wasserkraftwerk. Aber lohnt sich das, in dieser Dimension, an der schmalen Triesting?

Hochwasserschutz, das ist es, wie ich später erfahre. Die Gegend heißt Fahrafeld und ist aufgrund ihrer Breite und Menschenleere im sonst recht engen Tal prädestiniert dafür. Hier entsteht ein sogenanntes Rückhaltebecken, um die Wassermassen aufzufangen und dosiert weiter talwärts zu schicken. Das soll die immer wiederkehrenden Katastrophen nach starken Regenfällen verhindern. Möge die Übung gelingen, der Aufwand dafür ist gigantisch.

Eine Rückhalteaktion der anderen Art ist vor ein paar Jahren der Triestingtalbahn widerfahren und hat ihr den partiellen Garaus gemacht. Sie führte bis 2004 über den Gerichtsberg weiter über Kaumberg nach Hainfeld, und dann über die noch existierende Strecke nach Traisen und St. Pölten. Sie war somit eine wichtige Verbindung vom Süden in den Westen von Niederösterreich. Heute endet sie in Weissenbach-Neuhaus, nur neunzehn Kilometer, nachdem sie in Leobersdorf begonnen hat.

Genau dort steige ich jetzt aus. Es bleibt mir nichts anderes übrig, Endstation. Am meisten interessiert mich das wirkliche Ende, was dort ist, wie es ausschaut. Also gehe ich das Gleis in Fahrtrichtung einfach weiter, nachdem ich ausgestiegen bin. Es ist ganz nahe und schockierend simpel: einfach ein Prellbock und dann nichts mehr. Also fast nichts, um genau zu sein. Die Schienen samt Schwellen, sozusagen das Herz der Trasse, sind weg, einfach herausgerissen. Das schmerzt den Bahnfahrer, umso mehr, als das Schotterbett noch da ist. Man hat die

Leiche weggebracht, wohin auch immer, das Totenbett einfach dagelassen. Warum? Zu viel Arbeit, zu teuer? Die Schienen bringen vermutlich Geld, der Schotter wohl kaum.

Gleich nach dem Prellbock steht ein Schild. Eigentumsgrenze: Pfeil nach rechts, also in Richtung der noch existierenden Strecke: ÖBB. Pfeil nach links, in Richtung der aufgelassenen Strecke: NÖVOG, also Niederösterreichische Verkehrsorganisationsgesellschaft. Man kann das als eine Art Entschuldigung der ÖBB lesen: »Tut uns leid, aber damit haben wir nichts mehr zu tun.« Allerdings waren es die ÖBB, die 2004 den Betrieb zwischen Weissenbach und Hainfeld eingestellt haben. Die Trasse wurde dann 2010 von der NÖVOG erworben und aufgelassen, was so viel heißt wie »Rübe ab«, also weg mit Schwellen und Schienen. Auf meine Anfrage hin heißt es, dass eingestellte Strecken laut Eisenbahngesetz aufgelassen werden müssen. Demontage nach Vorschrift, wenn man so will.

Das Ergebnis tut weh und wirkt ein Stück nach dem Prellbock wie ein unfreiwilliges Kunstprojekt. Da steht eine noch komplett intakt wirkende Fachwerkbrücke über die Triesting, mit Schotterbett, ohne Gleis, versperrt mit einem Metallgeländer. Betreten verboten. »Ende einer Dienstfahrt« fällt mir ein, in meiner Jugend eine recht populäre Erzählung von Heinrich Böll.

Trasse, Nebenflächen und Gebäude wurden übrigens längst wieder weiterverkauft, zur Nachnutzung, wie es seitens der NÖVOG heißt. Wie wäre es mit einer Nachnutzung als Eisenbahn?

Ich gehe weiter Richtung Westen, passiere den Zusammenfluss von Further Bach und Triesting, dann die Firma Starlinger, einen Betrieb für Kunststoff-Recycling, einen Kinderspielplatz und habe den Ort bald hinter mir gelassen. Ein hübscher Weg in der warmen Frühlingssonne, Mütter mit Kinderwagen beim Vormittagstratsch. Rechts die Triesting, munter dahinglucksend, nach einem staubtrockenen März auf Niedrigstwasser, aber immerhin am Leben. Links das tote Schotterband der ehemaligen Bahnlinie, dahinter, weit oben am Waldrand, offenbar der Friedhof von Weissenbach, den schau ich mir an.

Selten so eine schöne Lage gesehen, ein Bergfriedhof weitab der Kirche im Ortszentrum, mitten in der gerade erwachenden Natur. Unwillkürlich kommt mir der Satz »Da möchte ich gerne einmal liegen« in den Sinn, den ich mir selbst gleich wieder ausrede. »Wenn du da zu liegen kommst, bist du nicht mehr ich«, sage ich mir, und was soll dann schon die schöne Lage? Aber als lebendiger Besucher gefällt es mir schon hier. Sehr sogar.

Seltsam, diese Gedenktafel, ein Kriegerdenkmal der anderen Art: *Freund und Feind hat der Tod vereint. Im stillen Gedenken an die in den Apriltagen des Jahres 1945 gefallenen Soldaten und Zivilpersonen. 25 Soldaten der Waffen SS. 14 Soldaten der Roten Armee. 8 Zivilpersonen.* Das ist sicher gut gemeint, aber dass damit die Waffen-SS zum Freund erklärt wird, haben die Verfasser ganz offenbar nicht bedacht. Oder doch?

Ich spaziere hinunter ins Ortszentrum. Die hübsche Kirche steht leicht erhöht, daneben die Schule und das Heimatmuseum Triestingtal. Bergdorf-Idylle, würde ich sagen, da bin ich nicht der Erste. Weissenbach wurde schon früh für den Tourismus entdeckt und genutzt, mit durchaus prominenten Sommergästen aus der Wiener Kulturszene. So heißt es in Thomas Bernhards »Heldenplatz«: »Neuhaus ist ja viel schöner als Baden.«

Auf den Stufen zur Schule hinunter sitzt ein Priester in Soutane, wahrscheinlich der Ortspfarrer. Auch ihn hat es erwischt. Er ist völlig vertieft in sein Handy, registriert mich nicht einmal, als ich ganz nah an ihm vorbeigehe. Männer seiner Zunft haben doch immer einen frommen Gruß auf ihren Lippen, gerade beim Anblick von Fremden, also potenziell neuen Schäfchen. Aber er ist ganz in Beschlag genommen. Von einer neuen Enzyklika? Vom *Osservatore Romano?*

Ich mache mich auf den Weg zurück. Ah, der Zug steht schon da, das sehe ich von Weitem. Klar, Prellbock, Kopfbahnhof, da kann ich schon vorher einsteigen und mir ein hübsches Plätzchen suchen. Auswahl gibt es genug, nicht viel los. Ein paar Schulkinder, es ist früher Nachmittag, und Wanderer mit Rucksäcken und festem Schuhwerk, in fortgeschrittenem Alter, versteht sich, es ist ein ganz normaler Wochentag.

Zwei Stationen und gerade einmal neun Minuten dauert es, dann bin ich zurück in Berndorf-Stadt. Die Station heißt völlig zu Recht so, sie ist wirklich mitten in der Stadt. Das ist selten, die Bahn war früher eine wahre Dreckschleuder und machte meist einen weiten Bogen um die Wohngebiete. Aber die Frequenz der Züge war hier vermutlich nie besonders hoch, die Strecke nur eingleisig und an dieser Stelle sicher ohne Verschubverkehr. Außerdem galt die Gegend durch die hier ansässige Industrie ohnehin nicht gerade als Luftkurort, da kam es auf die paar Dampflokomotiven auch nicht mehr an.

In Berndorf will man hinauf, wenn man noch nie da war. Da steht, nicht zu übersehen, eine imposante Kirche, ein wenig so wie Sacré-Cœur auf dem Montmartre in Paris. Kleiner natürlich, auch nicht so strahlend weiß, sondern schön österreichisch in Gelb mit Grünspan auf der Kuppel eifert sie ihrem großen Vorbild, dem römischen Petersdom, nach. Ihr Errichter war in gewisser Weise eine Art säkularer Papst, nämlich der Industrielle Arthur Krupp, ohne dessen Unternehmen die Geschichte Berndorfs wohl einen anderen Verlauf genommen hätte.

Rund um die Kirche, die zu Ehren seiner Frau der heiligen Margarethe geweiht ist, gruppiert sich ein bemerkenswertes Ensemble aus Wohn- und Zweckbauten. Weithin bekannt und oft besucht sind die Schulen mit ihren sogenannten Stilklassen. Die Bildung der Arbeiterschaft war Krupp ein wichtiges Anliegen, unter anderem auch die Begegnung mit verschiedenen Kulturen. Da die Kinder diese in der Regel durch Reisen nicht direkt kennenlernen konnten, sollten sie wenigstens in der Schule mit ihnen in Berührung kommen. Da gibt es Lehrzimmer mit Einrichtungen aus den verschiedensten Epochen und Weltgegenden. Ein ägyptisches, ein maurisches, ein romanisches, ein byzantinisches Klassenzimmer, um nur einige von ihnen zu nennen. Die sind noch immer in Verwendung, man müsste die Kinder fragen, was sie davon halten, heute, wo es Fernsehen, Instagram und Co. gibt. Ein paar von ihnen lungern vor der Schule herum, aber ich möchte nicht aufdringlich sein.

Die Straße, die von der Kirche wie ein Miniatur-Boulevard den Berg hinunterläuft, wird gesäumt von hübschen Fachwerkhäusern für die höheren Angestellten des ursprünglich für Essbestecke bekannten Weltkonzerns. Für die Arbeiter wurden ganze Stadtviertel auf Kosten des Unternehmens errichtet, schließlich waren hier bis zu sechstausend Leute beschäftigt. Arthur Krupp war also das, was man gerne einen sozial gesinnten Industriellen bezeichnet, und das durchaus zu Recht. Gleichzeitig diente sein Engagement natürlich auch der eigenen Inszenierung, was in Berndorf bis heute nicht zu übersehen ist. Und eine Selbstermächtigung der Arbeiterschaft kam natürlich nicht infrage, zugelassen wurden nicht die roten, sondern nur die sogenannten gelben Gewerkschaften, die konsensorientiert auf Kampfmaßnahmen prinzipiell verzichteten.

Die Verstrickungen des deutschen Krupp-Konzerns, insbesondere der Familie von Alfried Krupp von Bohlen und Halbach in den Nationalsozialismus sind belegt und endeten in Verurteilungen durch das Nationale Nürnberger Militärtribunal.

Arthur, der österreichische Krupp, starb 1938 kurz nach dem »Anschluss«. Daraufhin wurde seine Firma dem deutschen Konzern eingegliedert und Teil der Rüstungsindustrie. Der Nachfolgebetrieb, die verstaatlichte Ranshofen-Berndorf AG wurde 1988 privatisiert, heißt heute Berndorf AG und ist nach wie vor ein wichtiger Arbeitgeber im Triestingtal. Vorstandsvorsitzender ist der bisher einzige Österreicher im Weltall, der sogenannte Austronaut Franz Viehböck.

Ich lasse mich wieder hinuntertreiben vom Berndorfer Montmartre. Auf dem längst geschlossenen und langsam verfallenden »Kino mit Biss« steht in bereits verblassender Sprayfarbe mehrmals »UÇK = NATO«. Ja, ganz falsch ist das nicht, der Einsatz der NATO hat tatsächlich der kosovarischen Befreiungsarmee geholfen, damals im Kosovokrieg. Der ist mehr als zwanzig Jahre her. Steht das schon so lange da? Und sollte es eine Art Beschuldigung, eine Anklage von Serben sein, oder eine Feststellung, eine Art Bestemm von Kosovo-Albanern? Jedenfalls hat es der damalige Krieg bis nach Berndorf geschafft, als Botschaft eines unbekannten Sprayers.

Einen Tisch gibt es, der noch in der Sonne liegt, im Schanigarten der Konditorei Stangl. Der Fasching ist endgültig vorbei, kalendarisch wie politisch. Es gibt wieder Krieg in Europa, und der ist weitaus gefährlicher als der, von dem an der Kinoruine die Rede war. Also kein Krapfen mehr. Topfenstrudel, und eine Melange, wie immer. »Ich habe mir erlaubt, den Strudel ein wenig zu wärmen«, sagt die Kellnerin beim Servieren. »Gute Idee«, sage ich. Stimmt, schmeckt köstlich.

Es ist so schön, und ich habe noch Zeit. Über die Gleise und die Triesting geht es hinüber zum Theater. Ja, Berndorf hat ein Stadttheater, ein ziemlich hübsches sogar, und ein ziemlich besonderes. Es war das erste Theater in der k. u. k. Monarchie in einer Arbeiterstadt. Theater für Arbeiter, auch das gehörte zum Programm des Arthur Krupp. Und weil er auf gutem Fuß mit dem Kaiser stand und den Titel eines Hoflieferanten führte, durfte es sich Kaiser-Franz-Joseph-Theater nennen. Es wird noch heute bespielt, hauptsächlich mit Kabarett und Boulevard.

Rund um das Theater und die benachbarte Kirche Maria Himmelfahrt liegt ein Park. Ich setze mich auf eine Bank in der Sonne, schaue auf die Triesting und den genau gegenüberliegenden Bahnhof. Perfekter Platz zum Warten auf den Zug. Eine Amsel singt, mitten am Nachmittag, das gibt es nur im Frühling. Und im Sommer, wenn ein Gewitter aufzieht.

Der Bahnschranken geht zu, mit akustischer Begleitung. Dhüng, dhüng, dhüng, dhüng, Tempo sechzig Schläge pro Minute, quasi Herzschlag. Wäre ich jetzt der junge Mann da drüben am Bahnsteig, der gerade innig ein Mädchen küsst, würde ich mir das ein Leben lang merken: die Amsel, die Bahnschrankenmusik, das Mädchen.

Es ist der Zug in die Gegenrichtung, nach Weissenbach, zum Prellbock. Bis der wieder zurückkommt, dauert es. Ich drehe noch eine Runde, einmal flussabwärts und zurück, dann hinüber zum Bahnhof. Dort steht ein Mann, den kenne ich, vom Sehen. Wir kommen ins Gespräch. Er lebt in Berndorf und fährt nach Wien. Das macht er circa hundertmal im Jahr, wie er mir erzählt, meistens um eine Kulturveranstaltung zu besuchen. Heute ist es eine Ausstellung, oft Konzerte. Wir entdecken, dass wir dieselben Leute kennen, ähnliche Musik mögen. Er ist ein Wanderer wie ich, lange Wege, demnächst von Villach nach Triest, wie er sagt. Wir unterhalten uns gut bis nach Wien hinein, ich bin gar nicht böse, dass ich einmal nicht aus dem Fenster schauen kann. Man sollte öfter mit Menschen reden, die man nur vom Sehen kennt.

SCHMALSPURHIMMEL

ST. PÖLTEN–MARIAZELL

Der Vorspann »Schmalspur-« macht einen Menschen weniger wert. Ein Schmalspuringenieur zum Beispiel, also einer, der nur die Höhere Lehranstalt absolviert hat, ist weniger wert als ein Diplomingenieur. Er darf daher nur ein Ing. vor seinen Namen setzen, kein Dipl.-Ing., oder wie heutzutage üblich, ein DI. Leute, die keine Lehrer mögen, bezeichnen diese gerne als Schmalspurakademiker, für Menschen, die ihre Geringschätzung für einen Dichter diskret ausdrücken wollen, bietet sich der Schmalspurpoet an. Schmalspurkünstler, -sänger, -schauspieler, -therapeuten, -politiker und so weiter, vieles wäre möglich, die Schmalspur wird noch viel zu wenig genützt.

Auch im Eisenbahnwesen stellen die Schmalspurbahnen eine Minderheit dar. Sie kommen, wie schon erwähnt, dann zum Zug, wenn es an Platz oder an Geld oder an beidem mangelt. Im Gebirge zum Beispiel, da tummeln sich bis heute einige von ihnen. Nur das Wort nimmt man nicht mehr so gerne in den Mund, das kann man verstehen, siehe oben. So nennt sich die wunderbare Mariazellerbahn seit ein paar Jahren »Die Himmelstreppe«, aus gutem Grund, wartet doch an ihrem Ende die Himmelmutter, die Jungfrau Maria, die Magna Mater Austriae im berühmtesten Wallfahrtsort des Landes. Nachdem es ganz eindeutig eine Schmalspurbahn ist, die in diesen Himmel führt, könnte man mit böser Zunge behaupten, dass es sich dabei um eine Art Schmalspurhimmel handeln muss, der da von der Gnadenmutter bewohnt wird. Aber wer will das schon.

Die Himmelstreppe wartet auf einem Bahnsteig etwas abseits des Mainstreams aus Railjets, Regionalexpressen und Schnellbahnen auf ihre Fahrgäste. »Die Himmelstreppe«, so steht es wie zur Selbstvergewisserung ganz groß auf dem Triebwagen, dazu auch gleich die Haltestellen, sozusagen die Stufen der Treppe: Rabenstein, Frankenfels, Laubenbachmühle, Puchenstuben, Wienerbruck, Erlaufklause, um nur einige zu nennen. Allein die Namen versprechen schon ein kleines Abenteuer. Ich bin bereit.

Meine letzte Fahrt auf dieser Strecke liegt schon sehr lange zurück, aber ich erinnere mich noch genau an die beengten Verhältnisse im Inneren. Es war wirklich unbequem, und das sage ich als klein gewachsener Mensch. Die Waggons sahen genauso aus wie die der großen, erwachsenen Bahn, nur, von innen wie von außen, im selben Maß geschrumpft wie die Spurweite der Schienen. Das hatte etwas Märchenhaftes, Zwergenhaftes, nicht ganz Reales, ich habe es schon einmal gesagt. Das war schön, aber unpraktisch, wie vieles andere Schöne auch, Designermöbel zum Beispiel.

Ich bin wirklich überrascht, die heutigen Triebwagenzüge sind geräumig wie ganz normale Waggons. Offenbar erlaubt es die moderne Technik, auf einen schmaleren Radstand breitere Fahrgastkabinen zu setzen als früher. Das Innere ist hell, angenehme Farben, man sitzt fast so gut wie zu Hause im Wohnzimmer. Kompliment. Das hätte ich den Zügen, die von außen, wie schon gesagt, wie etwas zu groß geratene Straßenbahnen aussehen, gar nicht zugetraut.

Die Himmelstreppe gehört heute nicht mehr zur ÖBB, sondern zur NÖVOG und ist somit eine niederösterreichische Landesbahn. Das ist auch nicht zu übersehen, Blau-Gelb auf Brücken, Haltestellen, einfach überall, wo man mit ein wenig Publikum rechnen kann. Die Flüchtlinge aus der Ukraine dürften überrascht sein über so viel Willkommenskultur. Zum Glück ist die Bahn nicht wie die meisten anderen Strecken der NÖVOG eine reine Touristenbahn, sie funktioniert auch im Alltag mit Taktfahrplan. Und sie ist Teil des VOR, des Verkehrsverbunds Ostregion, damit gelten die Ermäßigungskarten der ÖBB auch hier und selbstverständlich auch das Klimaticket, das ich als passionierter Bahnfahrer längst in der Tasche habe. Touristenbahnen, die früher richtige Verkehrsmittel waren, stimmen mich immer ein wenig traurig, so als hätte man ihnen die Ehre genommen, die Ehre der Nützlichkeit, der Arbeit.

So kann ich mich hinsetzen in der Illusion, ein ganz normaler Fahrgast zu sein, obwohl ich natürlich ein waschechter Tourist bin, der nichts anderes vorhat, als sich gemächlich durch die Landschaft kutschieren zu lassen.

Das hatte ich mir so vorgestellt in Erinnerung an frühere Fahrten. Der neue Triebwagen zieht ganz schön an, das muss ich sagen. Und er singt, dass es eine Freude ist, jede Kurve wird ausgiebig besungen, und eigentlich ist permanent Kurve, die Gleise mäandern dahin wie ein Bächlein vor der Regulierungswut. So geht es dahin durch kupiertes Gelände, ein wenig auf und ab, entlang von Geländekanten und Senken. Dort stehen Bauernhöfe inmitten von Obstbäumen, kleine Weiler, ländliches Niederösterreich wie aus dem Touristenkatalog.

Aus den Lautsprechern kommt eine Durchsage. »Bei Fragen wenden Sie sich bitte an den Schaffner oder die Schaffnerin.« Das ist gut, das gefällt mir, keine Rede von einem Zugbegleiter oder gar einem Zugteam wie sonst. Team wäre auch stark übertrieben, bei nur einer Person. Gut, der Lokführer ist auch noch da, aber den sollte man vielleicht besser nicht mit Fragen belästigen.

Da kommt er auch schon daher, der Schaffner, ein gut gelaunter junger Mann, der ganz offensichtlich Freude an seinem

Beruf hat. Mit einem Lächeln serviert er mir eine kleine Enttäuschung. Zwischen Rabenstein und Laubenbachmühle gibt es einen Schienenersatzverkehr, wegen Bauarbeiten, versteht sich. »Aber die schönste Strecke kommt ohnehin erst danach, da sitzen Sie wieder im Zug.« Danke, da bin ich ja beruhigt.

Aber einstweilen sitze ich ja noch im Zug, in einem, der klingt wie früher. Da Dam Gong Da Dam Gong Da Dam Gong. Schienenstöße, lange nicht mehr gehört, heutzutage geht es meistens auf sogenannten Endlosschienen dahin. Und immer wieder Pfeifsignale, wegen der vielen unbeschrankten Bahnübergänge. Akustische Nostalgie vom Feinsten.

Das Wort Schienenersatzverkehr beschäftigt mich noch eine Weile. Irgendetwas scheint daran nicht ganz zu stimmen. Bedeutet das nicht eigentlich einen Verkehr, der für den Schienenersatz sorgt? Und sollte es nicht eigentlich Schienenfahrzeugersatzverkehr heißen? Auch kein gutes Wort, lassen wir es doch beim Schienenersatzverkehr, eigentlich stimmt es ja wieder, wenn man einen gedanklichen Umweg nimmt. Der Schienenersatzverkehr sorgt doch dafür, dass Schienen ersetzt, gewartet, repariert werden können. Das leuchtet ein, damit kann ich leben und mich wieder der Landschaft widmen.

In Ober-Grafendorf stehen ausgemusterte Waggons und Lokomotiven herum, schon sichtlich mitgenommen vom Zahn der Zeit, der Rost heißt. Auf einer Halle steht REMISE, daneben klein: Styx. Aha, denke ich mir, die haben eine Ahnung von antiker Mythologie bei der Eisenbahn. Klar, heißt ja Himmelstreppe, da kann wohl Transzendenz kein Fremdwort sein. Bei der Rückfahrt sitze ich dann auf der anderen Seite, da steht: Styx, Naturkosmetik. So schnell kann es gehen, und das Jenseits ist nur mehr eine Chimäre.

Ein Haus in einem unglaublich hässlichen, aufdringlichen Blau, dann eines in Violett, blass, aber nicht viel besser, später eines in einem Gelb, das die Peristaltik in gefährliche Unruhe versetzt. Was ist los mit den Malermeistern auf dem Land, sind sie von allen guten Geistern verlassen? Oder sind es die Hausbesitzer selbst, die in den Baumärkten wüten und sich solche Farben besorgen? Dass es sich um sogenannte Modefarben handelt, will ich nicht glauben. Wobei, wenn ich an die Fantasietrachten bei Schlagerkonzerten im Fernsehen denke, sogenanntes liabes Landgwand, dann bin ich mir nicht mehr so sicher.

Aber die Häuser werden jetzt ohnehin weniger, das Tal enger, und die Natur hat immer einen guten Geschmack, auch farblich. Jetzt steht gerade zartes Gelb, das ein wenig nach Ocker und Grün zieht, hoch im Kurs. Es sind oft die ersten Blüten überhaupt in der noch weithin braunen Landschaft des Vorfrühlings, die vor allem im Osten Österreichs die Hoffnung auf wärmere Tage nähren. Hier im Pielachtal, durch das ich mich schon eine ganze Weile bewege, sind die Sträucher der Kornelkirsche, auch Dirndl genannt, besonders häufig anzutreffen. Sie werden zu Saft, Marmeladen und Schnaps verarbeitet, in jüngerer Zeit spielen sie auch für den Tourismus eine Rolle. Das Pielachtal wird als Dirndltal vermarktet, mit Dirndlwanderwegen, -verkostungen und so weiter. Die Himmelstreppe ist da natürlich ein höchst willkommenes Vehikel, zum Glück ist noch niemand auf die Idee gekommen, die Schienen herauszureißen wie anderswo.

Ich mag Flussstrecken wie diese hier, Wasser und Eisenbahn passen gut zusammen. Leider ist jetzt der Moment des Umstiegs gekommen, der Schienenersatz wartet schon vor dem Bahnhof in Rabenstein. Mich mitgezählt traben genau neun Leute die paar Meter hinüber zum Autobus, und der Schaffner natürlich, der sich pflichtbewusst ein paarmal umdreht, um nur ja niemanden zu verlieren.

Es riecht nach Autobus, wonach auch sonst, also nach Schulskikurs, Landschulwoche, Chorausflug. Nicht gerade mein Lieblingsgeruch. Leise tingelt Radio Niederösterreich vor sich hin, und nach ein paar Kilometern Fahrt weiß ich, warum ich so gerne mit der Bahn fahre. Der Vergleich macht mich sicher, sehr sicher.

Jede Bahnstation muss extra angefahren werden, weg von der Hauptstraße, kurzer Halt, Reversieren, zurück zur Hauptstraße. Nirgends steigt jemand aus oder zu, alles umsonst. Nur in Kirchberg tut sich was, klar, ist ja auch so etwas wie der Hauptort des Pielachtals. Hier gibt es ein kleines Eisenbahnmuseum, im Freien steht eine alte E-Lok, fein herausgeputzt, wie frisch aus der Fabrik. Und da kommt plötzlich eine Erinnerung, von ganz weit her. Jetzt weiß ich es, ich bin schon einmal mit dieser Bahn, mit dieser Lok gefahren, nach Mariazell, auf Wallfahrt mit Schwester und Mutter, als kleiner Bub, wahrscheinlich noch im Vorschulalter. Vom Bahnhof in Attnang-Puchheim kannte ich viele Bauarten von Lokomotiven, aber diese hier war absolut einzigartig, nicht nur wegen der schon erwähnten Zwergenhaftigkeit. Es war vor allem die Stange, mit der je zwei Radsätze miteinander verbunden waren. Solche Stangenantriebe kannte ich nur von Dampflokomotiven, bei einer E-Lok hatte ich so etwas noch nie gesehen, außer beim sogenannten Krokodil und der Baureihe 1073. Aber die waren sozusagen Dampflokomotiven mit Elektroantrieb. Aber bei dieser hier, die ganz und gar wie eine richtige E-Lok aussah, war es geradezu exotisch, vor allem in Bewegung, wenn sich die beiden Stangen wie verrückt auf und ab bewegten. Das habe ich beim Rangieren im Endbahnhof gesehen, ich erinnere mich noch ganz genau.

Ein Exotikum der neueren Art gibt es in Laubenbachmühle zu bestaunen. Eine für das enge Tal geradezu gigantische Holz-Glas-Konstruktion bildet das Betriebszentrum der Mariazellerbahn. Das ist gar nicht Schmalspur, sondern großes niederösterreichisches Ego. Aber durchaus interessante Architektur, soweit ich das im buchstäblichen Schnelldurchgang beurteilen kann.

Hier geht es nämlich wieder zurück vom Bus in die Bahn, ich freue mich. Wir sind nur mehr zu dritt, der Schaffner verabschiedet sich. Bis zum Bahnsteig ist es fast ein kleiner Spaziergang, dort werden wir begrüßt und in den Zug gebeten, diesmal von einer Schaffnerin. Im Sommer ist hier viel los, nehme ich an, einiges sicher auch im Winter, mit Skitouristen, Schneeschuhwanderern. Jetzt ist die tote Zeit zwischen den Saisonen, viele Gasthäuser und Hotels sind geschlossen. Mir ist das ganz recht, muss ich sagen.

Die Himmelstreppe, naturgemäß eine andere Garnitur, setzt sich in Bewegung. Jetzt muss sie ihrem Namen gerecht werden. In einer langen Schleife geht es nach rechts über den Nattersbach, und dann Kurve um Kurve den Hang hinauf. Nach ein paar Minuten blickt man schon hinunter auf die Laubenbachmühle, die von oben aussieht wie ein Raumschiff, ganz fremd im alpinen Kontext. Erstaunlich, welch ein Höhenunterschied durch reine Adhäsion da schon überwunden wurde.

Dann ist plötzlich Schluss mit der Kletterei. Wir stehen mitten auf dem Hang im Bergwald. Auf einem Fußmarsch würde ich jetzt meine Jause auspacken. Wieder dieses schöne Warten, bei dem man für kurze Zeit mit der Umgebung verschmilzt. Nicht nur der Zug, die ganze Welt scheint den Atem anzuhalten.

Der Gegenzug ist da, es geht wieder weiter. Jetzt ist es eine richtige Gebirgsbahn, mit kleinen Brücken, Viadukten mit hübschen Namen wie Meierlberggrabenviadukt oder Eierzeilgrabenviadukt. Der Waldboden ist ganz blau von Leberblümchen. In Winterbach kommen die ersten Schneeflecken, schmutziger, schrundiger Frühlingsschnee, zigmal aufgetaut und wieder eingefroren. Dann Felsen, erste Tunnels. Auch die mit im Wortsinn merkwürdigen Namen, Beinriegeltunnel oder Florkogeltunnel zum Beispiel.

Auf den großen, den Gösingtunnel, bin ich gar nicht gefasst. Er ist exakt zweitausenddreihundertneunundsechzig Meter lang, das will schon was heißen. Vor allem beschleunigt der Zug plötzlich auf ein richtiges Höllentempo, sodass mir mit meiner latenten Tunnelphobie fast das Grausen kommt. Was, wenn er außer Kontrolle gerät und dann aus dem Tunnel heraus einen Abhang hinunterstürzt wie in einem amerikanischen Katastrophenfilm?

Nichts passiert, der Zug kriegt sich wieder ein, auch der Lokführer wollte nicht Selbstmord begehen. Die Belohnung für das kurze Zittern folgt auf den Fuß, ein grandioser Blick auf den Ötscher, den unumstrittenen König des Landstrichs. Wirklich ein erhabenes Bild, trotzdem fällt mir eine kuriose Begebenheit ein. In einem Wiener Gasthaus habe ich unlängst einen Braten vom Ötscherblickschwein gegessen, Bio, Freiland, alles korrekt. Er hat auch wunderbar geschmeckt, aber der Name hat mich dann beim Einschlafen beschäftigt. Welchen Blick wird dieses Schwein bei Lebzeiten wohl gehabt haben? Dieser hier wird es nicht gewesen sein, weit und breit kein Bauernhof, und der felsige, steil abfallende Bergwald kommt als Auslauf für ein Schwein wohl nicht infrage.

Die Sache ist nämlich die, dass der Ötscher aus unterschiedlichen Blickwinkeln ziemlich unterschiedlich ausschaut. Von hier aus, also von Osten, ist er der klassische Bergkegel, derzeit noch tief mit Schnee bedeckt. Grandios, ein Ort, wo die Götter geradezu hausen *müssen.* Von Süden oder Norden her betrachtet denkt man eher an ein gutmütiges, vielleicht schlafendes, auf jeden Fall tief in sich ruhendes Tier.

Die zentrale Frage bleibt natürlich, welche Folgen hat der Ötscherblick für das Schwein und somit für die Fleischqualität? Oder wie würde ein Schwein leben und schmecken, wenn es, sagen wir, das Matterhorn oder den Großglockner zu sehen bekommen hätte? Lauter so Dinge kommen einem in den Sinn nach dem Verzehr eines solchen Schweines. Hätten es die Bauern einfach Ötscherschwein genannt, wären solche Gedanken vom Tisch.

Gösing. Von einem Ort ist weit und breit nichts zu sehen, aber ein Hotel steht da, direkt unterhalb der Gleise, eines dieser alten Sommerfrischehotels, die irgendwann aus der Mode gekommen sind. Aber dieses hier scheint gut zu laufen. Ein paarmal schon habe ich gehört: »Was, das kennst du nicht? Da waren doch alle schon einmal, aus unseren Kreisen.« Gut, es schaut recht hübsch aus, das Hotel Gösing, ich werde einmal herkommen, fix. Und sei es nur, um zu schauen, wer und was unsere Kreise sind.

Weiter geht es durch den Bergwald. Braun-weiß gefleckt ist sein Boden, wegen der vielen, zum Teil noch richtig hohen Schneereste, und wegen der Hundertschaften von blühenden Schneerosen. Nicht mehr Winter und noch nicht Frühling, ich liebe diese Jahreszeit, solange ich zurückdenken kann. Nur ist sie heutzutage kaum mehr zu erleben, außer man sucht solche Plätze in höheren Lagen auf. In meiner Kindheit, als es noch eine durchgehende Schneedecke über die Wintermonate gegeben hat, war es jedes Jahr ein Erlebnis, wenn der Schnee erste Löcher bekommen hat, sich Buschwindröschen und Schneeglöckchen gezeigt haben.

Wir sind jetzt im Erlauftal, an seinen steilen Abhängen. Bergwiesen, Bergwälder, felsige Schluchten, hinabstürzende Bäche voller Schmelzwasser, eine Kulisse nach der anderen für Wildererdramen ohne Ende. Jetzt kommt auch noch ein See dazu, bedeckt von dickem, aber schon milchig weißem Eis, das sich von den Rändern zur Mitte hin aufzulösen beginnt.

Haltestelle Wienerbruck, Ausgangspunkt für Wanderungen in die malerischen Ötschergräben. Der Berg schaut jetzt schon ganz anders aus, zeigt mir seine wilde Flanke, den schwierig zu begehenden Rauen Kamm. Von der anderen Seite ist der Aufstieg zum Gipfel ein Kinderspiel, praktisch ein Spaziergang durch duftende Latschenhaine.

An der Haltestelle die Metallskulptur eines stilisierten Bären, soll wohl den sogenannten Ötscherbären darstellen, der jahrelang in aller Munde war. Die Freude war damals groß, endlich wieder ein richtiger Bär mitten in Österreich, nicht im Tiergarten, sondern in der freien Wildbahn. Er ist dann irgendwann wieder verschwunden, nicht nur aus den Medien. Heutzutage geht es um Wölfe und Luchse, Kormorane, Fischotter und Seeadler. Ein Teil der Jägerschaft scheint da einen geradezu kindischen Beuteneid gegen das sogenannte Raubzeug zu hegen, bis hin zum Abschuss oder zur Vergiftung der vermeintlichen Konkurrenten. Mann o Mann, kann ich da nur sagen.

Erlaufklause, Erlaufstausee, Mitterbach. Von hier geht es mit dem Lift hinauf auf die Gemeindealpe, zum Skifahren, Wandern oder neuerdings zum Hinunterdüsen auf Gefährten, die Kinderdreirädern ähnlich schauen. Die Natur allein reicht nicht mehr, Action, Fun muss sein. Derzeit ist nichts von alldem, wie gesagt eine schöne Jahreszeit. Höchstens ein paar Tourengeher, Schnee liegt noch genug da oben, soweit ich das vom Zugfenster aus beurteilen kann.

Der Bahnhof Mariazell mit schönem, altem Stationsgebäude liegt ziemlich verwaist da. Nichts deutet darauf hin, dass ich soeben im wichtigsten Wallfahrtsort des Landes gelandet bin. Ich gehe einfach einmal der Nase nach, also geradeaus, da schaut es nach einem Fußweg aus. Tatsächlich, nach gut hundert Metern steht ganz klein, fast verschämt auf einem Schild »Basilika«, Pfeil geradeaus. Es ist eine Art Promenade, mit Alleebäumen und Sitzbänken. Rechts gehen die Gleise weiter, über den Bahnhof hinaus wieder bergab, da sind in einiger Entfernung Güterwagen abgestellt. Früher ging es da noch ein paar Kilometer weiter bis nach Gußwerk, in k. u. k. Zeiten ein bedeutender Standort der Rüstungsindustrie.

Der Weg zieht sich, nach gut einer Viertelstunde kommt der Ort samt Basilika in Sicht. Ich habe einstweilen mehr ein Auge für die Gastronomie, vieles geschlossen, wie nicht anders zu erwarten um diese Zeit. Aber die Konditorei Pirker hat geöffnet, da stehen sogar schon ein paar Tische im Freien. Nur mehr einer frei, wie für mich reserviert. Es gibt eine Pirker-Torte, die muss ich probieren. Plus Melange und einem großen Glas Wasser. Danke.

Mein Blick geht leicht bergan direkt auf die Kirche, die wie eine Matrone im Zentrum des Geschehens sitzt und alles unter Kontrolle zu haben scheint. Schön ist sie nicht, finde ich, aber das muss sie auch nicht sein, hier geht es wohl wirklich um die inneren Werte. An der Vorderfront herrscht ein Gedränge der Stile, der ältere gotische Turm eingezwängt zwischen die beiden später hinzugefügten barocken Türme. Das wirkt zwar mächtig, wahrlich ehrfurchtgebietend, aber auch etwas zu dick aufgetragen. Ein bisschen wie meine Torte, die hat es auch in sich, an Größe und Kalorien. Geschmack allerdings ausgezeichnet.

Von meinem ersten Besuch als kleiner Bub habe ich mir wenig gemerkt, aber an die Stände mit den Devotionalien kann ich mich noch erinnern. Die Dinge, die dort angeboten wurden, gab es bei uns nirgends zu kaufen. Das war es wahrscheinlich, was mich beeindruckt hat, die vielen Kerzen, Figuren, das erinnerte ein wenig an unseren alljährlichen Kirtag, oder an ein Spielzeuggeschäft.

Jetzt ist alles zu, aber die Schilder sprechen für sich: Reiseandenken M. Papst, Wallfahrtswaren aller Art, Mariazeller

Magentropfen, zu haben in der Apotheke zur Gnadenmutter. Auch mit dem Glauben lassen sich gute Geschäfte machen, die Pandemie dürfte aber einen ziemlichen Einbruch gebracht haben. Ich denke nicht, dass man solche Dinge auch online kauft, auf einer virtuellen Wallfahrt.

Ich zahle, Zeit für einen Kirchenbesuch. Vor dem Gnadenbild knien zwei Frauen, offenbar tief in ihre Gebete versunken. Das ist berührend, mir aber auch völlig fremd. Da ist irgendeine von Menschenhand gemachte Skulptur, ein Bild, was auch immer, auf das alle Hoffnungen, Wünsche projiziert werden. Ich verstehe es nicht, es ist mir zu einfach. Obwohl es natürlich nichts zu verstehen gibt, Glauben ist aus einem anderen Holz als Verstehen, so viel verstehe ich schon. Oder auch nicht, Gläubige würden doch sicher behaupten, nur wer glaubt, verstünde die Welt, begreife sie in ihrem Innersten. Und das ist vermutlich auch näher dran an ihr als der naive Gedanke der Positivisten, irgendwann in einer fernen Zukunft würden alle Geheimnisse gelüftet, alle Rätsel gelöst, einfach alles erforscht sein. Ich fühle mich eigentlich ganz wohl in der Gewissheit, dass das nie passieren wird, weil der Mensch dazu mit seiner Ausstattung einfach nicht in der Lage ist. Aber er kann hin und wieder einen Zipfel der verborgenen Welt hinter den sichtbaren Dingen erhaschen, in der Musik von Bach oder in einem Text von Borges zum Beispiel.

Wahrscheinlich sind Orte wie dieser hier ohnehin nur dazu da, einen hin und wieder auf solche Gedanken zu bringen. Das ist schon gut so. In der Kirche läuft gerade eine Totenmesse, für einen verstorbenen Bürger von Mariazell, das habe ich mitbekommen. Da ist eine Trauergemeinde, da gehöre ich nicht dazu. Es gehört sich nicht, dabei in der Kirche als Fremder herumzustehen.

Draußen ist es sonnig, warm, einfach schön. Ich habe Lust,

noch ein wenig herumzustreunen. Gleich hinter dem Ort ist eine Anhöhe, da will ich hinauf. Ich verschaffe mir gerne einen Überblick. Schade, überall Zäune, alles privat. Ich habe keine Lust, mich über einen rostigen Stacheldraht zu hieven. Also wieder hinunter, da drüben ist ein Hügel mit irgendwas drauf, so genau kann ich das aus der Entfernung nicht erkennen.

Mariazell ist auch ein ganz normaler Ort, das sehe ich jetzt, mit Mietskasernen und Einfamilienhäusern. Alles nicht sehr glamourös. Wenn man dann noch bedenkt, dass man sich hier auf achthundertsiebzig Metern Seehöhe mit dem entsprechenden Klima befindet und jahraus jahrein mit dem Wallfahrerrummel zu tun hat, dann wundert es nicht, dass die Einwohnerzahl seit Jahrzehnten schrumpft.

Jetzt bin ich endgültig am Ortsrand angekommen und gehe den Hügel hinauf, der mich von Weitem angezogen hat. Das da oben ist eine Statue, so viel ist jetzt klar, mit ein paar Bänken rundherum, fast eine Art Gedenkstätte. Und nachdem ich hier schon in der Steiermark bin, kann es sich eigentlich nur um einen Mann handeln, der da mit lässigem Ausfallschritt, umgehängter Büchse und einem breitkrempigen Hut auf einem Felsen steht und in die Ferne blickt. Hotels, Schulen, Züge sind nach ihm benannt, nach dem Erzherzog, der so viel getan hat für die Entwicklung der Steiermark, dem Erzherzog Johann. Ich tu es ihm gleich und schau ins Land, hinunter auf den Gnadenort, hinüber zu den weißen Bergen, der Gemeindealpe und dem Ötscher. Ja, das ist ein guter Platz, nicht nur für den Habsburger.

Es riecht ein wenig streng, Landluft, würde ich sagen. Das passt, jetzt, gleich nach der Schneeschmelze, wenn der Boden weich und saftig ist, gehört geadelt, wie in meinem Dialekt das Ausbringen von Jauche, also Adel, genannt wird. Es stört mich nicht, es ist einer der vielen Gerüche des Frühlings.

Ich bin wieder zurück im Ort und schlendere noch ein wenig herum. Unfassbar, eine Million Besucher werden hier in normalen, nicht pandemischen Jahren gezählt. Kein Wunder, dass sich Hotel an Hotel reiht. Der Weiße Hirsch, die Drei Hasen, der Jägerwirt, der Goldene Ochse, der Heilige Geist, das Himmelreich, der Weiße Engel. Vor dem Goldenen Kreuz bleibe ich stehen, muss ich stehen bleiben. Da kommt wieder eine Brise Erinnerung: die gelbe Fassade, der weiße, ausladende Stuck an den Fenstern, das Eingangstor. Ich bin mir fast sicher, dass wir hier genächtigt haben, damals bei meiner Wallfahrt in Kindestagen.

Ich bin ein wenig müde geworden, vom Gehen, Schauen, Sinnieren. Zeit für die Heimreise. Also zurück zum Bahnhof. Diesmal sind wir zu fünft, die wir in die Himmelstreppe steigen. So rechtschaffen müde ist es besonders schön, sich durch diese so unglaublich gelungene Landschaft chauffieren zu lassen. Nur der Umstieg in den Schienenersatzverkehr ist ärgerlich. Ich wäre so gut gesessen.

KLEINE BAHN, HOCH HINAUS

DONAUPARK

Der Zebrastreifen vor der U1-Station »Alte Donau« ist ein neuralgischer Punkt. Immer wenn ein Zug seine Ladung freigibt, also einen Schwarm von Menschen die Stufen hinunterschickt, der dann über die viel befahrene Arbeiterstrandbadstraße drängt, müssen die Autos anhalten. Das tun sie meistens, aber nicht immer.

Heute verhalten sich die Chauffeure und Chauffeusen vorbildlich, geduldig warten sie hinter ihren Lenkrädern, unter ihnen ein alter, schnurrbärtiger, tätowierter Berufsfahrer am Steuer seines Lastwagenungetüms. Endlich tut sich eine Lücke auf, die Autos schicken sich gerade an, loszufahren, da betritt eine junge Frau auf dem Fahrrad die Bühne, sprich den Zebrastreifen. Der Lkw bremst sich ächzend wieder ein, die Dame, ihrem Sportgerät und ihrem Outfit nach aus Hipsterboboland, pflanzt sich vor ihm auf und zeigt dem Fahrer den Stinkefinger.

Wie ein störrischer Esel steht sie vor dem Koloss, eine heilige Johanna der Radfahrer*innen von eigenen Gnaden. Die gestikulierenden Passanten rundherum ignoriert sie nicht einmal, was geht schließlich eine Heldin der Pöbel an. Ich bin außer mir, rufe, ja schreie zu ihr hinüber: »Fahren Sie weiter, fahren Sie doch endlich weiter!« Nach einer gefühlten Ewigkeit bequemt sie sich dann endlich, die Fahrbahn freizugeben. Der Fahrer sagt aus seiner Kabine zu mir herunter ganz entspannt »Danke«.

Puh, hat mich das aufgeregt! Und ein wenig ärgert es mich, dass ich so in Rage geraten bin. Aber es ist immer dasselbe: Ein paar Idiot*innen bringen eine gute Sache in Verruf, wie zum Beispiel das Radfahren in der Stadt. Und das ist halt wirklich ein Jammer, bei den drängenden Problemen, die wir gerade haben.

Im Buffet Christine, einer Art Würstelstand extended mit Tischen im Freien, ist schon einiges los. Mitten am Vormittag sitzt man beim Bier und lässt den Herrgott einen guten Mann sein. Auch ein Lebensentwurf. Nicht gerade einer, dem man unbedingt nacheifern sollte, aber im Vergleich zum Prinzip der ständigen Weltverbesserung einer, der vielleicht weniger Schaden anrichtet. Etwas mehr Passivität hätte unserem Planeten schon immer gutgetan. Schön blöd, dass wir jetzt aktiv werden müssen.

Gleich danach bin ich in China, neben dem Sichuan Restaurant mit seinen nach oben gezogenen Dachenden. Soll sehr gut und ziemlich authentisch sein, aber es ist viel zu früh für einen Besuch. Ein paar Meter weiter, schon drinnen im Donaupark, sitzt an einem Tisch eine Gruppe von muslimischen Frauen. Lange Kopftücher, dunkler Teint, asiatisches Aussehen, Malaysia vielleicht. Sie schnipseln Gemüse, tratschen, lachen. Ich, an kulinarischen Dingen immer hochinteressiert, wage mich etwas näher, vorsichtig, ich möchte nicht aufdringlich sein. Aber sie winken mich zu sich heran.

»Schaut gut aus«, sage ich, um irgendetwas zu sagen. »Nicht deutsch«, kommt es zurück. Ich mache eine Geste wie im Film »Brust oder Keule« Louis de Funès, wenn ihm das Essen schmeckt. Sie bedeuten mir, mich doch zu ihnen zu setzen und zu kosten. Ich mache eine bedauernde Handbewegung, wie etwa: »Ich muss weiter, da drüben wartet jemand auf mich.« Kollektives Ah-schade-Getön, ich entferne mich. Da kommt eine von ihnen gelaufen und offeriert mir eine Kostprobe: zwei Matjesfilets, eine halbe Zitrone, eingewickelt in eine sehr biegsame Brotflade. Ich bin baff, bedanke mich. Gleich darauf kommt sie noch einmal gelaufen und drückt mir eine Stange Jungzwiebel in die Hand, das soll ich dazu essen, sagt sie, ohne Worte natürlich. Ein hinreißendes Lächeln ist ohnehin überzeugender.

Ist schon schön, auf der Welt zu sein, denke ich mir, unter solchen Menschen. Ich setze mich auf eine Bank und esse. Schmeckt wunderbar, der Fisch etwas exotisch gewürzt, das Brot, die Zitrone, die Zwiebel, passt alles gut zusammen. Merci, die Damen.

Ganz gelogen war es nicht, dass da drüben jemand auf mich wartet. Nur ist es kein Jemand, sondern die Liliputbahn. Die gibt es nämlich nicht nur im Prater, sondern auch hier im Donaupark. »Rosenschau« heißt die Station, und auch das ist nicht gelogen. Auf dem winzigen Haltestellenhäuschen mit der Kassa blüht ein prächtiger roter Rosenstrauch, und auch rundherum sind in den Rabatten die Blüten kurz vor dem Durchbruch ihrer Knospen. Ich habe mir früher nichts aus Blumen gemacht, aber je älter ich werde, desto mehr bedeuten sie mir. Offenbar will der Mensch etwas Schönes um sich haben in der Zeit, die ihm noch bleibt.

Ich nehme ein sogenanntes Kombiticket, da darf ich auch auf den Donauturm hinauf. Da war ich zuletzt als Siebzehnjähriger mit meiner Schulklasse auf der sogenannten Wienwoche. Noch fünfzehn Minuten Zeit bis zur Abfahrt. Ich setze mich auf eine Bank im Schatten, es wird schon ziemlich warm. Neben mir zwei Mütter mit ihren Kleinkindern in Kinderwagen, vor mir ein Spielplatz mit einer Vielzahl an Geräten und einem schönen Baumbestand. Hinter den Blättern schimmern die Glasfassaden von einigen der Hochhäuser durch, die der

Donaustadt eine veritable Skyline bescheren. Ein sanftes Hin und Her der Zweige im Wind, die Stimmen von Amsel, Singdrossel und Mönchsgrasmücke, eine Grille mit Grü Grü Grü Grü … Klingt wie ein einsames Alien in den Weiten des Alls.

Mit einem heiseren Warnlaut schiebt der Zug knatternd und holpernd herein, ganz in Rosarot. »Manner« steht auf der etwas unförmigen Diesellok, in deren Mitte der Lokführer wie ein Legomännchen unter einem Sonnendach herausschaut. Ich setze mich auf eine Holzbank, natürlich in Fahrtrichtung, hänge die beiden Kettchen links und rechts von mir ein, um theoretisch nicht hinausfallen zu können. Praktisch würde mir das wohl ohne Weiteres gelingen. Ein kurzer Pfiff, und es geht los, in einem Tempo, das ein durchschnittlicher Hobbyläufer problemlos mithalten könnte.

Von der Lokalbahn zwischen Salzburg und Bad Ischl hat es geheißen, dass man von ihr aus während der Fahrt Blumen pflücken könne. Das geht auch hier, noch dazu wo es Blumen in Hülle und Fülle, in allen Größen, Höhen und Farbschattierungen gibt. Schließlich wurde der Donaupark anlässlich der Wiener Internationalen Gartenschau 1964, kurz WIG 64, überhaupt erst angelegt. Oft fallen solche Gelände wieder zurück in ihren Urzustand als sogenannte Gstättn. Nicht so der Donaupark, er ist bis heute ein Ort gezähmter Schönheit. Zu verdanken haben wir das den Wiener Stadtgärtnern, die überall in der Stadt ganze Arbeit leisten. Das für die zweitgrößte Stadt im deutschen Sprachraum noch immer gute soziale Klima, der relativ geringe Vandalismus sind für mich auch der Schönheit zu verdanken, die uns die Gärtnerinnen und Gärtner bescheren. Eine Investition in die Schönheit ist auch eine in die Sicherheit, das hat man in Wien ganz gut begriffen. Schönes zerstört man nicht so leicht wie Hässliches.

Auf einer Liliputbrücke geht es hinüber über ein künstliches

Rinnsal, das aus dem links von mir liegenden Irissee kommt, der natürlich auch künstlich angelegt ist. Farne, blühende Sträucher in Weiß, Gelb, Rosa, und Blumen über Blumen. Die Pappeln tragen Weiß, der Flaum mit den Samen beginnt schon von den Bäumen zu fallen, bald wird der Boden bedeckt sein wie von Schnee.

Es ist ein fröhliches Holpern und Rumpeln, vorbei an den Schachspielern, die mit riesigen Bauern, Rössern, Türmen, Läufern, Königen und Damen hantieren, dann ein Stück über die Wiese und schon bin ich am Donauturm. Meine gemütliche Fortbewegung in der Horizontale geht über in einen rasanten Schuss vertikal nach oben, und nach wenigen Sekunden finde ich mich auf der Aussichtsplattform in hundertfünfzig Metern Höhe wieder.

Türme wie dieser wurden damals auf der ganzen Welt gebaut, als weithin sichtbare Zeichen für den Fortschritt, der durch das Wirtschaftswunder nach dem Krieg möglich wurde. Ihre Funktion als Träger von Radio- und Fernsehsendeanlagen war und ist sekundär, in der Hauptsache geht es um Freizeit und Vergnügen. Und das ist schließlich der eigentliche Lebenszweck der Wienerinnen und Wiener. Also passt er gut hierher, der sinnlose Turm.

Da unten liegt sie also, ausgebreitet auf exakt vierhundertvierzehn Komma neun Quadratkilometern, die Eisenbahnhauptstadt Europas. So nennt sie zumindest mein Kollege und Bruder im Geiste Jaroslav Rudiš, und der muss es wissen, ist er doch mit der Bahn durch ganz Europa gegondelt wie kaum ein anderer.

Eine Auswahl von Destinationen der Züge, die vom Wiener Hauptbahnhof in alle Himmelsrichtungen aufbrechen, ist jedenfalls beeindruckend. Berlin Hbf., Bohumín, Bolzano, Bratislava hl. st., Bratislava Petržalka, Břeclav, Bregenz Hbf.,

Bucureşti Nord, Budapest Keleti, Budapest Déli, Cluj-Napoca, Debrecen, Dortmund Hbf., Düsseldorf Hbf., Frankfurt/Main Hbf., Gdynia Główna, Graz Hbf., Győr, Hamburg Altona, Innsbruck Hbf., Klagenfurt Hbf., Kolin, Košice, Lienz in Osttirol, Linz Hbf., Ljubljana, Milano Porta Garibaldi, München Hbf., Paris Est, Passau Hbf., Praha hl. n., Przemyśl Główny, Roma Termini, Salzburg Hbf., Split, Trieste C.le, Venezia S. L., Warnemünde, Warszawa Wschodnia, Zagreb Glavni kolodvor, Znojmo, Zürich Hbf.

Das Café verwehrt mir den Zutritt, geschlossene Gesellschaft, also ein paar Stockwerke höher ins Restaurant. Nichts los, nur ein paar Plätze sind besetzt, ein paar weitere gedeckt. Ich setze mich an einen freien Tisch. »Das geht nicht«, sagt der Kellner, »hier können Sie nur mit Reservierung Platz nehmen.« Ziemliches Déjà-vu an Zeiten des realen Sozialismus, als in Restaurants ganze Säle leer standen, aber angeblich ausreserviert waren. Ich schüchtern: »Ich will ja nur einen Kaffee.« – »Na gut. Für einen Kaffee dürfen Sie bleiben.« Ist Mitleid doch eine Kategorie in der Gastronomie?

Das Restaurant dreht sich, sehr, sehr langsam. Erstaunlich, dass man von oben noch etwas entdecken kann in einer Stadt, die man wie seine Westentasche zu kennen glaubt. Die Siedlung am Bruckhaufen da direkt unter mir zum Beispiel, die ergäbe am Land schon eine kleine Marktgemeinde. Oder da drüben das Donaufeld mit seinen Äckern, Glashäusern und Folientunneln, das ist größer, als ich dachte. Es soll jetzt verbaut werden. Ob das eine gute Idee ist in Zeiten, wo alle nach mehr Autarkie in der Ernährung rufen?

Manches ist gut zu sehen, der Stephansdom oder die Votivkirche zum Beispiel und ihre im Glauben begründete Ausrichtung von West nach Ost. Die hat das Rathaus nicht, ob bewusst oder unbewusst, das weiß ich nicht. Manches verschwindet im

Häusermeer, wie zum Beispiel das Riesenrad im Prater. Die ganze Stadt zieht vorbei, es ist fast wie Eisenbahnfahren, nur in Zeitlupe und in schwindelnder Höhe. Eine Runde dauert ziemlich genau eine Melange lang, das weiß ich jetzt. »Zahlen bitte.« Ich gebe Trinkgeld, was soll's. Er hat mich immerhin freundlich bedient, gegen die Regel.

Unten dauert es eine Weile, bis der nächste Zug hereinrattert. Umso lieber steige ich dann wieder ein, um die Runde zu schließen.

1983 war Karol Wojtyła in seiner Paraderolle als Papst Johannes Paul II. in Wien zu sehen. Dreihundertfünfzigtausend Menschen feierten mit ihm auf diesem seither Papstwiese genannten Areal eine Heilige Messe. Als Kulisse wurde ein vierzig Meter hohes und sechsundfünfzig Tonnen schweres Stahlkreuz errichtet, bis heute ein wirkmächtiges Statement. Über diese Wiese geht es jetzt dahin. Die Hochhauskulisse wirkt von hier aus gesehen wie die Waterfront amerikanischer Großstädte. Als Wasser muss die Wiese herhalten, die macht das gar nicht schlecht.

Direkt von ihr geht es hinein in die Wildnis. Jeder gute Regisseur lässt seinen Schauspielern Freiräume, und so hat jede geglückte Inszenierung auch nicht inszenierte Passagen. Mit der Inszenierung eines Gartens verhält es sich genauso. Ein guter Landschaftsplaner lässt der Natur auch ihre Freiheit, und so kann sie in diesem Teil wachsen und wuchern, wie sie will. Mittendrin liegt die Station Donaucity. Von hier ist es nur ein Katzensprung hinüber zur UNO-City, die im Übrigen einiges zum internationalen Flair des Donauparks beiträgt. Menschen aus aller Herren Länder joggen, radeln und flanieren hier über die hin und her laufenden Wege.

In mehreren Mäandern geht es noch eine ganze Weile dahin, bis wir wieder die Station Rosenschau erreichen. Dort warten schon in lautstarker Vorfreude mindestens zwei Schulklassen auf den Zug. Als ich aussteige, nehmen sie ihn im Sturm in Beschlag, ich muss aufpassen, dass ich nicht umgerannt werde.

Nur gut, denke ich, vielleicht kommen sie auf den Geschmack. Die Eisenbahn war lange auf dem Abstellgleis, jetzt gilt sie als Verkehrsmittel der Zukunft. Ich habe ihr stets die Treue gehalten und wurde oft enttäuscht. Von unpünktlichen Zügen, nervigen Mitreisenden, unnötigen Neuerungen, zum Beispiel in den Speisewagen und Fahrplänen. Viel öfter wurde ich aber beglückt. Von freundlichem Personal, bereichernden Reisebekanntschaften und vor allem durch die unvergleichliche Perspektive auf das Land, das man bereist. Dem man sich uneingeschränkt hingeben kann, ohne auf den Verkehr, die Zeit oder sonst irgendetwas achten zu müssen. Das einem aber auch völlig egal sein kann, wenn man etwa in einem Buch versinkt.

Aus NERVEN SPAREN – BAHN FAHREN ist jetzt TSCHAU MIT AU – AUTOSTAU geworden. Gesehen an der U-Bahn-Brücke über die Donau, gut lesbar von der benachbarten Praterbrücke der A23, bekannt als Südosttangente, oder einfach nur Tangente. Auf ihr werden die österreichischen Meister in der populären Disziplin Imstaustehen ausgebildet und trainiert. Gefordert sind Durchhaltevermögen, eine plärrende Musikanlage und ein großes Repertoire an derben Flüchen.

Ich selber fahre gerne Auto, gerne auch ein bisschen flott. Es dauert aber nie allzu lange, dann habe ich mich satt gefahren, beginne mich zu ärgern über die Schleicher vor und die Raser neben mir. Dann wäre es eigentlich an der Zeit, den Wagen stehen zu lassen und auf einem x-beliebigen Bahnhof mit einem genüsslichen »Lokführer, übernehmen Sie!« in den Zug zu steigen. Aber aus monetären Gründen ist mir leider ein Chauffeur, der das Auto nach Hause bringt, nicht vergönnt.

Der könnte ich natürlich auch selber sein, aber wer sagt denn, dass ich auf der Rückfahrt dieselbe Strecke nehme?

So muss ich wohl oder übel am Steuer ausharren und meinen Weg zu Ende fahren. Aber das nächste Mal nehme ich gleich die Bahn, das verspreche ich mir. Schließlich komme ich aus Attnang-Puchheim und bin der Enkel zweier Eisenbahner. Adel verpflichtet.